이정은 장편소설

태양처럼
뜨겁게

청어

태양처럼 뜨겁게

이정은 지음

발행처 · 도서출판 청어
발행인 · 이영철
기 획 · 손영국 | 이동호
영 업 · 이진수
디자인 · 오주연

등 록 · 1999년 5월 3일(제22-1541호)

1판 1쇄 인쇄 · 2006년 10월 20일
1판 1쇄 발행 · 2006년 10월 30일

주소 · 서울시 서초구 서초동 1588-1 신성빌딩 A동 412호
대표전화 · 586-0477
팩시밀리 · 586-0478

E-mail · ppi20@hanmail.net
ISBN · 89-89232-94-5　(03810)

태·양·처·럼·뜨·겁·게

소설의 거리두기

그동안 내게서 가까운 길 또는 익숙한 길만을 골라 걸어왔다는 생각이 들었다. 막연히 낯설고 험한 미지의 세계를 탐험해보고 싶던 차에 해병대 1000기 입소 기사를 읽었다. 그리고 쏟아지는 방송보도를 접했다. 많은 젊은이들이 군대를 기피하고 있는 현실에서도 자원입대하는 젊은이들이 많다는 사실이 신비스러웠다. 그곳에 무엇이 있기에?

"이번에 떨어지면 자살 하겠다" 고 징병검사 군의관을 협박해서 합격통지서를 받아낸 청년도 있었다고 한다. 칠전팔기로 입대하게 되었다는 각가지 일화 등등.

과욕인 줄 알면서 도전했다. 내가 만들어낸 열아홉 소년, 나의 아름다운 소년과 과거로의 여행을 하는 동안 모르는 길을 걸어가는 두려움과 함께 말할 수 없이 신선한 기쁨을 맛보았다.

갯벌에서 훈련하는 사진을 보고 연평도 현지를 답사했다. 예전엔 월미도 선착장에서 출발했다고 한다. 지금은 연안부두로 이

전한 '해병도서 파견대' 라는 곳이다. 배가 출발하는 시간을 맞추지 못해서 몇 번 실패한 끝에 연평도 가는 배를 탈 수 있었다.

지금은 없어진 '송림호' 라는 배를 타고 열 시간을 족히 걸리는 연평도로 향했을 소년의 마음과 눈을 따라 나선 길이었다. 쾌속정은 아늑했다. 그때 배 멀미로 고생한 소년들에게는 미안할 정도로. 배 옆으로 바닷물이 출렁이고 있었다. 바닷물 속으로 가볍게 빠져드는 느낌이 들었다.

통통배까지는 아니라고 해도 작은 배가 파도를 헤치며 달려가는 당시 상황을 상상해 보았다. 지금 이 고요하고 아늑한 바다와는 전혀 다른 모습의 바다를…….

거세게 저항하는 바다. 노여움을 안고 부글부글 끓어 넘치는 파도. 온몸을 뒤 흔드는 사나운 바다. 빨간 명찰을 달고, 가슴에 자부심을 가득 담았다 해도 그를 기다리는 것은, 팍팍한 고참들, 산천초목도 떤다는 해병대 군기. 모든 것이 만만치 않은 상황일 것 같았다. 북한 땅이 바로 눈앞에 있다는 현실도 한 몫을 했을 것이고.

생각의 너머로 갑자기 불쑥 튀어나오는 녹색의 뭉치 같은 섬,

드디어 소연평도가 보인다. 섬전체가 짙푸른 융단 같고 해안가 지붕이 햇빛을 받아 큐빅처럼 반짝인다. 잠깐 사이 본섬인 연평도다. 방조대 삼각 구조물이 뱃머리에 부딪칠 듯 선착장에 도착한다.

해병대의 자부심은 어디서 나오는가?
완벽한 승리를 위해 최선을 다한다는 자신감, 어떠한 어려움도 이겨낼 것이라는 정신력이 아닐까. 그것만으로는 부족하다. 정확한 언어로 표현하기 힘든 그 무언가가 있다면, 그것은 경험이 없는 나의 한계이기도 하고, 그들의 푸릇한 생선 비늘 같은 정신세계를 표현할 수 없는 언어의 한계다.

한 해병이 말했다. 훈련을 끝내고 나서 옆에 선 동료를 보고 눈물을 흘렸다고. '내가! 너도! 해냈구나!' 하는 자랑스러움에 눈물을 흘렸다고……. 그들 속에 자신의 모습도 있었던 것이다.
해병들은 조국과 민족을 위해서 목숨을 버리는 것이 아닐지도 모른다. 나를 이끄는 지휘관, 직속상관, 나의 동료 전우를 위해 목숨을 버릴 수도 있다는 생각이 든다. 그들이 조국일 수도 있는 일이다. 겪어보지 않은 사람들에게는 맹목적인 신화와 같이 생각되기도 할 것이다. 순수한 열정은 어떤 일도 가능하게 만든다.

해병대원들이 이 책을 읽는다면 즐겁지 않을 수도 있다. 이 책은 만들어 낸 이야기를 담고 있기 때문이다. 많은 부분이 부풀려지고, 생략되고 또 어쩌면 왜곡됐을지도 모른다. 그러한 것이 마음을 건드린다면 이 책이 소설임을 상기해 주시길 바란다.

인터뷰에 응답해 준 많은 해병대원분들, 해병대 전우회 서울연합회 이 회장님(아들도 해병대원이라 2대에 이은 진정한 해병대원이시다) 서울 서초구 해병대전우회. 박 해병님과 송 감독님, 문 해병, 소 해병…… 일일이 열거치 못한 많은 분들에게 감사한다. 이 글을 쓰면서 우리나라 해병대에 대해 큰 자부심을 느끼게 되었다는 말을 전하고 싶다.

내가 서 있는 곳, 이곳에서 내 삶과 작품이 탄생할 수 있도록 기틀을 만들어 준 많은 분들께 거명하는 일은 생략하고 고마움만 전한다.

최선을 다하는 젊은이들에게 갈채를!

이정은

c·o·n·t·e·n·t·s

프롤로그 · · · · · · · · · · · · · · ·

난 지금도 생각한다. 그 시절을 부정적으로 말하면 지옥에서
보낸 한철이었다. 그러나 열정으로 채워진 삼 년 동안, 나는 참
으로 행복했다고 말하고 싶다. 그 단순한 열정의 계절들, 그것
이 나의 젊음이다. 지나간 일들은 아름답다. 억수로 고생한 여
행길, 예를 들면 돈이 다 떨어진데다 폭설을 만나 꼼짝없이 고
립되어 거의 죽을 고비를 넘겼던 최악의 경험들도, 지내놓고 보
면 다 아름다운 추억이 된다. 그렇다. 삼 년의 군대생활은 나의
젊음을 저당 잡혀놓고 벌이는 연극, 아니 서바이벌게임인 동시
에 달콤한 휴가였던 것이다.

그 시절, 나는 가장 행복한 때 죽으리라 마음먹었다. 유치한
생각이었지만 나는 그만큼 순수했고, 그만큼 나다웠다. 인생을
통 털어 가장 행복한 순간이란 언제인가. 사람들은 또 나는, 그
순간을 알아차릴 수 있을까. 모호하기 그지없는 그 결심을 나는
조금 더 구체화했는데, 그 첫 번째가 외롭지 않게 죽자는 것이
었고, 두 번째가 모든 문제가 일단락 지어지는 해피엔딩의 순간
을 선택하자는 것이었다.
개개인에게 있어 최고의 정점은 언제인지 모른다. 성공했다
고 생각하는 순간일까. 아니다. 최고의 빛을 발하는 순간일 것

이다. 아니면 좌절의 늪으로 떨어지기 직전의 순간이기도 하지만 그런 부정적인 때는 아니다. 물론 생각하기 나름일 수도 있다. 그러나 나는 적어도 지금일 수는 없다고 생각했다.

삶에 있어서도 마찬가지이다. 밝음은 밝음 속에서는 결코 의미를 찾지 못한다. 그러나 어둠 속에서 밝음을 바라보면, 저것이 바로 밝음이구나 하고 뚜렷하게 알 수가 있다.

나에 대해서 설명을 더하자면 나 자신도 불확실하다. 하늘을 보면 푸르다고 해야 되는 건 아는데, 모두 푸르다고 거리낌 없이 말하는데, 나는 자신 있게 말하지 못한다. 푸른 하늘을 날마다 쳐다보는데, 하늘은 푸를 때도 있고, 잿빛일 때도 있고, 아예 안 보일 때도 있기 때문이다.

하늘은 푸른 것도 아니고 회색빛도 아니라고 말하면, 여자 친구인 미경이는 날 두고 이상하다고 말했다. 하늘을 보면서도 하늘은 보이지 않고, 하늘에 바다가 보이거나 아니면 사진으로 본 바이칼 호수 같다는 엉뚱한 생각을 할 때도 있었다. 그러나 누구에게도 말하지는 않았다.

......정점? 그 정점이라는 의미도 불확실하다. 펄펄 끓는 이 감정, 주체할 수 없이 곤두박질치기도 하고 솟구치기도 하는 생각들, 무엇이 나를 안절부절못하고 쩔쩔매게 하는가. 그 시절, 나는 정점일 때 바로 그 인생을 버리겠다고 결심했다. 그 정점이 어떤 순간을 말하는 것이냐고 묻는다면 말할 수 없다.

검투사들

　　　　　나는 오늘 소눈깔을 만났다. 목욕탕이 아니
었다면 그를 알아보지 못했을 것이다. 그는 늘 소눈깔이라는
별명으로 불렸기 때문에 나는 그의 이름을 기억해내느라 고민
했다. 다짜고짜 "소눈깔님 아니세요" 하고 말할 수는 없지 않
은가. 이름이 소 뭐더라⋯⋯? 머리에서 쥐가 나려고 한다.

　　일요일 오후. 나는 목욕탕 안에 있는 건식 사우나에 누워 있
었다. 답답하다. 왼쪽 눈 옆에 있는 모래시계를 보려고 눈을
뜬다. 엎어놓은 모래시계의 모래가 반쯤 흘러내리고 있다. 다
시 눈을 감으려 하는데 어떤 사람 한 명이 사우나로 들어오더
니 모래시계를 집어 든다.
　　"그거 지금 내가 쓰고 있는 거 안 보여⋯⋯요?"
　　내 말이 채 끝나기도 전에 그 남자는 모래시계를 원래 위치
에 내려놓는다.

"미안해유. 몰랐구먼유."

누운 채로 소리 나는 곳을 쳐다보니 얼굴은 보이지 않고 두 다리만 보인다. 어떤 사람인가 싶어 눈을 45도 각도로 천천히 올리면서 쳐다본다. 테니스공처럼 커다란 대가리가 눈앞에 클로즈업 된다. 소위 말하는 주먹만 한 거시기 대가리다.

나는 깜짝 놀란다. 왜냐하면 한번 스쳐도 기억이 나는 특이한 얼굴이 있듯이 그것은 몹시 낯익은 물건이다. 사람들의 얼굴이 제각각이듯이 그런 특이한 물건은 좀처럼 보기 힘들다. 다시 그의 배꼽 밑을 한 번 더 바라본다.

그도 자신의 아랫도리를 수건으로 가리고 저쪽 의자로 가서 앉는다. 나는 궁금해서 더 이상 그대로 누워 있을 수가 없다.

'혹시 소눈깔이 아닐까?'

그 남자에게로 몸을 돌린다. 한 번 더 확인하고 싶은 마음에 모래시계를 집어 건네준다. 하지만 직접 물어볼 수가 없다. 이름이 도통 기억나지 않는다. 슬쩍슬쩍 눈을 맞추다가 조금 길게 바라본다. 그리고 묻는다.

"저 혹시 해병대 나오지 않았어요?"

그가 앉은 채 눈을 크게 뜨고 나를 바라본다. 나의 커다란 고추에 그의 시선이 머문다. 나는 그가 내 고추를 알아보도록 배를 앞으로 쑥 내민다.

"서부전선?"

"마리쬬!"

"소…… 눈…… 깔?"

"펜싱 경기!"

"소눈깔 아니, 소진철 해병님!"

'소진철'이라는 이름이 나도 모르게 떠오른다. 다행스럽 게도.

우리는 동시에 알아보고 얼굴이 활짝 펴진다.

"마리쬬?"

그도 내 이름이 기억이 나지 않는 모양이다.

"조석희 해병입니다."

조석희는 나의 본명이다. 마리쬬는 말끝에 말이쬬, 말이쬬 라고 한다고 그들이 붙여준 별명이다.

길에서 그를 만났다면 십중팔구 모르고 그냥 지나쳤을 것이 다. 우리는 얼굴이 아니라 배꼽 밑에 달려 있는 서로의 물건을 보고 알아본 것이다. 서로를 확인하자 우리는 활짝 웃으며 손 을 맞잡는다. 서로 관계한 사이도 아니면서 서로의 고추를 보 고 상봉을 한 셈이다.

우리는 서부전선 최전방 북한 땅인 옹진반도가 눈앞에 바라 보이는 해안초소에서 생사고락을 같이한 해병대 전우였다. 그 중에서도 우리는 특별히 친했다.

좁은 막사 안에서 옷을 다 벗어버린 알몸으로 나와 소눈깔은 각자의 물건을 검으로 삼아 펜싱경기를 치른 적이 있었다. 그때 심심하면 고참은 우리를 불러 세웠다. 그리고 그들 나름 대로의 선발기준에 따라서 선수를 선발했는데, 선발기준은 각자 자신의 고추를 손으로 움켜쥐었을 때 남아도는 여분을 보고 판정하는 것이다.

그리고 선수로 선발된 병사는 검투사처럼 자기 고추를 손으로 잡고 휘두르며 상대방을 때리고 무찌르고 공격하는 놀이였다. 다만, 검투사와 다른 점은 손에 든 무기였다.

"받들엇 거시기!"

"필승!"

선수는 자신의 무기를 왼손으로 잡고 오른손으로 끝을 한 번 쓰다듬고는 고참을 향해서 '까딱' 하며 인사를 시킨다. 펜싱경기라고 불렀지만 실제로는 칼싸움과 격투기가 혼합된 것이다. 오락시간이 되면 고참들은 양편으로 갈라져 응원을 했다. 쫄병은 로마의 검투사가 귀족들에게 한 것처럼 고참을 즐겁게 해 줄 의무가 있었다.

"소 해병님은 늘 제 편이었지요."

"내가 꽤 괴롭혔는데."

"아닙니다. 그런데 말이죠"

"자네, 아직도 말이죠라는 말버릇은 못 고쳤구만."

"버릇이 말이죠, 참, 그러네요. 하하."

"마리죠 하면 착했다는 생각이 들었지. 밥이 모자라면 자신은 굶고 내색도 안 했으니."

"거기서야, 살아남으려니 모두 마음을 비웠잖아요?"

"마리죠 자네의 큰 대가리도 마음에 들었지."

"크기로 말하면 소 해병님이죠."

"마음인가 아니면 내 배꼽 밑에 물건인가? 하하……."

"둘 답니다. 나가서 한잔해야지요?"

"그걸 말이라고 하나? 지금 당장."

우리는 사우나에서 나온다. 서둘러 각자의 약속을 취소했다. 소눈깔은 지금 개인택시를 몰고 있다고 한다. 택시회사 근처에 조용한 보신탕집이 있다고 해서 그리로 옮겨 자리를 잡았다.

우리는 십 년 전, 세상의 잣대를 접어버린 그 시절, 젊은 날의 추억 속으로 젖어든다. 무엇부터 말해야 할지 모르겠다. 만남을 축하하면서 계속해서 건배를 한다. 우선 취하고 볼 일이다. 그때 그토록 굶주렸던 이야기, 수많은 사연과 이야기들이 내 머릿속에서 서로 먼저 튀어나오려고 요동을 친다.

우리끼리, 그것도 같은 부대원으로 함께한 해병대원만이 느꼈던 희로애락의 이야기를……. 마땅한 대화 상대를 만나기가 쉽지 않다. 그동안 말하고 싶은 욕구, 그 소통의 출구를 갈급해하고 있었던 것이다. 같은 어려움을 공유한 공통된 화제는 즐겁다.

"소…… 해병님, 그동안 왜 연락을 안 했습니까?"

나는 말더듬이라도 된 것처럼 마음이 급해서 자꾸 더듬는다.

"말이죠……. 섭섭했습니다. 여기서 만나지 못했으면 어찌 됐겠냐 말입니다. 사우나였으니 알아봤지……."

"어찌 어찌하다 보니 큰집에도 다녀오게 되었고 그러다 보니 이렇게 됐네. 뭘 따지나, 이렇게 술 마시면 됐지."

나는 김이 무럭무럭 나는 보신탕 수육을 젓가락으로 집어서 입에 넣고 씹는다.

"보들하고 맛있는데요."

"맛있지?"

참, 그러고 보니 '클레오파트라' 가 생각난다. 소 해병도 같은 생각인가 보다.

"고논, 참 맛이 좋았지!"

'클레오파트라' 는 서부전선 해안초소에서 근무할 때 우리가 아니, 선임들이 잡아먹은 개 이름이다.

"그때 난 조 해병이 정말로 멍멍이를 못 먹는 줄 알았어."

난 그냥 한 번 사양을 했었던 것이다. 딱 한 번 그랬더니 자기들만 먹어 치웠다. 박 하사가 키우던 쪼그만 애완견 한 마리는 너무 작아 보여서 침을 삼키면서도 참았던 것이다. 고기 구경도 못한 쫄따구가 못 먹는 것이 어디 있겠는가. 지금 생각해도 그때 일은 섭섭했다.

"소 해병님도, 참!"

"세상에서 제일 맛이 있는 보신탕이었지."

난 또다시 술잔을 권한다.

"어서 드십시오."

소주가 다섯 병째 비어지고 있다.

"군대는 재미있는 곳이야. 안 되는 것이 없고, 못 할 것도 없는…… 뭐든 명령만 내리면 해결되는……."

"동물이게도, 인간이게도 만들지요."

소 상병 별명이 왜 소눈깔인지는 지금도 모른다. 이유가 두 가지인데, 아마 둘 다일 것이다. 첫째는 소 눈을 닮았기 때문이다. 커다랗고 선량한 눈이 소의 눈을 연상시킨다. 또 하나는 거시기에 커다란 까만 점이 있다는 것이다. 그를 처음으로 만났을 때 소 눈을 닮았구나 하는 생각이 들었다. 그 다음 배꼽 아래에 있는 거시기를 보고는 감탄을 했다. 소눈깔처럼 생긴 점을 보고서.

"마리죠, 그때 주간지 보내주던 아가씨들은 어떻게 되었나?"

"모릅니다. 잘들 살겠지요."

첫 휴가를 나와서 만난 미경이 생각이 난다. 첫사랑이라고 하지만 서로 부담 없이 사랑한 여자다. 그녀가 남긴 자국, 난 평생 못 잊을 것이다.

휘감겨 오던 몸, 해면처럼 남자의 몸을 해체 시키려던 열정, 애절한 눈빛이 내 머릿속 어딘가에 박혀 있다. 단 한 번의 기회가 주어진, 마지막을 예감한 젊은 연인들이 온 밤을 훤히 밝혔던 것이다. 섹스는 죽는 연습을 하는 거라고 했던가. 어디서 들은 것 같다. 그 말을 입증이라도 하려는 듯 죽겠다는 말을 반복하면서 죽음을 불사하던 무시무시한 밤이었다.

사랑을 가르쳐 준 여자. 나를 남자로 만들어 준 여자인 셈이다. 나의 첫사랑이었지만 미경이와 나는 어울리지 않았다. 미경이는 누구하고나 잘 어울렸고 한 남자에게 절개를 지킨다는 생각 따윈 애초부터 없는 여자다.

나 또한 열 여자 마다하지 않는 남자의 본능을 거부하지 못하고 살아왔다. 그렇다면 미경이와 나는 같은 부류의 인간일지 모른다는 생각이 든다. 미경이와 나는 정신적인 사랑을 중히 여기지 않는 것은 아니지만, 육신을 떼어내지 못하는 점이 같은 것은 아닐까.

하지만 난 그런 미경을 평생 잊지 않는다고, 죽을 때까지 잊을 수 없을 것이라고 생각한다. 미경이의 열악한 어린 시절을 안다. 그 버리고도 싶고 그립기도 한 누추한, 그런 고향 같은 여자라면…… 나 또한 첫사랑 미경이를 잊지 못하는 순정도 가졌지 않나, 하는 생각도 든다.

수인은 내가 짝사랑한 여자다. 나의 순수한 시절의 여자다. 수인을 생각하면 젊은 날, 순수의 시절이 떠오른다. 그때를 생각하면 지금도 희미하게 웃음이 난다. 이상세계를 꿈꾸던 나의 열정을 수인에게 전부 보여주었다. 온갖 낭만적이 몸짓을 했어도 흔들리지 않던 냉철한 여자 수인. 난 그때 그녀가 내 이상형이라고 굳게 믿었다.

같은 학교에 다니던 엘리트. 나의 미래를 설계한다면 최고의 아내감은 당연히 수인이다. 세련되고 정숙한 여자. 그다지 육감적이지는 않더라도 지적인 외모의 현처로는 손색이 없다. 손색이 없다니! 내 부족한 가슴을 채울 퍼즐, 딱 맞는 쪽이다.

폼 나게 살아보고 싶다는 내 희망이 걸려 있는 여자다. 그 희망이 이루어지고 아니고는 수인에게 걸려 있다고 생각되었다. 그렇게만 된다면 천재는 아니라도 우수한 머리를 가진 아이를 둘쯤 낳고, 현명하게 아이들을 길러낼 아내감으로 수인이만큼 어울리는 여자는 없을 것이다. 내 머릿속에 그려진 이상적인 가정의 모습이다. 그런데 그녀를 곧 잊을 수 있었던 것은 손에 넣을 수 없는 것을 쉽게 포기하게 만들어주는 마음의 보호 작용이었을까. 아니면 동물적인 내 본능이 그녀와 나의 불협화음을 감지한 탓일까.

휴가 중에 만난 장미꽃 미애는 나를 짝사랑한 여자다. 말끝마다 미안하다고 말하던 여자. 소박맞고 온 누이처럼 연민으로 가슴을 찡하게 만든 여자. 그 당시 굶주린 내 청춘은 어떤 곳이든 설 수 있었고, 설 곳이 필요했다. 몸을 맞댄 사람과 사람 사이에는 사랑이 남는다. 단순한 연민에 불과한 것일지 몰라도 나는 그것을 사랑이라고 느낀다.

"소 해병님, 결혼은 했……."
말을 하기도 전에 손을 들어 만류한다.
"여자라면, 아직은 생각이 없어. 모두가 겉과 속이 다른 교활하다는 생각이 들어."
난 소눈깔이 상병이던 때 죽도록 얻어맞는 것을 보았다. 고참의 여자를 건드렸다고 신 병장이 소 상병을 나무에 매달아 놓고 죽지 않을 만큼 두들겨 팬 것이다. 죽기 직전이 언제인지 아는 것도 기술이다. 매질을 멈추어야 하는 순간을 아는 것이니까.
"구멍가게 여자가 샐샐거리며 눈웃음을 치더라고, 그게 신 병장이 먹어치운 계집인지 알았어야지."
"고참 것을 건드리면 어떻게 되는 지 확실하게 보여주지."
신 병장이 그렇게 말했던 것 같다.
소눈깔이 비틀거리며 일어선다. 나도 따라 일어난다. 화장실에서 소변을 본다. 그냥 헤어지기는 왠지 서운하다. 다음에 다시 또 만나더라도.

"한 잔 더, 소 해병님."

포장마차의 포장을 들추고 들어간다. 이 차인 셈이다. 길에는 네온사인이 깜박거린다. 달이 떠오른다.

"살아 있다는 건 좋은 것이야. 이렇게 우리가 만나는 것을 보면."

"이 자리에 장 해병도 함께 있었으면 좋을 텐데요."

"그 친구, 참 좋은 녀석인데, 아까워."

달빛 아래서 '전선야곡'을 잘 불렀던 장 일병. 자살한 장 일병 생각이 난다. 해안 초소에 근무할 때 내 후임으로 들어온 쫄다구였다.

취중에 우린 장 일병의 석연찮은 죽음에 대해 중언부언 떠들었다. 그러니까 자살한 이유, 스스로 총을 쏜 것으로 결론 내려진 장 일병은 물론이고 장 일병이 쏜 총에 죽어버린 주 상병이나 다 아까운 청춘이다. 아깝고 억울하고 또 어리석은 죽음을 당한 것이라고 말을 했던 것 같다.

죽은 놈 이야기는 그만, 손사래를 치며 소눈깔은 택시를 불러 세운다. 헤어질 시간이다.

첫사랑 미경이

　　　　　소눈깔과 헤어져 집으로 오면서 미경이 웃는
모습이 떠오른다. 왼쪽가슴이 아파온다. 미경인 내가 머릿속 어
딘가에 저장해 둔 것처럼, 아니다 미경이가 내 머리, 가슴 속에
들어와서 꼼짝 안하고 처박혀 있다가 불쑥불쑥 나타나고 있다.
"아파."
내가 미경이 뺨을 때렸을 때 미경이 울면서 한 말이다.
"너무 아프게 때리지는 마."
나는 사랑했다는 이유로 그녀에게 손찌검을 한 것이다.

　　해병대 지옥훈련을 이겨내고 연평도에서 센 군기와 고참의
비위를 맞추면서 견뎌냈다. 미경이 생각이 났다. 첫 휴가를 나
왔다. 발이 땅에 붙지 않았다. 하늘을 날 것 같은 들뜬 마음을
억눌렀다. 마음 같아선 날고 싶은데 땅에 발이 닿아야 걸을 수
있는 것 아닌가. 그 기다림과 기대는 달콤하고 낭만적이었다.

행복했다.

　나는 지금 미경이를 찾아가는 중이다. 2월의 햇살은 화창했지만 날씨는 아직도 쌀쌀하다. 언젠가 여기 왔었다. 중학교 3학년 때 미경이와 함께. 그녀를 집 앞까지 바래다 준 적이 있었다. 그 기억을 찾아서 철길을 건너고 골목길로 들어섰다. 아직 그 집에 그녀가 살고 있는지는 모른다. 골목길을 이리저리 기웃거렸다.

　내가 미경이를 처음 만났을 땐, 그녀는 다정다감하고 정이 많았다. 얼굴은 동글납작하고 평범한데 살결이 우유빛깔처럼 매우 뽀얬다. 중학교 때부터 남학생에게 인기가 있는 꽤 잘 나가는 날라리였다. 남학생을 보고 웃기를 잘했다. 그녀는 동네에서도 인기가 있었다.

　철길을 경계로 해서 우리 집은 윗동네에 그녀는 아랫동네에 살았다. 그래서 학교 가는 길에서 우연히 만나는 일이 많았다. 그때도 나는 여학생에게 관심이 있었던 것 같았다. 그래도 먼저 말을 건네지를 못했고, 고개도 들지 못하고 걸었다. 그녀는 언제부터인지 모르게 등교 길에서 만나면 나를 보고 배시시 웃었다. 나는 그 모습이 좋았다. 더러는 제 친구들과 가다가 마주치면 제 친구들에게 나를 가리키며 키득거리고 웃기도 했다.

　일 년 정도 미경이와 잘 지냈다. 손을 먼저 잡은 것도 미경이었다. 처음으로 미경이와 손잡고 철길을 함께 걸었던 기쁨은, 좋다는 말로는 설명되지 않는다. 감전된 것처럼 정신이 없었다는 말로도 부족하다.

일 년 정도 우리는 사귀다가 헤어졌다. 왜 헤어지게 되었는지는 잘 모르겠다. 미경이가 나를 보고 웃지 않아서였는지 다른 남학생이랑 같이 다니는 것을 보아서였는지 잘 모르겠다. 확실한 것은 다른 남학생이랑 시시덕거리는 것을 내가 매번 보았음은 틀림없다. 어떻게 나 이외에 다른 남학생이랑 웃을 수 있는가. 나는 이해가 되지 않았다. 나는 단 한 번도 미경이 이외에 다른 여학생을 쳐다보지도 않았는데 말이다.

일 년 후, 그러니까 내가 고등학교 다닐 무렵에 미경이를 다시 보게 되었다. 딴 사람이 된 것 같았다. 손목엔 하얀 붕대가 감겨 있고, 목덜미에는 파스 한 두 장이 붙어 있기 일쑤였다. 아예 막가파로 뛰어든 것 같았다.

그녀는 중학교 때부터 남학생과 어울렸다. 학원을 마치고 밤늦게 골목길을 지나가다가 남학생과 돌아다니는 걸 몇 번 본 적이 있었다. 고등학교 땐 주로 시내에서 남학생과 어울렸다. 토요일 밤늦게 버스를 타고 지나가다가 남학생과 함께 걸어가는 것을 보기도 했다.

골목길 한 모퉁이에 나무판자로 된 담장이 있는 집을 지났다. 주위에 있는 집들은 모두 시멘트 블록으로 바뀌었는데, 아직도 그 집만은 나무판자로 된 담장이었다. 그때의 그 담장이 틀림없었다. 다시 되돌아가서 담장 안을 들여다보았다.

젊은 여자 둘이서 마루에 걸터앉아 뜨개실을 감고 있었다. 옆에서 얌전히 앉아서 자주색 실타래를 들고 있는 머리를 짧게 커트한 여자가 눈에 들어왔다. 낯이 익다. 아니 미경이가 틀림없다. 가슴이 뛰었다.

그 집 대문 앞을 몇 번이고 왔다갔다했다. 나는 잠시 망설이다가 담배를 골목길에 집어던지고는, 아랫배에 힘을 주었다. 판자로 만들어진 대문을 거침없이 밀치고 마당으로 들어섰다. 마당이래야 손바닥만 한데, 마당 한가운데 수도가 보였다. 수돗가에 있는 붉은 플라스틱 양동이에서 수돗물이 조금씩 떨어지고 있었다.

두 여자는 갑자기 들이닥친 낯선 사람을 보고 조금 놀랐다. 미경이는 얼떨떨한 표정으로 누구 찾아오셨는데요, 하는 표정으로 군인인 나를 바라보았다.

"야, 오랜만이다."

나는 당당하게 말했고, 미경은 눈을 크게 뜨고 순간 당황해했다. 그러나 곧 나를 알아보았는지 환하게 웃었다.

옆에 있는 젊은 여자가 물었다.

"아는 사람이야?"

"응, 조금. 편······ 지······."

미경인 손으로 입을 가리면서 웃었다.

"누구?"

"언니, 위문편지로 알게 된 군인 아저씨야."

언니라고 불린 젊은 여자는 미경의 말을 그대로 믿었는지 아닌지는 모르지만, 어정쩡한 모습으로 서 있는 나를 물끄러미 바라보았다.

"멀리서 오신 것 같은데. 잠깐 안으로 좀······."

마루를 가리키면서, 나를 마루에 걸터앉게 했다. 그러고는 마루에 있는 주황색 플라스틱 바가지를 들고 수돗가로 가서 수도꼭지를 틀어서 물을 받아서 부엌으로 들어갔다. 잠시 후 커피가 담긴 플라스틱 컵을 들고 와서 내 앞에 내려놓았다. 나는 천천히 커피를 마셨고, 젊은 여자는 커피를 마시고 있는 나를 찬찬히 훑어보았다.

그때 미경이가 말했다.

"빨리 마시고 나가자!"

젊은 여자는 미경이와 내가 어떤 사이일까 궁금해 하는 것 같았다.

"마시며 천천히 얘기해요."

나는 떳떳했다. 그동안 미경이와 포옹이나 키스를 해 본 적도 없다. 잘못이 있다면, 미경이와 손을 몇 번 잡아 보았다는 것밖에 없었다. 그것도 내가 미경이 손을 잡은 것이 아니라 미경이가 내 손을 잡은 것이다. 우리는 순수한 사이라고 말할 참이었다. 그러나 젊은 여자는 내게 아무것도 묻지 않았다.

"나 옷 갈아입고 나올게. 추우면 들어와 기다려."

"아니, 괜찮아."

우리는 골목길을 빠져나와 옛날처럼 함께 철길을 걸었다. 나는 무언가 말하려 했지만 별로 할 이야기가 없었다. 철길 옆에는 군데군데 마른 갈대 잎이 서걱거렸다. 야전 점퍼 주머니에 손을 찌른 채, 발밑만 내려다보며 걸었다.

"왜 위문편지로 알게 된 군인이라고 했니?"

"그냥, 귀찮아서."

"귀찮다고?"

"그게 아니고, 윗동네 누구라고 하면 우리 언니 욕심이 생길 거 아냐. 결혼하라고……."

난 처음 미경이를 만난 날을 생각하며 걸었다.

화창한 봄날, 그녀는 중학교 3학년이었고, 나는 고등학교 1학년이었다. 어느 날 하교시간에 맞추어 함께 가자는 약속을 했던 것 같다. 나는 철길로 들어서는 길옆에서 미경이를 기다리고 있었다. 잠시 후 미경이는 빨갛게 볼을 물들이고 나타났다.

"천천히 오지, 뛰지 말고."

급히 오느라 빨개진 미경이의 얼굴을 보며 말했다.

"청소 당번인데 도망쳤어."

쿡쿡 웃었다. 하얀 교복 깃이 미경이의 흰 얼굴을 더욱 환하게 했다. 그때 우리는 자유롭고 평화로웠다.

지금 미경이는 여전히 아름답지만 조금 달라보였다. 물론 그때보다 덜 예쁘다는 게 아니다. 그때보다 성숙한 여자 냄새가 많이 났다.

나란히 걷던 미경이가 이상하다는 듯이 나를 향해 돌아섰다. 그리고 불쑥 말했다.

"왜, 벌써 군에 갔어?"

그러나 나는 아무런 말도 하지 않았다. 나는 숨이 막힐 것 같은 평범한 일상에서의 탈출이라고 말하려다가 얘기가 너무 길어질 것 같아서 그만두었다.

"슬퍼서."

대신에 짧게 말했다.

미경은 내 말을 잘 알아듣지 못한 표정이었다. 열정 때문이라고 말하려다가 그것도 적절치 않은 것 같아서 그저 멋쩍게 웃기만 했다.

"왜? 내가 군대 가면 안 돼?"

"응. 군에 갔다는 게……. 조금 아니, 많이 이상해."

미경이는 나를 보고 웃었다. 이번에도 나는 아무런 말도 하지 않았다.

"안 어울려."

여전히 고개를 갸웃거렸다.

어울리는 사람이 따로 있냐? 하려다 그녀의 얼굴을 보고 웃기만 했다. 그리고 미경이가 입고 있는 감색코트가 잘 어울린다고 생각했다.

내 오른쪽 가슴에는 빨간색 바탕에 노란색 실로 수놓인 '대한민국 해병대' 임을 알려주는 빨간 명찰이 반짝이고 있었다. '멋있잖아' 하고 자랑스럽게 말하고 싶은 걸 참았다. 그리고 이 빨간 명찰이 그동안 고통을 참고 견딘 나의 분신이라는 말을 하고 싶었다. 그러나 말을 하지 않았다. 말을 해도 모를 것이란 생각을 했기 때문이다. 대신에 나는 자랑스럽게 가슴을 앞으로 내밀었다. 미경이 알건 모르건 간에 개의치 않았다.

미경이가 나를 이상하다는 눈으로 바라보았다. 그것이 나를 경이로운 눈으로 보는 것 같아서 기분이 좋았다.

"지내기는 어때, 힘들지?"

"아니, 재미있어."(야, 말 마라. 죽는 줄 알았다.)

그날 우리는 해가 질 때까지 골목길과 철길을 돌아다녔다. 난 군대에 관계되는 이야기는 하지 않았다. 내가 맡은 임무가 국가기밀사항에 해당된다고 판단했기 때문이다. 스무 살의 앳된 휴가병과 열아홉의 처녀는 마냥 행복했다. 그 옛날처럼…….

우리는 다정한 오누이처럼, 아니다, 단칸방부터 시작한 신혼부부처럼 손을 잡고 다정히 식당으로 들어갔다. 깍두기를 집으려다 서로 젓가락이 부딪혀서 쿡쿡 웃었다. 저녁을 어떻게 먹었는지 기억에 없다. 둘이 함께 웃은 기억뿐이다. 그리고 소주를 마신 것 같았다. 거리로 나오자 밖은 컴컴했다.

"우리 어디 갈까?"

"좀 걷지, 뭐."

개천을 따라 걸었다. 지나는 사람은 없었다. 미경은 스스럼없이 팔짱을 꼈다. 나는 얼굴이 붉게 달아올랐다. 어둠에 취해, 술에 취해, 여자 냄새에 취해, 가끔씩 내 팔꿈치에 쿡쿡 부딪히는 미경이의 젖가슴 감촉 때문에 걷기가 힘이 들었다. 어둠이 달아오른 내 얼굴을 감싸주었다.

내 팔꿈치에 퍼지던 뭉클하던 젖가슴의 느낌이 참 좋았다. 나는 숨을 깊게 들이마셨다가 천천히 내쉬었다. 내 생각을 들키기 싫었다. 그리고 마음 같아선 미경이에게 무엇이던지 해주고 싶었다. 막연했지만.

미경이는 끼었던 팔짱을 풀고 내 손을 잡았다. 나는 떨고 있는 내 손이 부끄럽고 민망했다. 대신 미경이를 살며시 당겨 끌어안았다. 미경이는 끌려왔고 자연히 입술이 포개어졌다.

미경의 혀가 내 입 속으로 들어왔다. 나는 어쩔 줄 몰라 주춤하다 받아들이고 있었다. 온 세상이 다 들어온 것처럼 환해졌다.

"우리, 어디로 갈까?"

"네가 가고 싶은 데로."

미경이는 더 이상 아무 말도 하지 않았다. 나는 꿈을 꾸는 것 같았다.

육교 계단을 오르던 미경이가 멈추어 서서 나를 돌아보았다.

"……정말? ……나랑 같이 있고 싶어?"

미경은 낮은 목소리로 내게 물었다. 그녀는 웃음 가득한 눈빛으로 나를 바라보았다. 우리는 서로 마주보았고 나는 육교 건너편에 깜박이는 불빛을 향해 눈짓을 했다.

여관 앞이다. 어떤 가게에서 누가 맥주를 샀는지는 기억에 없다. 나는 그녀 뒤를 따라갔던 기억뿐이다. 오후 내내 계속 걷기만 했던 우리는 피곤했다. 가로등 불빛이 점점 밝아오고 있었다.

드디어 단 둘이 등을 기대고 앉아 쉴 수 있는 공간으로 들어왔다. 아무 시선도 따라다니지 않는 우리만의 공간, 나는 몸과 마음이 편안해졌다. 미경은 나에게 쉴 자리를 제공한 것이다.

난 벽에 기대어 두 다리를 쭉 뻗고 앉았다. 그 다음엔 어떻게 해야 하는지 모르겠다. 내가 하도 말이 없자 미경이가 일어서서 TV를 켰다. 방 안에는 우리 둘뿐이다. 미경이와 그리고 나.

미경이 코트를 벗어서 옷걸이에 걸었다. 감색 바지에 밤색 반폴라 티셔츠도 벗었다. 놀랍게도 누런 내복 위에 브래지어가 겉으로 들어 난 차림이었다.

"네가 추울 까 봐. 급히 나오느라고 제대로 챙겨 입지를 못했어."

미경이가 집 안으로 들어와 기다리라고 했었는데 내가 밖에서 기다리겠다고 거절했던 것이 생각났다.

"응. 괜찮아."

나는 재빨리 야전 점퍼를 벗어서 미경이 코트 위에 걸쳐놓았다. 그리고 군복 윗옷과 바지를 벗고, 화장실을 다녀왔다. 뭔가가 우리를 점령하기 시작했다. 정신이 아득해지는 것 같았다.

미경은 내복을 벗고 이불 속으로 먼저 들어갔다. 나는 어쩔 줄 몰라 TV를 보면서 그대로 앉아 있었다. 미경이 무슨 말이라도 해 보라는 듯 나를 바라보았다. 그러나 나는 여전히 입을 열 수가 없었다.

"추운데 이리와!"

미경이 이끄는 대로 이불 속으로 들어가서 누웠다.

나는 지금껏 마음만 부풀었다. 어떻게 시작해야 하는 것인지 아무것도 몰랐다. 여자와 어떻게 하는 건지…… 여자 옷을 어떻게 벗기는지…… 옷은 누가 벗기는지. 어떻게 말해야 하는지, 전희는 어떻게 하는지, 내가 아는 것은 아무것도 없었다. 그저 욕망만 앞설 뿐이었다.

나는 그냥 느낌대로 갈 수밖에 없었다. 미경이 내 옆으로 바싹 다가왔다. 미경이가 위로 올라오려나? 아님 내가 미경이 위로 올라가야 하는 건지. 어떻게 하든 괜찮을 것 같은데…….

"어서……."

미경이는 눈을 반쯤 감았다. 나는 눈을 감고 있는 미경이가 정말로 잠을 자고 싶어 한다고 생각했다. 그녀가 피곤할 것 같았다.

"넌, 저것 안 돼?"

"뭐? 뭐 말인데……."

미경이가 손으로 가리키는 TV에선 한 남자와 한 여자가 침대 위에 있었다. 남자가 침대 위에 누워 있는 여자 위에서 열심히 허리를 움직이는 장면이었다. 격렬한 움직임은 계속되고 남자의 등 뒤에, 목 언저리에서 땀이 흐르고 있었다.

"저거?"

난 손가락으로 TV 속의 남자를 가리키면서 별거 아니란 투로 대답했다.

'선수보고……. 저런 건 마음에 맞는 여자만 있으면 전천후
인데…….'

그렇지 않아도 마른침을 삼키고 있던 참이었다. 아랫부분이
나 여기 있다고 고개를 쳐드는 바람에 정신을 차릴 수가 없었
다. 그놈의 물건이 커다랗게 부풀었다. 나는 주체를 할 수가
없었다. 창피하다. 마음을 들킨 것이……. 부끄러움으로 벌겋
게 달아오른 얼굴을 감추고만 싶었다. 엉덩이를 뒤로 빼고, 가
쁘게 숨만 들이쉬고 있었다. 가슴이 하도 쿵쾅거려서 미경이
도 알아차렸을 것이라는 생각에 침을 꿀꺽 삼켰다.

미경이 말없이 내 허리를 끌어 안았다.

"아무 말도 하지 마."

미경의 허락을 받은 셈이었다. 마음은 다급했다. 그러나 몸
은 움직일 수가 없었다. 여자의 옷을 어디서부터 벗겨야하는
것인지, 브래지어 고리를 어떻게 풀어야 하는지도 모르겠다.
그렇다면 팬티도 벗겨야 하는 것인지, 여자가 스스로 벗어야
하는 것인지도 모르겠다. 왜 이렇게 모르는 것이 많은지…….

늘 여자를 만나면 우아하고 민첩하게 옷을 벗기고 여자가
수치심이 들지 않도록 해야 한다는 것을 잡지에서 많이 보아
왔다. 그런데 실제 닥쳐보니 마음만 급했다. 더군다나 손이 떨
려서 제대로 할 수 있는 것이 한 가지도 없었다.

그동안 생각만으로는 무엇이든지 근사하게 할 것 같았다. 첫 경험을 치러 내는 것은 물론이고 여자에게도 아름다운 추억을 만들어 줄 자신이 있었다. 무조건 미경이를 끌어안았다. 그리고 브래지어를 밀어 올렸다. 미경이의 목에서 브래지어가 불룩하게 쳐 받친 채 있었다. 미경의 유방을 움켜잡았다. 걷잡을 새 없이 성급해졌다. 마른침을 삼켰다. 어떻게 해야 하는지 모른 채 엉거주춤 미경이 위로 올라갔다.

"아파! 거기가 아니구."

미경은 작은 소리로 말했다.

"응?"

나는 멈칫했다.

미경의 도움으로 겨우 여자의 몸속으로 들어갔을 때서야 안도의 한숨을 쉴 수가 있었다. 얼결에 올라타서 몸이 원하는 대로 움직인 셈이었다. 여전히 서툴렀다. 마음은 급한데 어떻게 하는 것이 잘하는 것인지 모르겠다. 잘하고 싶었다, 잘한다는 것은? 미경을 즐겁게 하는 것?

'해내고 있구나! 내가.'

"천…… 천…… 히."

미경이 미간을 찌푸렸다.

움직임은 계속되었다. 움직이지 않을 수 없었다. 움직이지 않을 수 없었다기보다 움직임만이 살길인 것처럼 처절했다.

태양처럼 붉게

37

나는 마음만 앞섰다. 어떻게 하는 것이 여자를 즐겁게 하는 것인지 모른다. 즐겁게 해야 한다거나 아니면 적어도 실망시키지 않아야 한다는 생각이 앞서서 초조해졌다.

시시한 절정은 초라한 몸을 감당해야 했다. 성마른 행동으로 실추당한 남자가 된 것이 부끄러웠다. 미경이 배 위에서 옆으로 굴러 떨어졌다. 멈춤 동작은 곤혹스러웠다. 그대로 누워 버렸다. 미경은 나를 쓰다듬으며 낮은 목소리로 말했다.

"너 여자랑 자 봤어?"

"응?"

미경은 내말을 긍정적으로 받아드린 모양이었다.

"아 알았어. 얘기하지 않아도 돼."

"……."(어떻게 알았다는 거지? 많이 한 것? 아직 못한 것?)

그동안 여자를 상상하면서 한, 수없이 많은 자위행위를 실제처럼 생각해 왔다. 그러나 역시 실제와 상상은 달랐다. 그래도 나는 수많은 경험이 있는 베테랑처럼 말하고 싶었다.

"처음이니?"

"아니야!"

나는 자신 있게 말했다.

미경이 흥미롭다는 듯 내 얼굴을 바라보았다.

"불 꺼!"

"우리, 한 번 더 할래?"

어떻게 여자가 먼저 더 하자는 말을 할 수 있는지 어이가 없었다. 순진한 여자라면 남자와 몸을 섞은 후에 얼굴을 붉히며 부끄러워하는 것이 정상이 아닌가. 남자인 나도 쑥스러운데. 일순, 씁쓸하기도 하고 섭섭하기도 했다. 그토록 아름답게 상상하며 갈망하던 첫 번째 섹스가 불쾌해졌다. 창녀촌에 갔다면 당연한 일이지만.

"그래. 기다려."

나는 힘없이 말했다. 너무나 변해버린 미경이 때문이었다. 어떻게 그런 말을 할 수 있을까? 화가 나기도 하고 슬프기도 했다. 아무리 생각해도 닳고 닳아 버린 미경이 석연치 않았다. 그러나 그것은 다음에 생각하자, 마음을 돌렸다.

"물론이지. 밤새도록 해 보자!"

짜증스럽게 말하고는 미경이에게 다시 다가갔다.

'자신 있게!'

이번에는 본 떼를 보이고 싶었다. 나는 자신에게 '자신 있게 해야 한다'는 주문을 걸었다. 한 번의 경험만으로 선수가 된 것처럼 안정을 찾았고 서서히 미경이에게 말려들고 있었다.

"행…… 복…… 해…… 너…… 무…… 행…… 복…… 해……."

두 손으로 내 목을 감고, 들릴 듯 말 듯 토막토막 끊어지는 목소리가 내 귓전을 감돌았다. 그럴 때마다 나는 허리에 힘을

태양처럼 드렁게

줬다. 미경이는 내 온몸을 자신에게로 끌어들이고 있었다. 강력한 흡인력으로 밀착해 오는 그녀는 온통 나를 없애 버릴 작정을 한 것만 같았다.

그녀가 행복하다는 것은 그녀 자신 때문인지 나 때문인지는 모른다. 상관할 바가 아니다. 다만, 나는 더 이상 할 말이 없었다. 무슨 말이든 해야 할 것 같았지만 떠오르지 않았다.

정확히 말하자면 나도 나쁘지는 않았다. 그렇다고 행복한 것까지는 아니었다. 대신에 미경이 행복해 하는 얼굴만 바라보면서 허리만 거칠게 움직였다.

이제 열아홉인 여자애가 나에게 매달려 행복하다고 말할 때, 처음엔 잘못 들은 게 아닌가 생각했다. 미경이가 입을 다물지 못하고 내 귓속에다 계속 말을 해 댔다. 남자의 몸을 거세게 빨아들이며 하는 말이다. 기가 막혔다.

"더…… 세…… 게…… 세게…… 음…….""

나는 슬펐다. 그렇지만 내 몸은 점점 더 세게 움직이고 있었다. 이제 갓 고등학교를 졸업한 여자애가 남자의 목에 매달려 이렇게 좋아하다니, 처음엔 잘못 들은 게 아닌가 생각했다.

미경이가 좋아하고 있는 것은 내가 좋아서, 나만을 사랑해서가 아닐 터였다. 그동안 많은 훈련을 거쳐서 지금의 미경이가 있다는 것을 인정해야 했다.

씁쓸해 하면서도 나는 점점 세게 움직였다. 미경이 가슴 위에서 때때로 달리기도 하고, 걷기도 하고, 결승전을 향해 전력 투구도 하고 쉬기도 하면서 자유롭게 뛰어 놀았을 뿐이었다. 다만, 어떻게 하는 것이 미경이를 행복하게 하는 것인지 몰랐지만, 그렇게 하면 미경이가 나를 더 세차게 끌어안았기 때문이다. 지금으로서는 미경이를 즐겁게 해 주고 싶었다. 아니, 그건 젊은 내 몸이 원하고 있었다.

"너! 참 잘해."

"뭘⋯⋯!"

"누군 날 때부터 잘 하냐."

"야, 이거 하는데, 잘하고 못하고가 어딨냐? 하면 되는 거지."

"이렇게 잘하면서, 그동안 왜 한 번도 자고 싶다고 말 안 했어."

나는 아무 말도 하지 않았다. 그것은 어떻게 하는 것이 사랑하는 것인지 잘 모르기 때문이었다. 그것은 지금도 마찬가지다.

사랑해서 너를 아끼고 지켜주고 싶었단 말도, 한편 너랑 하고 싶었는데 적당한 기회가 없었을 뿐이란 말도 하지 않았다. 지금 미경이와 하는 이것이 사랑인지는 모르지만, 미경의 사랑법과 나의 사랑 법에는 차이가 있다고도 말할 수가 없었다.

"널 기다렸어. 그런 눈으로 쳐다보지 마. 묻지도 말고⋯⋯ 처음은 아니야."

"아무 말도 하지 말어."

"그런데 첫 번은 너하고 하고 싶었어."

미경이는 나를 보며 훌쩍였다. 머리 위에 매달린 전등불이 희미해서 미경의 눈물을 보지는 못했다.

"미안해. 아마 외로움 때문이었을 거야. 변명 같지만 누군가를 사랑하지 않고는 견딜 수 없었어. 누군가의 보호 아래 있고 싶었어."

"난, 기다렸어. 사랑을 위해서……. 그러면서도, 솔직히 너와 자는 상상도 했었지."

자는 상상을 했다는 나의 말에 미경은 조금 놀란 듯 미간을 찌푸리면서 나를 바라보았다.

"기약 없는 기다림보다는 외로움, 외…… 로움…… 때문이야."

미경은 웅얼거리듯 말했다.

"난, 말이야. 석희, 너는 그런 생각을 하지 않을 거라고 생각했어."

미경의 말에는 슬픔이 묻어 있었다. 그때 나는 미경의 맑은 눈가에 살짝 어리는 눈물방울을 보았다. 그 순간 무언가 가슴을 치고 지나가는 것 같았다.

"미안하긴, 내가 여자 심리를 잘 모르잖아. 사랑하는 사람은 그대로 아껴야 한다고 생각했어."

"그건 그래. 그런데 나는 사랑 같은 걸 할 자격이 없어."

미경이 힘없이 말했다.

"사랑이 어떤 건지 사람마다 다르잖아."

미경이 내 목을 끌어 않았다.

"물론 어떻게 해야 하는 지를…… 너라도 먼저 말했으면 좋았을 텐데."

나는 누운 채로 담배를 피워 물었다. 천장을 향해 후 하고 담배 연기를 내뿜었다. 그렇게 슬프지 않았는데도 눈가에서 시작한 물기가 귀밑을 축축하게 했다.

날이 밝아오기 시작했을 때 허리 동작을 멈추고 내려왔다. 미경이는 행복하게 웃었다.

조금 전 미경이 주도로 소위 섹스라는 것을 했지만, 마음속에서는 슬픔이 강물처럼 출렁였다. 내 바람은 두 사람 다 미숙해서 쩔쩔매기도 하고, 부끄러워하면서 일을 치렀다면…… 얼마나 좋았을까 하는 생각이었다. 만약 그랬다면 미경이와 함께 살아도 좋을 것 같았다. 그러나 이제는 풋풋한 사랑을 영원히 간직하고 싶었던 그 시절이 그리울 뿐이었다.

나는 화가 나려고 했다. 밤새 미경이와 환락의 밤을 보내놓고 갑자기 슬퍼지다니! 그동안 미경이를 두고 아름다운 상상을 했던 내 순수의 시간을 빼앗긴 것 같은 생각이 들었다. 이런 감정은 내 이기심이란 것도 알고 있다. 인정하고 싶지 않지만 내가 처음인 것처럼 너도 처음 이어야 한다는 생각이 들어서 자꾸 억울해지니 나도 어쩔 수가 없었다. 나는 창가에 서서 펄럭이는 커튼으로 얼굴을 가리고 있었다.

이렇게 매력 있는 미경이를 도둑맞은 기분이었다. 도대체 어떤 놈들이 미경이의 몸을 거쳐 갔단 말인가. 내가 아껴둔 여자를. 미경이가 예뻐 보이면 보일수록 자꾸만 슬퍼졌다. 갑자기 화가 치밀었다.

"앉아볼래?"

그녀는 여전히 웃으면서 일어나 앉았다. 나는 그녀의 얼굴을 한참 동안 바라보았다. 그윽하게 웃고 있는 미경의 얼굴은 달빛처럼 고요했다.

나는 미경이가 '네가 처음이야'라고 말해 주길 바라면서 혼자 비장해져 있었다. 나는 나 자신의 연민 때문에 미경이를 끌어안고 울고 싶었다.

미경이 나를 보며 웃었다. 아마 내가 키스를 하려고 한다고 생각했을 것이다. 두 팔로 그녀의 어깨를 밀어서 벽으로 밀쳐냈다.

"똑바로 앉아봐!"

미경이를 거쳐 간 놈들에게 화풀이라도 하는 듯이. 아니 나 자신에게 화가 났던 것이다. 그것은 생각해서 한 행동이 아니었다. 나는 서러웠고, 나 자신이 싫었다. 마음과는 달리 나도 모르게 오른 손으로 그녀의 **뺨**을 때렸다.

"아니, 왜 이래,"

미경은 놀라 눈을 커다랗게 떴다. 빨간 나일론 이불 위로 쓰러지면서 서럽게 울었다. 미경인 울고 싶은 때를 기다렸다는 듯이 얼굴을 부여잡고 소리 내어 울기 시작했다.

미경이가 울며 말했다.

"너무 아프게 때리지는 마!"

갑자기 가슴이 철렁했다.

'무슨 짓을 한 거지!'

난 퍼뜩 정신이 들었다.

언젠가 미경의 팔에 멍이 든 것을 본 적이 있었다. 술주정뱅이 미경의 아버지가 미경이에게 화풀이를 한다고 했다. 아버지에게 툭 하면 매를 맞았다는 것이 이제야 생각이 났다.

미경이는 술 먹는 사람이 싫다고 했다. 왜 남자들은 술을 먹으면 집에 와서 가족들을 못 살게 구는지 모른다며, 난 이담에 가족들과 사이좋게 지낼 거야라고 말했었다.

미경이의 그런 마음을 나도 물론 알고 있었다. 그런 내가, 순간 자기 연민을 못 이겨, 슬픈 미경이를 또 아프게 했다. 무슨 권리로 그녀를 때린단 말인가. 사랑했었다는 이유로? 그건 아니었다. 말도 안 된다.

태양처럼 뜨겁게

미경이를 때렸다. 내가 왜?

군이 변명하자면 내가 생각했던 것보다 미경이를 많이 사랑한 것 같았다. 사랑하지 않았다면 황홀해했을 것이다. 화를 낼 이유가 없었다. 난 자신에게 화가 났던 것이다. 그래도 그녀를 때린 것은, 난 비겁한 놈이다.

창호지를 바른 창은 누렇게 변색 되어있었다. 얼었다 녹기를 반복해서 얼룩진 창문으로 빛이 들어오고 있다. 밤이 낮과 섞이고 있었다. 내가 무슨 말을 했는지는 확실히 기억이 나지 않았다. 나는 횡설수설 지껄였다. 미경이를 부둥켜안았다.

"넌, 알아? 내가 널 얼마나 사랑했는지, 얼마나 그리워했는지."

"내가 외로울 때, 너는 뭐 했니?"

미경이는 의외로 담담하게 말했다.

지금에 와서 무슨 소용인가? 미경아, 넌…… 한때 내 꿈이었고 전부였다고 말하지 않았다. 그동안 다른 남자, 누구와 많이 잤냐고도 묻지 않았다.

미경이의 울음이 내게도 전염이 되었다. 미경이가 우니까, 갑자기 호흡이 멈춰지고 나도 눈물이 나왔다. 다시 한 번 마음을 가다듬고 미경이에게 분명하게 말하자. 사랑한다고……. 아니 사랑했었다고……. 그러나 말은 나오지 않았다.

대신에 나는 미경이를 부둥켜안았다. 우린 한참 동안 서럽게 울었다.

　잠시 후, 보리차를 컵에 따라 무릎걸음으로 미경이에게 다
가갔다. 미경을 뒤에서 끌어안고 왼팔을 둘러 어깨를 잡았다.
그리고 미경이에게 보리차를 먹였다. 그러자 미경이는 신기하
게도 울음을 뚝 그쳤고, 보리차를 홀짝홀짝 받아 마셨다. 나는
왼팔을 돌려서 미경이의 머리와 어깨 사이를 잡고 있어서 미
경이의 얼굴을 볼 수 없었지만 보리차를 마시고 있는 미경이
가 웃고 있다는 것을 알 수 있었다.

　그녀의 입술에 피가 묻어 있다. 물수건을 만들어 그녀의 입
술 주변을 찬찬히 닦아주었다. 그녀의 입술이 조금 부풀어 있
었다.

　"따뜻해."

　"미안해."

　나는 미경이의 어깨에 두 손을 얹으면서 진심으로 사과했다.

　"그만 됐어."

　지금 미경이에게 내가 해 줄 수 있는 일은, 이 밤을 춥지 않
게 그리고 슬프지 않게 해 주는 일이다. 나는 미경이를 계속
해서 안아주었다. 그녀는 부어오른 입술로 살짝 웃었다. 미경
이가 내 목을 끌어안고 행복해하는 것 같았다. 우리가 누워
있는 이부자리는 비닐이 들어 있어서 서걱거리는 소리가 났
다. 그 요 위에서 미경이는 행복해했다. 나와 함께 있는 것이

태양처럼 드러내기

꿈만 같다고 했다.

뜬눈으로 밤을 새웠어도 우리의 눈은 초롱초롱하게 빛이 났다. 천장을 향해 누워서 창밖을 바라보았다. 날이 밝아 오는 것을 지켜보면서 우리의 역사가 지나가고 있구나 하는 생각이 들었다. 밖에는 바람이 부는지 창문이 계속 흔들리고 있었다.

내가 담배를 찾으려고 두리번거리자, 미경은 웃음 가득한 얼굴로 담배 한 갑을 살며시 내 밀었다.

"깜빡했네. 이거, 너 줄려고 가져온 거야. 줄 게 이것 밖에 없네……."

나는 목이 메어 담배연기를 입 밖으로 뿜어냈다. 사랑 때문에 울지 않았다. 울었던 것은 순수를 잃어버린, 지난 시간에 대한 서러움 때문이었다.

미경이는 아무런 일도 없었다는 듯이 명랑해졌다. 애써 아무렇지도 않은 척 즐거운 표정이었다. 미경이가 보리차를 마시면서 내게 말했다.

"너, 대단해."

나를 똑바로 응시했다. 그 얼굴에 아름다운 미소마저 떠올랐다.

얼마나 시간이 흘렀을까. 창밖에는 맞은편 건물의 네온사인이 비에 젖은 채 현란하게 깜박였다. 밤새 비는 그치고 날은 눈부시게 밝았다.

무릎이 쓰라렸다. 바지를 걷어보았다. 양 무릎은 생살이 까져서 빨갛게 되었다. 그 빨간 무릎엔 피가 나는 것이 아니라 맑은 이슬이 맺혔다. 미경이가 보지 못하도록 나는 급히 바지자락을 내렸다.

"언제 가?"

"내일."

나는 일어섰다. 그리고 방 모퉁이에 있는 옷걸이에서 미경이의 코트를 집어 들었다. 감색코트는 새것처럼 산뜻하고 깨끗했다. 코트를 집어 들고 털어서 미경이에게 입혀주고 싶었다. 코트의 먼지를 터는 순간, 안감이 눈에 들어 왔다. 안감은 낡아서 넝마처럼 너덜거리고 있었다.

나는 얼른 눈길을 다른 곳으로 돌리면서 안감이 보이지 않도록 코트를 뒤집었다. 낡아서 헤어진 안감을 못 본 척했다. 코트를 들고 서 있는 나를 보자, 미경이는 당황해하면서 황급히 코트를 낚아챘다.

"코트를 입혀 주려구……."

"누가 널 더러……."

나는 코트에 관심이 없는 것처럼 행동했다. 미경의 어깨를 토닥거렸다.

아주 짧은 시간이지만 미경이는 어색하고 부끄러워하는 얼

태양처럼 뜨겁게

굴이었다. 미경이가 부끄러워하는 모습을 내가 본 것은 그때가 처음이었다. 미경이가 당황해할 때, 내 의사와는 상관없이 그녀와는 다시는 만날 수 없을 거라고. 아니, 미경은 다시는 날, 만나지 않을 거라는 예감이 들었다.

이미 날은 밝아서 여관임을 알리는 네온사인이 꺼져 있다. 이른 아침에 스무 살의 앳된 군인과 열아홉 살의 처녀가 서로 손을 잡고 여관 문을 나섰다. 누군가 우리를 보았다면, 군복만 안 입었으면 미성년자들로 보았을 것이다. 새하얀 얼굴, 사람들이 보기엔 어린애들인 줄 알 것 같았다. 나는 미경이의 손을 잡으면서 해병대 팔각모를 깊이 눌러썼다. 그래도 우리는 밤새 가슴앓이를 한 연인이었다.

나는 앞만 보고 걸었다. 그래서 미경이가 어떤 표정을 짓고 걸었는지 모른다. 그 골목길이 백 리쯤 되었더라도 우리는 계속해서 걸었을 것이다. 그러나 아쉽게도 골목길은 끝이 나고 있었다. 큰길 입구에서 우리는 잠깐 멈추었다. 그러고는 뒤로 돌아서서 우리가 걸어 나온 골목길을 한참이나 바라보았다.

우린 서로 아무 말도 하지 않았다. 두 손을 마주잡고 손에 힘을 주면서 서로를 바라보았다. 나는 말없이 고개를 아래위로 끄덕거렸다. 말을 하면 울어버릴 것 같았다. 미경이도 말없이 고개만 끄덕였다.

우리는 서로 똑같이 돌아서서 등을 붙였다. 그리고 약속이

나 한 듯이 숨을 크게 들이마시고는 각자 앞으로 걸어갔다. 나는 오른쪽으로 미경이는 반대로……. 서부영화의 결투장면처럼.

나는 뒤돌아보지 않으리라 마음을 먹었다. 뒤돌아보지 않았다. 그래서 미경이가 곧바로 걸어갔는지, 아니면 걸어가다가 뒤돌아보았는지 모른다. 사랑하는 시간은 짧았고, 이별하는 시간은 길었다. 나는 뒤돌아보는 대신에 하늘을 올려다보았다.

새벽하늘은 맑았다. 두부장수의 종소리가 들렸다. 두부장수의 리어카가 앞서 지나갔다. 안개처럼 부연 새벽공기가 눈을 자꾸만 아프게 했다.

나는 안다. 내가 그녀를 생각한 만큼, 미경이도 날 생각하고 기다렸음을…….

미경이가 조금 전에 한 말이 생각났다.

"아프면 안 돼. 우리가 지나온 시간에 대해 아파하지 말자! 상처받지 말고 좋은 것만 생각해 줘. 석희 씨, 사랑했어."

미경이가 뛰어가는 발자국 소리가 들렸다.

'미경아! 너도 아프지 말고 행복해라.'

나는 뒤돌아보지 않았다. 소돔과 고모라를 떠올렸다. 그 자리에서 소금 기둥이 되어서 떠나지 못할 것 같아서 그랬던 것

은 아니다. 뒤돌아보면 눈이 아플 것 같아서였다. 멀리서 버스
가 오고 있었다. 나는 달려오는 버스를 향해 손을 흔들면서 달
려갔다. 버스가 정류장에 도착하여 문이 열리고 나는 가까스
로 버스에 급히 올랐다.

다시 버스는 출발했다. 버스 안은 한산했다. 운전석 바로 뒷
자리에 앉으려다 통로에 선 채 뒤돌아보았다. 미경이가 손을
흔들고 있었다. 코끝이 시려왔다. 참았던 눈물을 쏟아내고 싶
다. 그러나 입술을 물었다. 해병대 군복을 입고 울 수는 없는
일이었다.

내가 탄 버스를 향해 손을 흔드는 미경을, 나도 쓸쓸하게 바
라보았다. 등을 뒤로 돌린 채 나도 그녀가 보이지 않을 때까지
눈을 돌리지 않았다. 거리엔 바람이 불고 있었다.

'한때 넌, 내 전부였는데…….'

가슴이 시려오고 눈시울이 뜨거워지려 했다. 도시의 빌딩
위로 햇살이 비치기 시작했다. 거리엔 사람들이 늘고 있었다.

그녀는 시야에서 점점 작아지다가는 한 점으로 변해 버렸
다. 나는 뒤돌아 앉아서, 뒤 유리창에 얼굴을 갖다 붙이고, 점
으로 변한 그녀를 찾았다. 이제 점도 보이지 않았다. 부릅뜬
눈이 시려왔다.

무모한 도전이었다. 내 스무 살, 그해 여름 나는 정점에서 죽고 싶었다. 거대한 뭔가가 터질 것 같은 폭풍전야의 그해 여름 나날들. 대학교 1학년을 마쳤을 때, 내 나이는 만 열아홉하고 오 개월이었다.

지금껏 익숙해 있던 세계를 떨쳐버리고 미지의 세계를 향해 간다. 미지의 세계에 대한 호기심을 도전정신이라고 말한다. 나는 왜 익숙한 것을 거부하는가?

도전, 왜 도전해야지? 그냥 알고 싶어서, 그곳이 나에게 무엇을 줄 수 있을까, 아니 그곳에서 과연 나는 무엇을 할 수 있을까. 나는 무엇을 찾아 나서는가?

열정의 계절

어느 날, 나는 떠나기로 결정했다. 모든 것을 버리면 내가 보일지도 모르겠다는 생각이 든 것이다. 그것은 도피가 아닌 무모한 도전이었다. 삶은 어차피 순례가 아닌가.

강을 거슬러 올라가는 그 힘든 도전을 하고 싶었다. 떠밀려 가는 고래이기보다는 한 마리 연어이고 싶었다. 세상을 향해 거센 물살을 머리로 치받고 거슬러 올라가고 싶은 열정이 나를 괴롭히고 있었다.

대학은 내가 생각했던 이상세계가 아니었다. 낭만보다는 외톨이처럼 쓸쓸하고 고독했다. 가장 낭만적으로 생각했던 학교생활에 만족하지 못하고 있었다. 그때 나는 하고 싶은 일도 되고 싶은 것도 없었다. 생각보다 현실은 열악했고, 학점은 바닥을 헤맸다. 나는 지리멸렬하게 삶을 연장시키고 싶지 않았다.

세상 사람들이 보기에 나는 인생의 한 정점에 서 있는 귀한

존재임에 틀림없었다. 그러나 좌절과 허무가 나를 잡고 놓아
주지 않았다. 최고는커녕 하위로 전락하게 될 성적은 나 자신
을 학대했다. 최고이고 싶은 열망과 현실과의 괴리, 그 강박감
을 이기지 못해 망가져가고 있는 것 같았다.

일상에서의 탈출, 그것은 도피가 아니다. 일상에서 새로움
으로, 새로운 창조를 위해서, 더 나은 현재를 위해서라고 하지
만 떠나보지 않고는 정점을 느낄 수 없다고 생각했다. 떠난다
는 것, 삶은 순례가 아닌가. 무엇을 찾아간다는 것은 현실에의
안주가 아니라 적극적인 변화이며 도전이다.

그날, 난 오전 수업만 있었다. 고교동창이면서 같은 대학에
다니는 박진만을 만나서 학생 식당에서 함께 점심을 먹었다.
그리고 소주 한 병을 사들고 학교부근에 있는 녀석의 하숙집
에 들러서 소주를 함께 마셨다. 그러고는 그대로 잠이 든 모양
이다. 먼저 잠이 깬 친구가 나를 깨웠다.

"야, 뭐 하니? 아르바이트 가야 할 시간인데……."

"괜찮아, 조금 늦어도."

부스스 일어나면서 손목시계를 보니 오후 다섯 시가 조금
지나고 있었다.

"일부러 깨우지 않았어. 고단한 것 같아서."

"잘했어. 오늘은 좀 늦게 가도 돼. 그 애가 시험이거든."

나는 방배동에 사는 고등학교 일 학년짜리 남학생에게 영어와 수학을 일주일에 두 번씩 과외를 해 주고 있었다.

"이만 내일 학교에서 보자."

둘이 골목길을 빠져나와 시내버스가 다니는 큰길로 나왔다. 친구는 약국과 슈퍼마켓 쪽으로 가 버리고 나는 담배를 사려고 버스 정류장 옆에 있는 담뱃가게 앞에 발길을 멈추었다. 길가 전신주 옆에 붙은 포스터에 눈길이 꽂혔던 것이다.

나라는 소년은 늘 바다를 꿈꾸며 살았다. 어디로 간다거나, 언제 가겠다는 구체적인 계획은 없었다. 다만, 내가 가야 할 곳은 당연히 바다가 보이는 어떤 곳이라는 설정을 해 두고 있을 뿐이었다. 공상으로 하늘을 날아다니던 떠돌이, 그 지독한 방랑벽을 잠재워 준 것은 내 옆구리를 쿡 찌르며 다가온 해병대 지원병 모집 포스터였다.

'아! 바로 저것이야!'

감전된 것처럼 머릿속으로 빠른 화살하나가 지나갔다. 붉은 빛 바탕에 커다란 독수리가 날개를 펴고 있는 깃발, 그 아래한 해병대원이 거수경례를 붙이고 있는 모습이었다.

해병대 지원병 모집 포스터를 본 순간, 나는 내 몸 어디에서인지 모르게 통증 같은, 아니 커다란 울림을 들었다. 지금이 순간이 어쩌면 내 구원의 순간일지도 모른다는 생각이 들었다.

나는 직관적인 내 느낌을 믿었다. 붉은 빛의 달콤한 유혹, 강렬하게 비상하는 독수리 날개, 그 속에는 뜨거운 열정과 하늘로 비상하는 자유로움이 있을 것 같았다.

내가 해병대를 지원하겠다고 같은 학교 친구인 박진만에게 말했을 때, 무슨 말이냐는 투로 두 눈을 크게 떴다.

"나, 해병대에 지원해."

"뭐? 왜? 지금, 그것도 해병대에?"

"응, 좀 떠나고 싶어서."

"정말? 언제?"

"응, 가장 빨리."

"같이 지내자. 여학생도 소개시켜줄게."

"나중에. 지금은 내 한 몸 지탱하기도 힘든데……."

"그래? 뭐가 그리 힘드냐? 그래도 떠나고 싶다고 훌쩍 떠나겠다는 네가 부럽다."

"부럽긴. 좀 웃긴다는 건, 나도 알아. 벌써 군대에. 그것도 지원한다는 게."

"너 정말이구나. 해병대에 지원한다는 거."

"너무 안일하게 살아온 것 같아. 특히 대학 입학 후 일 년이. 내 모토가 뭔지 알아?"

"알지. 열정, 전력투구."

"응, 맞아. 열정 속에서 최선을 다하는 것. 한순간도 허술한 것은 자존심이 원치 않아."

"뭐가 그렇게 복잡하니? 앞으로 학교생활에 충실하면 되지. 공대생이 걱정할 일이 뭐가 있어."

"지나가버린 일 년은 그렇다 치고 앞으로 남아 있는 대학생활은 잘 보내고 싶어. 한번 떠나보면 모든 게 뚜렷하게 보일 거야. 군대 안 가도 된다는 거 알아. 다른 세상에서 나를 경험해 보고 싶어. 돌아와서 나 정말로 잘하고 싶어."

"알았어. 그동안 못 간 휴가를 떠나고 싶은 거구나?"

"휴가? 휴가라고 했니, 맞아……."

나를 지원하게 이끈 것은 조국에 대한 사랑과 열정이라고 그 친구에게 그렇게 말했다. 말은 그렇게 했지만, 실상 나 자신에 대한 안타까움 때문이었고, 다시 도약하기 위한 재충전이 필요했기 때문이다. 아무 것에도 매인 것 없이 '시간을 벌어서' 지금보다 멋있는 삶을 살고 싶었다.

세상에서 내가 쥐게 될 히든카드를 찾기 위해 바다로 떠난다고 생각하니 갑자기 힘이 솟았다. 누군가 말했다.

사나이라면 해병대 가라!

해병대 지원, 그것은 나의 새로운 도전이 되었다. 가장 강한 군인이라는 이미지가 나의 열정에 불을 댕긴 것이다. 그러나 내가 하고 싶다고 수월하게 되는 것은 없었다. 특수부대라는 자부심이 있는 해병대는 아무나 합격되는 것은 아니었다. 그 순간부터 고민이 시작되었다. 통과에 대한 미지수가 나를 괴롭혔다. 작은 체구, 50킬로그램도 안 되는 몸집으로서는 기준 미달일 수 있었다. 열심히 먹어서 체중을 늘려야 했다.

해병대는 우수한 젊은이들만이 갈 수 있는 곳이다. 사령부 밖에서는 5~6명의 녀석들이 지원병 모집에 필요한 서류를 손에 들고 있었다. 그중 한 녀석은 해병대 지원을 했다가 떨어져서 삼 수 째라고 했다. 그러나 좌절하지 않고 사수에 도전하겠다고 의지를 불태운다.

시험 전날, 삼겹살을 일 킬로그램이나 먹어치웠다. 그리고 또 잠자기 전에 라면 두 개를 끓여 먹었다. 그렇게 몸무게를 늘리고도 불안해서 신체검사 직전에 물을 세 컵이나 마셨다. 다른 건 다 자신이 있었는데, 문제는 딱 하나 너무 날씬하다는 것이었다. 아무리 먹어도 살이 찌지 않는 체질이었다.

달리기, 턱걸이, 던지기 등등 체력시험. 시력, 몸무게, 혈압 같은 신체검사. 필기시험은 공간능력 추론 테스트였는데 아이큐 테스트와 비슷했다.

난 겉으로 보기엔 비실거리지만 실제론 매우 건강한 외유내강 타입으로 에너지가 주체를 못할 정도로 넘친다는 게 문제

라면 문제였다. 막연하지만 총 쏘고 미사일 쏘는 전쟁이라면
자신 있다고 생각했다. 빡빡 기는 것도 달리는 것도 남보다 뒤
진다고 생각해 보지 않았다. 그럼에도 시험은 시험이다. 합격
자 발표가 다가오자, 혹시 떨어지면 어떡하나 하고 은근히 걱
정이 되었다.

　게시판엔 아직 합격자 명단이 보이지 않았다. 나는 서성이
다가 같은 또래 친구들에게 걸어갔다.
　"왜 지원했어요?"
　나는 그들 옆으로 고개를 들이밀고 말참견을 했다.
　"그런 형씨는? 좋아서요. 멋있잖아요."
　"저도 말이죠. 그러니까…… 사나이고 싶다고 할까……
뭐……."
　"이번에 떨어져도 또 지원할 겁니다."
　옆에 있던 그녀석의 친구가 끼어들었다.
　"제 친구는 팔 수 만에 합격했어요."

　드디어 함성이 들렸다.
　"와아, 붙었다."

　게시판에 합격자 명단이 보였다.
　"야, 축하한다."

"해병대와 서울대 중 어디가 더 들어가기 힘들지?"

"임마, 그걸 말이라고 하냐. 당연히 해병대가 더 힘들지."

"넌, 해병대 갈래, 서울대 갈래?"

"나? 나야, 해병대지. 전공 분야가 달라서 단순 비교는 뭣 하지만…… 아마 해병대가 약간 더 셀걸. 난 센 데가 좋아!"

해병대 지원 모집에 합격했다고 만세를 부르는 녀석도 있었다. 밝게 웃으며 기뻐 날뛰며 손뼉을 마주치기도 했다. 사법고시에 합격해도 그렇게 기뻐하진 않았을 것이다.

저렇게 좋아하는 녀석들도 있는데 나는 체중 늘이는 것 이외에 별 힘 안 들이고 합격한 셈이었다. 운이 좋은 건가?

해병대 합격이라는 통지서를 받아들었다. 또 한 번의 자부심이 나를 부추겼다. 시험에서는 떨어져 보지 않았다는 건방진 생각이 나를 지배하고 있었다. 그토록 통과되지 못하면 어떻게 하나 고민했음에도 결과를 보는 순간 느끼는 교만인 셈이다.

아무튼 해병대 지원입대는 수많은 가능성 중에서 내가 직접 선택한 길이다. 내가 직접 뽑은 표를 손에 쥔 것이다. 그것은 나름대로 내가 만들어 낼, 나의 신화이기 때문일 것이다.

전쟁에서 난 승자보다 패자 쪽에 정이 더 간다. 삶에서도 마찬가지다. 이기고 지는 승패의 결과보다는 과정을 더 중요하게 여긴다. 싸움을 한다면 이기려는 것이 전제되지만, 최선을 다했다면 비록 전투에서 졌더라도 자랑스럽게 말할 것이다. 미련도 아쉬움도 없다고…….

전력투구, 그것은 고귀하고 값진 것이다. 설혹 이겼더라도 어부지리로 혹은 운으로 이겼다면 그래도 진 것보다는 나을 테지만 별로 가치가 있다고는 생각지 않는다. 그건 아마 승자는 승리하는 순간에 이미 받을 보상을 다 받았다고 생각하기 때문이다.

패자는 어떻게 하나? 너무 억울하지 않을까. 다 같이 전력을 다했는데 누구는 지고 싶어지나. 진실의 측면에서, 패자의 입장에서 바라보면 그 실체가 좀 더 객관적이고 입체적으로 보일 것 같았다.

그런 맥락에서 다 같은 명장이라도 영국의 몽고메리 장군보다는 독일의 롬멜 장군이 더 좋다. 롬멜이 좋은 이유는 무엇보다도 그의 순수성 때문이다. 그는 정치적 욕망에 좌우되지 않는 순수한 직업군인이었다. 그는 총통에 대한 충성과 조국에 대한 애국심 사이에서 갈등하는 지식인이었고 많은 전투에서 승리도 했다. 그렇지만 전쟁에는 늘 승리만 있는 것은 아니었다. 그리고 그는 그의 전략과는 상관없이 이미 패전에 뛰어든 비운의 명장이었다.

전장에서도 아내의 생일을 기억하고 함께 보낼 수 있는 낭만의 소유자였다. 장군이지만 장병들과 생활한, 소박하면서도 강건한 군인이었다. 장병들은 그를 '우리의 롬멜'이라고 불렀다. 패전의 책임이 주어진 마지막 순간에도 그는 명예를 선택했다. 그의 가족에게 패장, 반역의 가족이라는 굴레를 씌우지 않겠다는, 즉 이름을 욕되지 않게 하겠다는 약속과 함께 자살을 권유받고 스스로 죽음을 맞이한 것이다.

입대 전 준비기간이 한 달 정도였다. 휴학계를 내고 고향집으로, 서울로 자유롭게 쏘다녔다. 같이 입학하지 못한 친구도 만나야 했고, 그 동안 말을 붙이지 못한 교양과목 수강 때 만났던 수인이라는 여학생도 찾아보아야 했고 할 일이 많아졌다.

나는 공대생이었기 때문에 주위에 여학생이 별로 없었다. 그러던 중에 교양과목을 같이 듣던 여학생이 내 눈에 들어왔다. 이름이 손 수인이라고 했다. 그 여학생과 사귀어보고 싶었다. 조신하고 단아한 외모는 나의 이상형이었다. 처음 그녀는 시선이 마주쳤을 때 내 얼굴을 보고 이상하리만치 화들짝 놀라 얼른 얼굴을 돌려버렸다.

수인은 주로 강의실 앞자리에 앉았다. 나는 그녀가 고개를 돌리면 시선이 마주치는 곳에 자리를 잡았다. 그녀는 친구들과 이야기하다가 뒷자리에 앉아있는 나를 발견하면 하얀 이를 드러내고 아무도 모르게 살짝 웃었다.

그녀가 나를 바라보기를 그렇게 원했음에도 그녀와 눈이 마주치면, 나는 화들짝 놀랐다. 이번에는 도리어 내가 친구들과 잡담하는 척했다. 왜 그랬는지 모르겠다. 아마 그녀의 웃는 모습이 너무 눈이 부셨기 때문일 것이다. 실제로 그녀가 내게 웃어주었는지, 아니면 다른 사람에게 웃었는지 그것은 그녀에게 직접 물어보지 않아서 잘 모르겠다.

그녀가 뒤를 돌아보면서 웃을 때마다 난 화난 얼굴로 창밖을 바라보거나 내 뒤에 혹시 누군가 있는지 고개를 돌리고 뒤돌아보았다. 맨 뒷자리에 앉아 있는 내 등 뒤에는 아무도 없었다. 유리창 너머로 푸른 하늘만 보였다.

그녀의 눈은 여름에도 더위를 식혀 줄 것 같이 서늘하고 맑았다. 처음 본 순간부터 그녀의 눈이 자꾸 내 생각 속을 따라다니고 있었다. 여름 방학이 시작될 무렵, 나는 당혹스러웠다. 그녀를 볼 수 없는, 학교 수업이 없는 방학이 싫었다.

학기말 시험이 끝나는 날, 캠퍼스의 적막감 속에서 수인을 그리며 오후 내내 학생회관 옆 벤치에 앉아 있었다. 숲속에서 들려오는 매미 소리를 들으며 나는 수인을 생각했다. 내가 그녀를 사랑하는 걸까? 왜 이렇게 외로운가. 이 세상에 혼자 남겨진 것 같았다.

그러나 나는 다시 꿈을 꾸기 시작했다. 9월이 오면, 가을이 시작되면 다시 만나겠지. 그리고 빨리 가을이 시작되기를 기다렸다.

가을학기에는 그녀를 직접 만나지 못했다. 먼발치에서 서너 번 보았을 뿐이다. 나는 지금까지 여자에게 사랑한다는 말은 물론이고 좋아하는 표정도 해 본 적이 없었다. 그녀 앞에서 머뭇거리다가 만 것이다.

'무슨 일로?' 라는 투의 눈빛으로 나를 바라보면, 나는 아무런 일도 아니란 듯이 그녀를 스쳐지나갔다. 절호의 기회를 놓치다니, 서툰 녀석! 용기도 없으면서 가슴은 왜 아파하느냐고! 바보……. 그 기회를 잡아 말이라도 붙여보았으면 얼마나 좋았을까.

한 번은 용기를 내어 봐야 할 것 같았다.

가을이 지나고 겨울 크리스마스 무렵, 처음으로 용기를 내어 수인의 집을 찾아갔다. 그녀의 집(학교 학과에서 주소를 알아냈다) 앞에서 무작정 기다리던 때가 생각났다. 담쟁이 넝쿨이 말라붙어 있는 담, 여름에는 아름다웠을 붉은 벽돌의 이층집이었다. 나는 집 앞을 왔다갔다했다. 마침 그녀의 아버지인 듯한 사람이 외출을 하려고 대문을 열었다. 나는 반사적으로 몸을 피했다. 그리고 후회했다.

"수인 씨 집에 있습니까?" 하고 물었으면 어때서…….

난 바보다!

나는 무작정 기다리며 무모한 생각을 실천하기로 한 날. 하늘은 잔뜩 흐려 있었다. 좋은 날이다. 눈이라도 내린다면 금상첨화 아닌가. 머리에 눈을 뒤집어쓰고 눈사람이 되어 있으면 그녀가 내 사랑의 감동을 해서 세레나데를 불러 줄 것 같았다. 나는 꽤 낭만적인 생각을 했다고 스스로 만족해하고 있었다.

내가 바라던 대로 희뿌연 하늘에서 눈발이 날리기 시작했다. 그런데 생각처럼 낭만적이지 않았다. 애초부터 빗나가기 시작한 계획은 나를 고통스럽게 했다. 발은 점점 시려오고 그녀는 나타나지 않았다. 추운 겨울날 저녁은 길고 추웠다.

그대로 기다려야 한다는 나와, 추위에 떨고 있는 이 모습을 미련스럽다고 귀찮아할지도 모른다고 생각하는 나와 또 다른 내가 싸우고 있었다. 그녀가 자신을 기다리는 내 마음을 안다고 해도 달라지는 것이 없다면? 생각은 자꾸만 비관적인 생각 쪽으로 치닫고 있었다. 이대로 있어? 아니면 그냥 갈까? 생각은 갈피를 잡지 못하고 왔다갔다 고민만 했다.

내가 기다리는 것을 알고 텔레파시가 통해서 올지도 모른다는 긍정적인 생각과 아니면 기다리는 것을 알고 일부러 나오지 않는 것은 아닌가 하는 부정적인 생각이 싸움을 했다. 시간이 지나갈수록 점차 부정적인 생각으로 기울어졌다. 운명의 신은 내 편이 아닐지도 모른다는 슬픈 생각을 하며 발길을 돌렸다.

돌아가기로 생각을 바꾼 순간 커다란 짐을 벗어 놓은 느낌이었다. 집으로 돌아오는 길은 슬프기도 했지만 한편 홀가분했다. 얼어붙은 몸은 그 길로 일주일간 감기 몸살을 앓았다. 그녀 집 앞에서 밤새 눈을 맞고 서 있으면서 생각했다. 왜? 나를 알리고 싶어 할까. 용기도 없는 주제에……. 전쟁을 해보지도 못하고 패전한 셈이었다.

그때 그렇게 기다리고도 수인을 만나지 못했던 것은 인연이 아닐 수도 있다. 무턱대고 찾아간 것이 어리석은 짓이었다. 어리석다기보다는 순수함이라고 자위해 보았다. 우연히 이 앞을 지나가다가 만난 것으로 하고 위장하고 싶었을까. 그 집 앞에서 그토록 오래 기다렸다는 사실을 수인이 아는 것이 쑥스러웠는지도 모른다. 다만, 그녀를 향한 내 마음, 그러니까 사랑만 간직하고 있으면 된다는 가당치 않은 생각을 했던 것 같았다.

입대 전까지라고 하지만 유예된 자유 시간, 금쪽같은 자유 시간은 서서히 줄어들었다. 하루하루 시간은 지나갔다. 그래도 꼭 한 번 만나서 군에 입대하게 되었다는 말이라도 하고 가야 할 것 같았다. 왜냐하면 내가 좋아하니까.

'조석희'라는 같은 학번 학생이 그녀 자신에게 관심이 있다는 것을……. 돌아와 꼭 찾겠다는 말이라도 하고 떠나야 한다.

마음만 초조할 뿐 수인이를 만나기는 어려웠다. 점점 더 조급해졌다. 손수인이라는 여학생이 나를 기억해 줄 것 같지도 않았다. 아무래도 그냥 떠나는 것은 내가 원하는 바가 아니었다. 해병대에 그것도 지원입대 하는 마당에 그녀를 만나지 못하고 떠난다면, 내게 오는 모든 행운을 놓칠 것만 같았다.

삼청동에 있는 수인의 집을 향해 종로에서부터 걸었다. 다시 용기를 내보는 것도…… 걷는 도중 길가 포장마차에 들러 소주 몇 잔을 마셨다. 그리고 빨강 장미 한 송이를 샀다. 안국동을 지나 삼청동으로 가는 언덕길에 올라섰다.

이번에는 그녀의 집 앞에서 숨을 돌릴 새도 없이 다짜고짜 초인종을 눌렀다. 망설이면 모처럼의 용기가 꺾일 것 같았다. 지난번 겨울처럼…….

그녀의 어머니로 보이는 오십대 초반의 여자가 나타났다. 나는 고개를 숙여 꾸벅 절을 했다.

"수인씨 있어요?"

그 여자는 나를 아래위로 훑어보고 의아한 눈빛으로 나를 바라보았다. 이내 미소를 띠면서 말했다.

"우리 수인이 도서관에서 아직 안 왔는데? 전할 말 있으면 해요."

"아닙니다. 기다리지요."

수인의 집 앞에서 세 시간째 그녀를 기다리고 있었다. 장미꽃을 뒤로 감춘 채 서성이고 있었다. 차츰 왜 이렇게 기다려야 하는지 몰랐다. 그렇다고 딱히 할 말도 없었다.

'그냥 보면 되지, 뭘. 이유는 없어!'

나 자신에게 말을 해 보았다. 한편 지금껏 기다린 시간이 아까웠다. 지금 못 보고 떠난다면 살아 돌아오지 못할 것 같은 생각까지 들었다. 수인이를 만나보고 떠나면 좋은 일만 생길 것이라는 쪽으로 최면을 걸고 있는 중이었다. 그리고 조금만 더 조금 더 기다리자.

이층 창문이 열리더니 그녀가 내려왔다. 지금껏 안에 있으면서 나를 밖에 세워 둔 거였다. 갑자기 슬퍼지기 시작했다. 그녀는 멍한 눈으로 나를 보더니 말했다.

"도대체 왜 이러는지 말해 봐!"

"……."

"내가 무슨 생각을 했는지 알아?"

"무슨 생각을 했는데?"

"……."

이번에 그녀가 말이 없었다.

"잘 있어."

불쑥 장미꽃을 내밀었다.

수인은 어이없어 하는 표정으로 나를 바라보았다. 심각한 말을 할 것이라고 잔뜩 긴장을 한 것 같았다. 그런데 단 한마

디를 하려고 대문 앞에서 세 시간 반을 기다린 남자를 어떻게
생각해야 할까 하는 눈치였다. 내가 한심했을지도 모른다. 그
녀가 어떻게 생각하든 그것은 내가 상관할 일은 아니었다. 그
리고 나는 돌아섰다.

'어디가요?'

그녀가 눈으로 묻고 있었다.

"군대 가."

내가 달려가고 있는 길을 앞서가고 있는 두려움의 정체는 무엇인가. 내가 경험해 보지 못한 군대라는 집단, 타의에 의해 끌려가 내동댕이쳐지는 그곳에 대한 두려움이다. 그 두려움에 대항하는 유일한 방법은 내 동댕이쳐지기 전에 스스로 뛰어드는 것이다. 그리고 어떻게 하든 살아남으면, 그것은 곧 승리다.

돌아오기 위해 떠난다

드디어 입영전야. 고향에서 친구들과 어울려 술을 마셨다. 미지의 세계에 대한 불안을 이기려고 했을까? 평소 술을 마시지 못하는 편이다. 화장실에서 구토를 하고 다시 술자리에 앉았다. 자꾸 술을 마시면서 '씩씩하게, 생각은 단순하게' 하기로 마음을 다독였다.

"득골 형은 해병대 지원해서 갔다가 중도하차 했대."

술만 마시던 옆에 친구 녀석이 입을 열었다.

"임마! 그 말은, 하지 말랬지!"

"걱정이 돼서."

"병신 새끼! 이 녀석은 다르다니까."

"놔둬라! 그래 나는 다르다."

친구들이 쉬쉬하고 말을 아꼈지만 나는 알고 있었다. 고향의 그 형이 해병대에 배치됐었고, 그 후 허리를 다쳐서 돌아왔다는 것도. 많은 루머가 쏟아져서 돌아다녔다. 누구누구는 맞아서 병신이 됐다더라. 또 누구는 정신이 오락가락 한다더라 등등.

군기가 세다는 해병대, 악명 높은 새로운 세계가 나를 기다리고 있었다. 한편 악명이 높을수록 좋다는 생각을 했다. 왜냐하면 그래야 성취감이 있을 것 같았다. 들은 대로 군기가 세면 얼마나 셀까. 꼭 견뎌내고 싶었다.

항간에 떠도는 해병대 군기에 관한 말들은 어떤 식으로든 부풀려지고 과장되어 온 면이 있었을 것이다. 1대16으로 싸워 물리친 무용담에서 흔히 되풀이되듯이. 아무튼 겪지 않고는 모르는 일이다. 그렇더라도 나는 '해병대'라는 그 말이 좋았다. 그것은 최강자만이 살아남을 수 있다는 자부심이었던 것이다.

선배들끼리의 술자리에 낀 적이 있었다.

"군대는 어디?"

"나? 해병대."

그 선배는 자랑스러움으로 가득 차 보였다. 일류대 배지에 해병대 전력은 자랑스러울 수 있었다.

해병대라는 이미지, 강자만이 감당할 수 있는 강한 군대. 이왕 군대를 갈 것이라면 가장 힘들다는 해병대가 나도 마음에 들었다. 일류대 배지에 해병대 출신이라는 전력은 충분히 빛나고 자랑스러울 수 있었다. 주위에 앉아 있던 사람들도 해병대라는 말을 듣고 선배를 존경한다는 눈빛으로 바라보았다. 선배를 보면서 부러움과 나도 해낼 것이라는 결심을 했다. 자신을 믿어 보리라.

그래, 가자! 해병대로!

시간은 나를 앞으로앞으로 떠밀어내고 있었다. 막연한 상상에서 현실로 끌려나온 느낌이었다. 번지점프대 앞에 선 기분이었다. 아니다. 번지점프보다 더 절박했다. 번지점프는 자신이 뛰어 내린다고 점프대 위로 올라섰더라도 그냥 내려올 수도 있다. 장난이거나, 오락이니까.

뒤에서 철문이 내려와 철거덕 닫히고 앞은 절벽, 발밑은 깊다 못해 검은 바다를 내려다보고 있는 기분이었다. 가고 싶지 않다. 갑자기 보이지 않는 힘에 현혹되어서 가야 하는 길, 그것도 스스로 결정한 일이다. 어처구니없게도 자신이 선택한 길이었다.

아침상을 받았다. 무를 넣고 끓인 소고기국, 꽁치구이, 여름철이라 눅눅해진 그래서 붉은 빛이 도는 구운 김, 호박전, 잡채, 식혜도 한편에 놓여 있고, 각종 나물 반찬이 상에 가득하다. 내가 나물을 별로 좋아하지 않지만 그래도 어머니는 한상 가득 채우고 싶었나 보았다. 생일상보다 더 화려한 밥상 앞에 앉았다.

동생들은 신이 나서 밥을 먹었다. 어머니는 내 옆에서 동생들에게 눈총을 주고 있었다. 내가 먹을 수 있도록 반찬 그릇을 자꾸 내 앞으로 밀어놓고 나를 바라보았다. 어서 먹으라고 눈으로 재촉을 했다. 언제 돌아올지 모르는 아들, 막말로 이제 가면 살아서 돌아올지 어쩔지 모른다고 생각한 것이다.

아버지는 아무 말도 없이 수저를 기계적으로 들고 계셨고, 어머니는 아침을 들 생각도 하지 않고 내 옆에서 이것저것 반찬 그릇을 옮겨놓았다. 장기판을 움직이듯 반찬 그릇은 이동을 계속하고 있었다. 내가 생선구이로 집으려 하면 생선 접시가 내 앞으로 옮겨졌고, 부침이 담긴 접시 쪽으로 젓가락이 가면 부침 접시가 내 앞으로 움직였다.

나는 태연한 척하려고 애를 썼다. 주먹을 꼭 쥔 채 감정을 억누르고 밥을 입으로 가져갔다. 숟가락에 밥을 수북이 떠서 입 속으로 마구 밀어 넣었다. 그런데 입 안에서는 열심히 씹었는데 목구멍으로 넘길 수가 없었다. 부모님에게 눈물을 보일 것 같아서 밥을 밀어 넣어도 가슴에 뜨거운 열기 때문에 목에 통증이 밀려오고 있었다.

온몸에 열기가 위로 올라오면서 눈시울이 뜨거워지더니 갑자기 눈앞이 흐려졌다. 국을 한술 입에 넣었다. 그렇게 참으려고 애를 썼는데도 뜨거운 눈물이 팍 하고 터져 나왔다. 이를 물고 얼른 손등으로 눈물을 닦아냈다. 결코 울긴 싫었다.

"억울해!"(가기 싫어!)

"뭐가?"

"끄을끌."

아버지는 혀를 찼다.

"이제 와서 그러면 어떻게 하니?"

어머니는 돌아앉아서 치맛자락으로 눈물을 훔쳤다.

"어찌 위태위태하더라. 내 그럴 줄 알았다. 네 형이면 모를까."

하며 아버지는 수저를 놓고 일어섰다.

아버지가 강조하지 않았어도 나는 알고 있었다. 아버지는 군대에 가 있는 형보다 나를 믿지 못한다는 것을. 형이라는 말이 나온 순간 나는 두려움과 아쉬움을 거두어들였다.

스스로 선택한 일도 억울한 생각이 들 수 있다는 말을 난 하고 싶었다. 꼭 다른 사람의 힘에 의해서 행동한 일만이 억울한 것은 아니라는 생각이다. 물론 억울해한다고 지금껏 진행해 온 과정이 없어지는 것도 아니며 없앨 수도 없다는 것을……. 그렇게라도 하지 않았으면 내 마음을 다스릴 수가 없었던 것이다.

억울하다? 무엇이 그렇게 억울할까. 나는 자신에게 물어보았다. 무엇보다도 나 하나 사라져도 세상은 아무런 이상 없이 돌아갈 거라고 생각하니 서러웠다. 애절한 러브스토리 하나 없다는 게 한심했다.

영화처럼 멋진 장면 하나 연출하지 못한 바보. 그 바보가 나다. 영화에서처럼 입영열차는 천천히 떠나려고 꿈틀거리고, 창밖에 두고 가는 애인 때문에 안타까운 까까머리 신병. 울어서 젖은 손수건을 흔들면서 조금이라도 더 보려고 열차를 따라오는 예쁜 여자. 부둥켜안고 함께 울어볼 여자 하나 없다는 게 억울하다면 억울한 것이다.

무엇보다도 나 하나 사라져도 세상은 여전히 돌아갈 것이다. 부모님과 형제들도 시간이 가면 잊혀질 테고 내가 사라진다면 세상이, 학교가, 특히 여자들이, 기우뚱하고 중심을 잃고 허둥거린다면 모를까 그렇지도 않을 것이고, 조금만 시간이 흐르면 나라는 사람이 있었다는 것조차도 모를 것이다

굳이 설명하자면 손수인과 사귀어 보지 못한 것이 억울하다고 생각했다. 군대에 간다면 그녀와 애절한 이별장면을 연출했으면 하고 상상한 적이 있었다. 그런데 지금 생각해 보니 나 혼자 좋아한 꿈속의 여자인 수인이 아니라 아래 동네 사는 미경이를 두고 떠나는 아쉬움도 있었는지도.

나를 좋아해 주었던 미경이 생각해 보면 수인처럼 난공불락의 성채도 아니고, 같은 동네에서 같이 좋아했던 미경이, 어쩌면 손아귀에 잡힐 것도 같은 미경이 하나 만나지 못하고 진해

77

태양처럼 뜨겁게

로 떠나다니…….

그 미경이는 중학교 때부터 내가 좋아했다. 미경이도 나를 좋아했다. 나는 중학교 삼학년 한 해 동안 미경이와 데이트를 했다. 데이트라야 미경이 책가방도 들어주고 집 앞까지 같이 걷는 것이 전부였다. 우리 집으로 오는 길목에 미경이네 집이 있었다.

서로 다른 고등학교에 진학하고부터 서로 만나기가 힘이 들었다. 가끔 길에서 만날 때가 있었지만 새침하게 눈을 내리깔고 나를 쳐다보지 않았다. 친구들과 이야기를 하면서 일부러 못 본 척했다. 아마 미경이에게 좋아하는 다른 남학생이 생긴 것 같았다.

그 애는 읍내에서 부자 집으로 소문난 이층집 아들인 것 같았다. 들리는 소문도 있고, 서울에서 이곳으로 전학 온 학생이었다. 내가 보아도 아주 멋이 있어 보였다. 나와 같은 학교에 다녔는데 하얀 피부에 요새 말로 땟물이 확 벗어진 잘생긴 녀석이었다.

그 반면 나는 뚜렷하게 내세울 것 없는 새까만 시골뜨기였던 것이다. 그러나 내가 서울에 있는 일류대에만 합격한다면 나를 다르게 볼 것이라는 기대감이 있었다. 이젠 그 이층집 머슴애에게 꿀릴게 없다는 생각을 했다. 그리고 이제 마지막이 될지도 모르는데 한 번쯤 만나 볼만도 하지 않은가.

하지만 미경이는 어디로 갔는지 보이지 않았다.

미경이는 하얗고 예쁘장했다. 하얀 교복 칼라가 유난히 돋보였다. 그런데 공부는 뒷전이고 영화관을 드나들다 정학까지 맞은 적도 있었다. 불량스러운 여학생들과 어울려 다녔다. 그런데도 모범생인 나는 미경이가 좋았고, 그런 행동이 멋있어 보였다.

틀림없이 미경이 그 계집애는 다른 녀석들이랑 시시덕거리면서 쏘다닐 것이고 그리고 그 녀석들과 어울려 사랑을 하겠지. 어떻게든 한번 쓰러뜨려 보고 갔어야 하는데……. 마음만 급하고, 미경이를 꼭 한 번 보았으면 하는 생각으로 가슴이 터질 것 같았다. 이제 가면 어쩜 못 돌아올지도 모르는 길인데.

'제기랄! 병엉신.'

나 자신에게 욕을 해댔다.

그 당시 나의 열정으로는 한 번에 여자들 열 명쯤은 쓰러뜨릴 수 있을 것 같았다. 아니 백 명쯤 앞으로 쭉 눕혀 놓아도 자신이 있을 것 같았다. 그런 열정을 가지고도 한 여자도 모르고 그냥 떠난다는 생각을 하니 더더욱 자신이 한심했다. 내가 사라진다고 해도 나를 기억해 줄 여자 하나 없이 전장의 이슬로 사라진다는 것은 억울한 일이다. 덜컥.

가족들의 전송을 받으며 집을 나왔다. 여동생은 이미 등교를 한 후다. 나는 아버지에게 무릎을 꿇고 엎드려 큰절을 했다.

"건강하세요. 잘 다녀오겠습니다."

"음, 잘 다녀와."

짧게 말했다.

어머니는 굳이 대문 앞까지 따라 나와서 눈물을 보이면서 푸슬푸슬 보풀이 인 가제손수건에 비상금을 쥐어 주었다. 동네 친구 녀석들이 대문 앞에 와 있다. 친구들 앞에서 약한 모습을 보이기는 싫었다. 무엇보다도 통과의례처럼 감정을 폭발시켰더니 마음이 한결 가벼워졌다. 눈물은 부정적이 생각을 몰아내 주었다. 이제 부정적인 감정은 정리되고 밝은 미래에 대한 희망이 보이는 것 같았다.

집결지인 동대구역까지 같이 배웅을 해 주려고 동네 친구들이 대문 앞에 서 있었다. 밤새 같이 마셔댄 술기운이 아직도 남아 있는 것 같았다. 집에 가서 옷만 갈아입고 나온 것이다. 무거운 얼굴로 내 기색을 살피는 친구 녀석들에게 보기 좋게 씩 웃어 보였다. 햇살처럼 커다랗게 웃는 나를 보고 녀석들도 따라 웃었다.

삼 년 동안의 군대생활에 가져갈 짐은 거의 없었다. 세면도구가 들어 있는 작은 가방이 전부다. 짐을 들어주겠다고 손을 내밀던 친구 녀석이 주머니에 손을 도로 넣으면서 말했다.

"빠진 것 없냐?"

연방 밝게 웃는 나를 보고 그중 한 녀석이 내 등짝을 툭 쳤다.

"야, 그렇게 좋냐?"

같이 온 친구가 그 애를 발로 툭 찼다.

"좋나게 둔한 새끼."

그것도 모르느냐고 하는 몸짓이었다. 나는 모른 척했다.

동쪽 하늘이 붉게 빛이 나더니 커다란 아침 해가 밝게 떠오르고 있었다. 마치 이제부터 새로운 나의 세상이 전개되고 있다고 알려주고 있는 것 같았다. 친구들은 영천에서 동대구역까지 배웅을 해 줄 모양이었다. 집결지가 동대구역이다.

빈 택시가 와서 내 앞에 섰다. 택시를 타면서 뒤돌아보니 어머니가 나를 향해 손을 흔들고 있다. 나도 활짝 웃으면서 팔을 크게 흔들었다.

담배를 찾으려다 웃옷 주머니에 손을 넣었는데 접혀진 쪽지 하나가 만져졌다. 고등학교 일학년인 여동생의 편지였다. 오빠를 못 보고 학교에 가야 한다고 몇 자 적었던 모양이었다. 골뱅이처럼 동글동글한 글씨체가 눈에 들어왔다.

'작은오빠가 느닷없이 군대 간다는 것이 상상이 안 돼! 그것도 지원 입대. 그것도 해병대? 오빠! 몸 건강히 잘 다녀와. 오빠가 자랑스러워. 화이팅!'

'맞아! 나도 당황스럽긴 마찬가지야. 우리가 가는 길엔 여러 형태의 길이 있는 것과 같은 거야.'

제법 어른스럽게 중얼거렸다. 나는 가족에게 나 자신에게 부끄럽지 않기를 다짐했다.

동대구역에 도착했다. 동대구역 앞에는 많은 젊은이들이 모여 있었다. 오전 10시가 조금 지나자 칼날처럼 각이 선 정복을 말끔히 차려입은 군인이 검은 안경을 쓰고 나타났다. 해병대에 입대할 젊은이들을 진해에 있는 신병훈련소까지 인솔할 책임자였다. 검은 안경이 잘 어울리는 해병대 중사다.

동대구역 광장에서 인솔자는 자신을 간단히 소개하고 지원자 숫자를 점검했다. 동대구역에 모인 대구, 경북지역 출신 지원자는 60여명이다. 일반열차인 경부선 무궁화호를 두 칸 빌려서 군용으로 대신하고 있었다. 나는 첫 번째 칸에 배치됐다. 열차에 올라가서 창 쪽에 앉았다. 삼랑진까지 가서 그곳에서 다시 진해로 간다고 했다.

열차가 움직이기 시작했다. 플랫폼에 서 있던 사람들이 바쁘게 차에 오르고 있었다. 나는 고개를 창쪽으로 돌리고 지나가는 풍경을 바라보았다. 남쪽으로 달리고 있는 경부선 무궁화호 차창에 스치는 오월의 마지막 주, 바야흐로 봄이 무르익어 여름으로 터져 나가고 있었다.

외로운 가슴 속에 스며드는 빗소리,

마지막 잎새처럼 흐느끼는 초원에,
아—아—당신이, 사랑하는 당신이……

　창밖을 바라보고 있는데 어깨를 툭 치는 것 같아 돌아보니, 옆에 앉아 있던 녀석이 한 손에 맥주병을 들고서 종이컵을 쑥 내민다. 종이컵을 받아들고 나는 고개를 젖히고 입 위에서 거꾸로 기울였다. 옆자리에 종이컵을 넘겨주고는 넘치도록 맥주를 따라주었다.

　그때 화장실에 갔다가 돌아가는지 통로를 지나던 한 녀석이 내 이름을 부르며 아는 체를 했다. 낯익은 얼굴이 담배연기 속에서 웃고 있다. 고등학교 동창인 김민수였다.

　"야! 이게 누구야! 반갑다."(이 녀석, 아직도 살아 있네.)

　내가 손을 내밀었다.

　"너 지금 어디 가니?"(어디로 놀러가는 모양이지.)

　김민수는 의외라는 듯이 내게 물었다.

　"진해. 떠나보고 싶어서. 자유랄까, 뭐 그런 거……."(가슴이 끓으면 떠나보는 거야.)

　"응? 떠나는 게. 자유?"(자유를 찾아서 군대 가다니.)

　자유라는 말에 의아해했다.

　"그래. 자유롭게 개판 치러. 넌?"(한번 신나게 살아 봐야지.)

　"나? 대학에 떨어졌어. 집에 있자니 공부도 안 되고, 무조건 탈출인 셈이야."(나야말로 자유를 찾아가는 길이다.)

김민수는 정신 상태가 글러먹었다고 혀를 차는 그의 아버지를 피해 지원했다고 말을 꺼냈다.

김민수는 그의 아버지와의 갈등 때문에 홧김에 군에 입대했다고 했다. 녀석의 말에 의하면 그가 대학 입시에 실패하고부터 그의 아버지는 녀석을 제대로 보지 않았다고 한다. 대학 입시의 실패, 아니 그 이전에 아버지와의 불화는 고등학교 때부터 알게 된 여학생과의 연애 사건이 도화선이 되었다.

"네깐 놈이 뭐는 제대로 하냐? 계집애를 사귀어도, 제대로 된 거면 말을 안 한다. 변변치 못한 놈. 하는 짓이 다 그렇지."

녀석은 얼굴만 보면 들들 볶아대는 그의 아버지 때문에 미치거나 죽을 것 같았다. 아버지는 녀석이 대학에 못 간 것이 그녀 때문이라고 생각한 것이다. 더욱 그의 아버지의 분노를 사게 한 것은 아들이 사랑한다는 그녀가 소아마비로 다리를 전다는 점, 그리고 아버지 없이 자란 결손 가정출신이라는 점도 문제였다.

김민수의 아버지로서는 자신의 아들이 남들이 가는 대학도 떨어지고, 더군다나 멀쩡한 놈이 절뚝거리는 여자와 결혼해서 집을 떠나겠다고 말하자, 자식에 거는 기대가 컸던 만큼 녀석의 아버지로서는 견딜 수 없어 했을 것이다.

"네가 해병대라도 가서 견딘다면 모를까. 그건 그때 가서 결

84

정하자."(아들 하나 있는 것, 인간 만들어야지.)

　결혼은 잠시 미루자고 했다. 결국 김민수는 그의 아버지 말대로 미루고 떠난 것이다.

　"잘 됐네. 이유야 어찌됐던 우린 다시 해병대 동기까지 되는 건가."

　"그러네."

　갑자기 의기투합해서 어깨동무라도 하고 싶어졌다. 우리는 마치 수학여행이라도 가는 학생들처럼 제각각 떠들며 이곳으로 오게 된 동기를 말하기도 하고, 유쾌하게 왜 진작 이곳으로 오지 못했냐는 듯이 왁자지껄했다.

　우리 일행은 삼랑진에서 모두 내렸다. 그곳에서 진해로 가는 열차로 갈아타기 위해서였다.

　한 시간의 자유시간이 주어졌다. 언제까지 화사한 봄날이 펼쳐질 것 같은 표정들이었다.

　인솔자인 검은 안경이 부드럽게 말했다.

　"지금부터 한 시간 후에 진해로 가는 열차가 옵니다. 그때까지 점심식사 맛있게 드시고 이 자리에 모이십시오."

　우리는 젊음으로 번쩍였다. 모두 지금부터 살판났다는 듯이 자유롭고 유쾌해했다. 점심시간이, 진해로 가는 열차를 기다리는 시간이기도 했다. 에너지가 넘쳐 나서 가만있지를 못했다. 앞으로 다 함께 굴러야 하는 신세이기 때문인지 친밀하게 느껴졌다. 한 무리의 녀석들이 떠들고 있었다. 친구들인 모양이었다.

그중 한 녀석이 어깨를 좌우로 들썩이며 두 주먹을 허공에 펀치를 날리고 있었다.

"용팔이 그놈 재수 좋았지. 먼지만 털어 줬는데 팔이 나가버렸어. 아니면 좀 더 손 봐줬어야 하는데. 아! 내가 마음이 약해졌나봐, 목을 부러뜨려야 했는데. 군대 온다고…… 쓰발."

여전히 어깨를 좌우로 흔들면서, 왼손 주먹으로 오른쪽 손바닥에 툭툭 펀치를 먹이고 있었다. 덩치에 어울리지 않게 주먹을 내밀 때마다 목에 걸려 있는 자그마한 금목걸이가 반짝거렸다.

'내 펀치가 울고 있다. 기어오르지 말고 날 좀 조용히 살게 내버려둬.' 라고 하는 것 같았다. 녀석은 마치 사회에서 잘나가던 사람이다, 나를 알아보지 못하면 나중에 골치 아플 것 이라는 몸짓으로 우쭐거렸다.

나는 다른 쪽을 보고 웃으면서 중얼거렸다.

'어깨에 있는 먼지까지 털어 줄 필요는 없고, 내 손금이나 한 번 봐 줄래. 네가 조용히 살게끔 누가 그냥 내버려두겠냐. 한심한 녀석.'

군대는 '짬밥 순서' 라는데 그것을 어떻게 견딜 것인지, 나는 녀석이 걱정스럽기까지 했다.

저쪽에 서너 명이 삼랑진에서 진해로 가는 열차에 올라왔다. 다른 지역에서 온 지원병들이다. 그중 한 남자가 눈에 띄었다. 유난히 잘생긴 녀석이다. 어깨 근육이 단단했고, 이목구비가 뚜렷했다. 팔 근육이 오르락내리락하는 것이 보였다. 같은 남자가 보아도 부러울 정도로 잘생겼다.

"야! 세상에서 제일 억울한 게 뭔 줄 아나?"

"맞아 죽는 거."

이미 스토리를 아는지 옆에 있던 친구가 말을 받았다.

"추연이 누나 서방한테 들켜서 죽는 줄 알았잖아."

"너 되게 재수 없다. 하필이면 그 기둥서방이 짭샐 게 뭐냐."

"막말로 지나 내나 기둥서방이긴 마찬가지 아냐? 쓰발, 올라타는데 무슨 순서가 있다고 지랄인 거야."

"기둥서방은 아무나 하냐! 힘이 있어야지."

옆에 있던 똘만이인 듯한 녀석이 빙글빙글 웃으며 맞장구를 쳤다.

"그래도 내가 여기 오자고 한 건 잘한 짓이지. 군대에 안 왔으면 지금쯤 맞아죽었을지 누가 알아."

"몇 년 동안 사라져 주면 못 찾겠지. 제 놈이 여기까지 쫓아오겠어?"

그들의 이야기로 보아 유부녀를 잘못 건드려서 쫓기는 신세가 되었고, 마침 해병대 지원 포스터를 보고 지원하게 된 모양이었다.

"그래도 그 누나 보고 싶어 죽겠어!"(누나 안 보면 하루도 못 사는데, 어쩌지. 가슴이 터질 것 같아.)

웃으며 말했지만 눈에는 물기가 돌았다.

"하필이면 짭새가 찍어놓은 여잘 건드릴 건 뭐냐?"(짜식, 여자 밝히더니, 눈치가 있어야지.)

"이마에 표 찍어놓으면 모를까. 누가 알고 연애 하냐?"(네놈은 누구편이냐. 도움이 안 돼.)

"이제 어쩌겠냐? 잊어야지."(너 없는 사이, 다른 놈 만날 텐데.)

열차가 도착한다는 안내방송이 울렸다.

"이번 역은 진해 경화역입니다."

"아, 드디어 진해에 도착했네. 날씨 죽인다."

수런거리며 내리는 동료들과 같이 승강장에 내려섰다. 그곳에 커다란 군용트럭이 우리를 기다리고 있었다. 무엇인지 모르게 점점 불안해졌다.

트럭은 우리를 연병장에 부려놓았다. 경남 진해에 있는 해병대 훈련소였다. 군악대가 군가를 연주하고 있었다. '고향의 봄'도 들려왔다. 고개를 들어보면 멀리 천자봉이 바라보였다. 돌아서면 진해 옥포만이 눈앞에 있고, 지붕이 파란색으로 된 학교 같은 건물이 일자로 버티고 있었다.

이곳저곳 둘러보는 그들의 눈빛은 낯선 곳에 대한 두려움과 불안감을 드러내고 있었다. 나와 고등학교 동창인 친구 민수도 잔뜩 긴장한 표정으로 한곳에 서 있지 못하고 서성였다. 둘은 옆에 꼭 붙어 있다. 떨어지면 큰일이라도 나는 것처럼.

오후 3시쯤 사열대 앞 연병장에 집합하여 줄을 섰다. 연병장 바깥에는 부모와 애인, 친구 등 환송객들이 서로 마주보고 서 있었다. 마침내 이별의 순간이 온 것이다. 젊은이들은 훈련교관의 명령에 따라 부모님을 향해 큰절을 올렸다. 나는 아버지 어머니를 생각했다. 지금 이곳까지 오시지 못했어도 걱정을 하고 계실 것이다.

'아버지, 어머니! 저, 잘하겠습니다. 그리고 살아서 돌아가겠습니다.'

마음속으로 외쳤다.

각오는 하고 왔지만, 갑자기 삼엄한 분위기에 눌려 모두 떨고 있는 눈치였다. 나는 오히려 편안했다. 내가 조금 초조했다면 그것은 두려움이 아니라, 다른 세계에 대한 설렘 때문이고, 어떤 운명이 나를 기다리고 있을까 하는 기대감 때문이었을 것이다.

저녁식사 시간이 됐다. 왕자식당으로 내려갔다. 모두 수저를 들고 불평들을 하고 있었다. 입안이 껄끄러워 못 먹겠다는 투였다. 짬밥은 쌀과 납작보리가 7대3으로 섞여 있었다. 그리고 콩나물국에 불그스름한 깍두기, 시커먼 김치가 전부였다. 한 숟가락 입에 넣다가 그냥 물러나는 사람, 아예 수저도 들지 않은 축들도 있었다.

지나가던 고참들이 아니꼬운 눈초리로 보고 있었다.

"짜식들, 사제 밥 기름기가 배때기에 아직 남아 있는 모양인데⋯⋯."(며칠 있으면 기름기 다 빠질 거다.)

......힘이란 무엇일까. 누가 소유하며 누가 행사하는 것일까. 우리보다 먼저 태어난 사람들이 만들어 놓은 길을 따라가게 되는 힘. 생명을 갖고 이 세상에 던져져서 가는 길, 결국 사회제도가 힘이란 말이다. 그 길을 벗어날 수 없는 것, 그 길을 벗어나면 낙오다. 나는 늘 기존 질서, 구태의연한 힘에 저항한다고 생각해 왔다. 그러나 결국 더 큰 덫에 걸리는 한 마리 거미였다.

태양처럼 뜨겁게

다음날부터 상황이 달라졌다. 팔각모를 쓴 군인이 사열대 위로 올라섰다.

"귀관들 여기 온 걸 축하한다. 여기는 대한민국 해병대다. 이제 다음 주부터 여러분은 진짜 훈련병이 된다."

라는 말을 듣는 순간 쫙 소름이 돋았다. '아! 이제 나는 대한민국 해병대' 라는 생각에 가슴으로 벅찬 감격의 울림이 전해왔다.

좀 간격을 두고 단호한 목소리가 이어졌다.

"아직은 자유롭다. 돌아갈 자는 돌아가라. 해병은 아무나 원한다고 되는 것은 아니다. 아무나 될 수 있으면 이곳에 올 필요 없다. 아직은 부모 형제들이 기다리는 곳으로 돌아가도 된다. 아무 불이익은 없다."

잠시 후, 대열 후미에서 술렁이는 움직임이 있었다. 나는 뒤를 돌아보았다. 큰 키에 다소 뚱뚱해 보이는 녀석이 주뼛거리며 일어났다. 좌우를 살펴보면서 주뼛거리다가 뒷머리를 긁으면서 나왔다. 그러자 다른 줄에 서있던 녀석들도 용기를 얻었는지 눈치를 보면서 어슬렁거리며 걸어 나오고 있었다. 껌을 찍찍 씹으면서 슬리퍼를 끌며 나가는 녀석도 있었다.

왜 저들은 돌아가는 대열에 끼는 걸까? 이곳에 온 녀석들은 모두 지원병이다. 돌아갈 거면 왜 지원을 했는지 의아하다.

앞에 나간 녀석이 입이 찢어지도록 하품을 하면서 삐딱하게 서 있을 때, 팔각모를 눌러 쓴 군인이 지나가다가 같잖다는 듯 보더니 외쳤다.

"모두 엎드렷!"

한 녀석의 눈길이 아래로 깔리는 순간 팔각모의 발길이 그대로 얼굴로 날아갔다. 얼굴 위로 흙 묻은 군화발자국이 또렷이 보일 정도로.

"이런 씹쌔끼! 똑바로 서!"

제법 빠른 동작으로 다시 일어서자 팔각모는 옆으로 시선을 돌렸다. 그리고 지나가면서 쭉 도열해 있는 녀석들을 하나하나 훑어 나갔다. 모두 얼굴을 쳐들고 그 눈빛과 부딪히지 않으려고 애를 쓰고 있었다.

"거기! 너희 둘, 눈 똑바로 안 해!"

그러더니 녀석들의 무릎을 차례로 군화발로 찍어댔다. 비명소리를 냈다가는 맞아 죽을 것 같았다. 녀석들은 모두 차렷 자세로 얼어붙었다. 주변 분위기에 눌려 차츰 부동자세가 되어 갔다.

"아직도 늦지 않았다. 또 없나?"

팔각모의 말에 모두 표정이 딱딱하게 굳어 있었다. 이제는 나가고 싶어도 발이 떨어지지 않아 나갈 사람이 없을 것 같았다.

"왜 해병대인가? 누구나 해병이 될 수 있다면 귀관들은 결코 해병대를 선택하지 않았을 것이다. 해병대는 원한다고 해서 되는 것이 아니다. 더더욱 되고 싶다고 해서 아무나 되는 것이 아니다. 나머지 귀관들은 선택된 사람들이다. 자, 봐라. 이 녀석들의 모습을. 우리 해병은 이런 쓰레기는 필요 없다."

그때 어디서 왔는지 헌병 백차가 사열대 옆으로 들어오더니 앞에 나간 녀석들 앞에 섰다. 지프차에서 하얀 장갑을 낀 헌병 두 명이 내렸다. 사열대를 향해 절도 있는 동작으로 경례를 붙였다.

"이 짜식들, 다 내보냇!"

연병장엔 정적이 감돌았다. 모두 차려 자세로 얼어붙듯 서 있었다. 눈을 부릅뜬 채 긴장된 모습이었다. 하얀 장갑은 앞에 나간 녀석들을 하나하나 백차에 태웠다. 녀석들은 고개를 숙이고 땅을 보면서 굴비처럼 엮여서 개처럼 실려 나갔다. 완전히 폐기물 취급이었다.

비로소 진짜 해병대에 왔구나 하는 공포의 표정들이었다.

나를 비롯해 모두 방금 전 들어온 연병장 밖과 안은 이렇게 다르다는 것을 실감했다.

'아, 이제 죽는구나.'

"지금부터 제군들은 해병대 훈련병이다. 알겠나?"

"네!"

"해병대 훈련소를 나가는 방법은 세 가지가 있다. 첫째는 태극기를 이불처럼 덮고 나가는 것, 둘째는 병신이 되어 나가는 것이고, 셋째는 빨간 명찰과 빛나는 작대기 하나를 달고 나가는 것이다. 알겠나?"

"네!"

"목소리가 작다. 아직 사제 물을 빼지 못했으니 지금부터 그 물을 완전히 빼 주겠다. 모두 어깨동무 실시!"

모두 옆 사람의 어깨에 손을 올렸다.

"어깨동무 실시!"

"실시!"

힘찬 목소리가 나왔다. 훈련이 시작도 되지 않았는데 갑자기 군기가 잡혀가고 있었다. 대기병들은 어깨동무를 한 채 앉았다 일어나기를 수백 번 반복했다. 오후가 다 지나도록 일어서기와 쭈그려 뛰기를 반복한다. 나중에는 가만히 서 있기만 해도 다리가 저절로 후들후들 떨렸다.

정문으로 들어올 때는 자유로웠지만 나갈 때는 멋대로 나갈 수가 없었다. 교관의 말대로 부상을 당하거나 죽어서 태극기를 덮고 나가는 길뿐이라고 한다. 시작도 하기 전에 시간이 지나가기를 기다릴 수밖에 없다. 벌써부터 자유가 그립다.

정식 입소식을 마치고 돌아오자마자 훈련병들에게 훈련복이 지급되었다. 개인 화기인 M-16 소총을 받았을 때 비로소 해병대에 입대했구나 하는 사실을 실감했다.
"엎드려뻗쳐."
모두 두 손을 앞으로 뻗어 팔 굽혀 자세로 땅에 엎드려졌다.
"낮은 포복 앞으로."
낮은 포복 자세로 엎드려서 두 팔로 땅위를 기어갔다.
"박아. 대가리박아."
두 손을 등 뒤로 돌리고 허리를 앞으로 굽혀서 머리를 땅에 박게 하는 '원산폭격'을 시켰다. 원산폭격은 일명 '대가리 박아'이다. 자세가 조금이라도 흐트러지면, 옆에서 구둣발로 엉덩이를 사정없이 걷어찼다. 그러면 도미노 식으로 와르르 넘어졌다.
'해병대 원산폭격'은 땅이 아니라 '철모 위에 박아'였다. 철모 위에 머리를 박고 있으면, 철모의 둥근 부분이 머리를 차츰차츰 파고들면서 아팠다. 머리의 위치를 바꾸려고 좌우로 돌리려고 조금만 움직여도 머리끝에 통증이 몰려왔다. 그저 견디며 시간이 흐르는 걸 기다릴 수밖에 없었다.

모두들 도토리같이 빡빡 깎은 머리가 우스워 보였지만 표정만은 진지했다. 훈련 교관들은 식당에서도 밥을 곱게 먹게 놔두지 않았다. 식당에서도 목이 터져라 구호를 외쳤다.

"나는 가장 강하고 멋진 해병이다. 감사히 먹겠습니다!"

조별로 한목소리를 내지 않으면 바로 기합이 주어졌다.

"이제부터는 삼 인 일조에 삼 보 이상은 무조건 구보다. 화장실 갈 때도 세 명이 가야 한다. 걷다가 들키면 기합이다."

갈아 마신다. 눈알을 뽑아 당구를 치겠다. 등 생전 들어보지도 못한 말을 들었다.

'Once Marine Always Marine. Impossible is nothing.'

'한 번 해병은 영원한 해병. 불가능은 없다.'

화장실에 앉아있는데, 벽의 낙서가 눈에 띄었다. 한 번 해병은 영원한 해병. 불가능은 없다. 해병의 명예와 자부심을 잃지 않겠다는 뜻일 것 같았다. 누가 썼는지 모르지만, 영어로 휘갈겨 쓴 글씨체가 괜찮다. 며칠 전 집으로 돌아간 녀석들은 이 낙서의 의미를 영원히 모를 것이다.

그날 밤, 해병대의 순검이 실시되었다. 산천초목도 벌벌 떤다는 해병대의 순검. 모두 바짝 긴장했다. 취침 전 인원 점검을 위한 번호 세기부터 막혔다.

"하나, 둘, 세엣, 네엣, 다…… 다섯!"

워낙 긴장한 탓에 다섯 번째 사람이 자기번호를 세지 못했다.

"그만, 해병대 순검이 무슨 애들 장난인 줄 아나? 다리 걸고 엎드려뻗쳐!"

다들 후다닥 이층에 다리를 걸고 엎드려뻗쳤다. 모두 얼굴이 빨개지고 땀이 뚝뚝 떨어지고 콧물이 줄줄 흘렀다. 한참을 지나서야 교관이 돌아왔다. 땀과 눈물, 콧물로 얼룩진 얼굴로 다시 순검이 시작됐다. 또 어디선가 틀렸다. 이번에도 그냥 넘어가지 않았다. 다시 기합이 주어졌다. 긴장감이 감돌았고 살아야한다는 절대절명의 의식이 느껴졌다.

몇 번의 시도 끝에 드디어 순검을 마쳤다. 땀과 눈물이 뒤범벅된 가혹하기 이를 데 없는 순검이었다. 다들 잠자리에 들면서 무사히 순검을 마쳤다는 안도감에 뿌듯한 표정들이었다.

잠을 잔 것 같지도 않았다. 그냥 잠시 눈을 감았다 떴을 뿐, 눈을 뜨면 아침이었다. 그래도 나는 다시 잠들 수 있는 밤을 기다렸다. 잠잘 수 있는 시간이 제일 행복했다.

토요일 오후, 웃통을 벗어젖힌 채 맨가슴으로 달리는 오후 구보 시간이었다. 팬티만 입고 발목에서 무릎까지 올라오는 모래주머니를 양다리에 하나씩 차고. 우렁찬 군가소리, 구보를 리드하는 교관의 호각소리, 비포장도로를 진동시키는 발자국소리, 귓가를 지나가는 바람, 그 경쾌함.

군대에서의 하루는 길었다. 입대해서 제대까지 거쳐야 할 터널, 고통스럽지만 금쪽같은 추억을 만들 수 있는 소중한 시간이기도 했다. 만약 훈련병 시절 누군가에 의해 하루가 연장되는 벌칙이 내려진다면, 주먹다짐 가지고는 어림도 없고 피투성이 혈투가 벌어질지도 모른다. 사회에서 어영부영 지나던 어느 하루하고는 확연히 달랐다.

I can do

......다른 사람들이 한다면 나도 할 수 있어.

일요일 오후, 내무반 동료들과 나는 내무실에서 병기 소제를 하고 있었다. 시멘트 바닥에 군용 모포를 깔아놓고 앉아서 총을 분해하여 기름칠을 하고 있었다.

훈련 교관이 나를 내무실로 오라고 했다. 복장을 다시 한 번 확인하고 심호흡을 한 뒤 노크를 하고 교관실로 들어섰다. 절도 있는 동작으로 경례를 올려붙이고 관등성명을 외치자 교관이 바라보았다.

"응? 네가 조 해병이냐?"

"옛, 해병 조석희! 교관님의 부르심을 받고 왔습닷!"

의자에 앉아 있는 웬 장교가 나를 보고 고개를 한 번 끄덕한다. 눈에 익은 얼굴이다 싶더니 형이었다.

내게 형님이라는 존재는 난공불락인 성채 같았다. 감히 마주앉아 담배를 피울 수 있는 그런 자애 깊은 형은 아니었다. 부모님은 물론이고 종갓집 장손, 종가어른들의 자랑이기도 했다. 수재라는 말을 듣던 형이다. 우상처럼 우뚝 선 이상형, 나는 어려서부터 꿈이 형님처럼 되는 거였다.

나는 형의 뒤를 따라 팔을 흔들면서 씩씩하게 걸어서 연병장을 가로 질러갔다. 형과 나는 잔디밭에 앉았다. 나는 시선을 처리하기가 어려웠다. 딴청을 하듯 하늘만 쳐다보았다. 형은 훈련복에 훈련화를 신고 각반을 찬 내 모습을 바라보고 있었다. 나는 아무 말도 하지 않았다.

형은 웃음 가득한 얼굴로 나에게 이것저것을 물었다. 나는 갑자기 신의 축복이라도 받은 것처럼 따듯해졌다. 형이 내게 웃는 얼굴을 보인 적이 없었다. 눈시울이 붉어지려고 했다.

잠시 후 PX에 근무하는 병사가 맥주 두 병, 통닭 한 마리, 음료수 그리고 커다란 빵 봉투를 자전거에 싣고 왔다. 그 녀석은 형님에게는 웃는 얼굴로 경례를 했다. 나에게는 기분 나쁜 일이라도 있는지 째려보다가 가 버렸다.

나는 맥주와 통닭에 손도 대지 않았다. 처음에는 단팥빵 하나만 먹을 생각이었다. 빵을 손에 들고 형을 바라보았다. 형은 나를 보지 않고 딴 곳을 보며 담배를 피우고 있었다. 몇 개를 먹었는지 기억이 나지 않았고, 마지막 손에 빵을 들고 보니 봉투는 비어 있었다. 쭈그리고 앉아 마지막 빵을 들고 있는 내 손을 들여다보고서야 내가 짐승 같다는 생각이 들었다. 형은 천천히 먹으라고 음료수를 따라 주었다.

새까만 손에든 빵을 허겁지겁 빼앗길 것처럼 먹어 치운 이 식욕을, 목숨 줄처럼 움켜잡은 집착. 목이 매여서 음료수를 빵과 섞어 삼키면서도 나는 울지 않았다.

무슨 빵을 먹었고 어떤 음료수를 마셨는지 전혀 기억이 나지 않는다. 다만 달콤한 물체가 목을 타고 넘어갔다는 것만 알 수 있었다. 사람의 위가 얼마큼 큰 것인지, 유사시에 얼마나 자유자제로 늘어날 수 있는 것인지 몰라도, 그때의 사건은 지금도 불가사의한 일 중에 하나였다.

형은 담배를 한 갑 건넸고, 나는 괜찮다고 하면서도 담배를 받아서 한 개비를 꺼내어 입에 물었다. 우리는 사열대 뒤에 있는 잔디밭에 앉아서 하늘을 보았다. 칠월의 한여름 하늘이 눈이 부셨다.

말없이 담배를 피우는 형의 옆모습을 바라보았다. 나를 위해 이곳까지 찾아오게 해서는 안 되는 형이다. 나는 그제야 눈시울이 뜨거워지는 것을 참아내고 있었다.

형에게 이런 모습을 보이게 된 것이 슬픈 일이었다. 형 앞에서 초라해진 나를 확인하고 있었다. 아마도 형보다 좀 더 낳은 사람이 되려고 생각했었나 보다. 그동안 나 자신도 느끼지 못했지만 내 안에 잠재된 형에 대한 열등감이 나를 이곳 진해로 오게 했는지도 모른다.

작은 체구에도 형은 카리스마가 넘쳤고, 나는 부모님보다도 형이 늘 더 어려웠다. 형은 초등학교 때부터 언제나 일등을 했고, 고등학교도 최고라고 알려진 일류 학교를 다녔다. 그런 형이 일차로 지원한 법대에 떨어졌다. 그때 형의 좌절이 어땠는지 짐작이 갔다. 주위 사람들의 시선이 버거울 수도 있었을 것이다. 지극히 내성적이고 말수가 없어서 형이 무슨 생각을 하는지 아무도 몰랐다. 늘 친구들을 몰고 다니지만 형이 웃고 말하는 것을 별로 본 적이 없다. 가냘픈 몸피였지만 강렬한 힘이 느껴졌다.

형은 의심스럽다는 얼굴로 나를 한참동안 바라보았다. 의아한 눈길로……

"너, 왜 여기 왔지?"(조용히 살지 이런 곳에 뭐 하러 와.)

"그냥……."(좀 내버려 둬. 조용히 살고 싶어.)

"내게 한마디라도 하지 그랬어. 정말로 왜 왔니?"(그냥 오는 놈이 어딨냐?)

"그냥……."(정말로 그냥 왔다니깐.)

"어때?"(힘들지?)

"괜찮아. 아니, 좋아."(편해.)

나는 '힘든 것 하나도 없어. 편해.' 라고 말하려다가 그냥 짧게 좋다고 말했다. 어깃장으로 비쳐질 것 같아서다. 분명 형으로서는 내가 못 견딜 거라고 생각하고 있을 것이다.

나는 형이 생각하는 그런 나약한 모습은 보이기 싫었다. '처음부터 잘 해낼 자신이 있어서 지원 했어' 라고 말하고 싶었다. 그러나 역시 반항하는 것으로 비쳐질 것 같아 입을 다물었다.

"네가 사고나 치고 여기로 오지는 않았을 테고…… 아무리 생각해도 너같이 소심하고 병약한 녀석이 여기에……."

훈련복 허리가 너무 커서 한복바지처럼 허리를 겹쳐 맨 벨트. 그 바짓단 쪽으로 형의 눈길을 느끼고 있었다. 낡아서 보풀이 일어난 훈련화, 실밥이 두드러진 명찰을 번갈아 바라보았다.

나는 씩하고 한번 웃으면서 형을 보았다. 정말이지 나도 왜 여기에 왔는지 모른다. 그냥, 어쩌다 보니깐. 나를 이곳으로 오게 한 것은, 형님의 흉내를 낸 것은 결코 아니다. 순수와 열정 때문이었다.

'누군가 이곳으로 오라면 안 왔지. 아무도 오라거나 가라는 사람은 없었어. 내가 선택한 길이야.' 라고도 말하지 않았다. 형님의 측은해 하는 눈길 앞에서 아무 말도 하면 안 될 것 같았다.

우리는 어머니와 외갓집 가던 이야기 또는 잠자리 잡아다가 새를 기른 이야기 등 많은 추억을 더듬어 보았다. 그런데 무슨 이야기를 했는지 기억나는 것은 별로 없다.

형님은 잔디밭에 앉아 나와 함께 있다가 오후 5시에 돌아갔다.

"몸 건강해라."

내가 목표를 향해 어느 길로 가든 형은 나의 선택을 믿는다는 것을 나는 알고 있었다.

"알았어. 형도."

"참! 미경이라는 여자애가 너를 찾아왔었다고 하더라. 네가 어떻게 한 건 아니지?"

"누구?"

한 번 더 확인하려다 말고 고개만 흔들었다.

그런데도 잠시 행복해졌다. 미경이가 나를 찾았다는 것은 중요했다.

형에게 인사하는 대신 마음속으로 중얼거렸다.

'형, 잘 가. 만나서 반가웠어!'

고통을 피할 수 없으면 즐겨라. 내 좌우명이 되었다.

한국 해병대의 완전무장 구보 실력은 세계최강이다. 이가 갈리게 걷고 뛰는 부대가 한국의 해병대다.

"선착순이다. 저기 이백 미터 전방에 있는 축구 골대. 좌에서 우로 돌아 선착순 열 명. 실시!"

축구 골대를 향해 훈련병들이 우르르 달려갔다. 명령이 떨어지면 죽기 살기로 뛰었다. 동기를 따라 잡아야 했다. 등수에 들 때까지 뛰었다. 모두 죽을힘을 다해 뛰어 돌아왔다. 등수에 들지 못하면 선착순은 계속되었다. 머리가 윙윙거리고 가슴이 터질 것 같았다. 전속력으로 달려도 늘 내 앞에서 끊겼다. 훈련병들은 무슨 수를 써서라도 열외가 되려고 애썼다. 열외가 되어야 선착순에서 해방되기 때문이었다. 무조건 뛰기. 삼보 이상 구보. 훈련 교관들은 어떤 일이든 무조건 선착순을 시켰다. 경쟁에서 살아남은 자만이 휴식의 달콤함, 담배연기의 짜릿함을 즐길 수 있었다.

'아! 지긋지긋한 해병대의 선착순.'

전쟁터에 투입되었을 때 살아남기 위해서는 첫째도 뛰고 두

번째도 뛰어야 한다. 적의 기관총으로부터 살 수 있는 방법은
빨리 뛰는 것뿐이다.

"뒤로부터 번호!"

숨을 헉헉거리면서 고함을 질렀다.

"뒤에서 오번까지 열외!"

갑자기 뒤에서 호루라기 소리가 들리고 그 자리에서 다시
뒤돌아 출발지로 오라는 것이다. 그러다 보면 가장 뒤쳐져서
가던 녀석이 일등이 되는 것이다. 다음부터는 서로 뒤쳐지려
고 제자리를 뛰기도 했다.

잠시 내 바로 앞에 있는 놈, 그 앞에서 끊겼다. 쉴 수 없었다.
다시 뛰어야 했다. 쉴 수 있을까 하는 기대를 하면, 살아남을
수 없었다. 끝없이 달릴 수밖에 없다는 체념만이 그나마 움직
이게 했다.

순간의 행운은, 나부터 뒤가 끊기는 것. 잠시 쉬는 것, 그것
은 숨을 편히 쉴 수 있는 것이다. 열외! 환한 웃음과 함께 이젠
살았다는 안도의 한숨을 내쉬게 했다. 뛰고 있는 훈련병들이
안됐다는 생각도 할 겨를도 없이 뒤편에 있는 훈련병들의 옆
에 앉았다. 짧은 휴식이지만 잠시라도 숨을 돌릴 수 있다는 것
은 얼마나 행복한가!

지독하다고만 생각했던 교관, 나는 마음속으로 '저놈은' 사
람도 아니라고 이를 갈았다.

꼴찌부터 열외 시키는 선착순. 인간의 한계를 알고, 뒤로 처지는 훈련병들을 쉬게도(보살피게도) 할 줄도 알았던 것이다. 그 깨달음은 시간이 많이 지나서야 알았다. 인간에 대한 사랑은 교관이나 전능한 신도 같은 마음일지도 모른다. 뒤에서 끊기면 그야말로 운 좋은 날인 것이다.

아! 생명은 위대했다.

인간의 한계는 어떤 순간인가? 한계는 숨을 쉴 수 있는 마지막 순간이다. 그 한계 너머로 텅 빈 공간이 펼쳐진다. 자신이 무엇을 느끼는지조차 알지 못한 채 빈 공간 위를 떠다녔다. 고통의 극단에서 다른 차원으로 들어가는 문이 있는 것일까? 차츰 견디어 내는 횟수가 늘어났다. 극단의 체험은 한 번으로 끝나는 것이 아니었다. 더더욱 처음 극단이 다음으로 이어지면서 그냥 통과되는 그런 문은 존재하지도 않았다. 처음부터 다시 고통의 터널은 어김없이 거쳐야 하는 반복, 반복뿐.

체력과 정신력의 상관관계는? 체력이 정신을 버티게 하는 것인지, 정신력으로 체력을 지탱하면서 버티게 되는 것인지 구분하기 어렵다. 정신력의 승리라고 말할 수도 있겠지만, 선착순이란 쉽게 말해서 독종만이 살아남을 수 있는 서바이벌게임인 것이다.

한여름의 폭염, 땀에 찌든 훈련복은 흙먼지로 누렇게 물들었다. 목소리는 구령으로 반쯤 잠겨있다.

'내가 죽어 나라가 선다면 아아 이슬같이 죽겠노라.'

훈련으로 지친 훈련병들은 순검을 마치자마자 곧바로 잠에 빠져들었다. 죽음보다 더 깊은 잠도 잠시, 밤 10시 30분이 되자 훈련 교관들이 호각을 불며 요란한 발걸음으로 내무반에 들이 닥쳐 휘젓고 다녔다. 발길질에 몽둥이에 정신이 없었다.

요란한 사이렌 소리가 울렸다. 확성기에서 굉음이 나고 훈련 교관들의 고함소리가 울려 퍼졌다. 눈도 제대로 뜨지 못한 상태에서 훈련병들은 야간 훈련을 받아야 했다. 팬티 차림으로 연병장에 집합한 훈련병들을 향해 교관들의 기합 소리가 이어진다. 목소리가 작다느니, 정신상태가 불량하다느니 하는 이유로 연병장을 굴렸다.

양말 신고 다시 집합, 바지 입고 다시 집합 등 복장이 갖추어 질 때까지 계속 선착순 집합이 이어졌다. 그때마다 내무반은 아수라장이었다. 네 것 내 것이 따로 없었다. 손에 잡히는 것이 바로 내 것이다. 처음부터 복장을 갖추는 것이 아니고, 훈련복장을 갖추는 과정이 이어진 후에 연병장으로 집합하게 하는 것이 훈련의 시작이었다.

해병대 신병 훈련은 체력이 바닥난 상태에서 가장 힘든 훈련을 마침으로써 비로소 진정한 해병대원으로 거듭 태어나는 것이다.

개성이 서로 다른 인간들, 출신도, 성격도, 성장환경도 다른 전국각지의 젊은이들이 모여서 한솥밥을 먹고 매일 같이 부딪치며 살아간다. 살아있다는 생동감이 넘친다.

학비도 없이 공짜로 먹여주고, 재워주고, 입혀주고, 용돈에 담배까지 준다. 인간수양의 도장으로서 아주 괜찮은 규율이 강한 국립대가 바로 해병대이다.

둘씨네아 공주

진해 덕산 훈련사격장까지 구보를 했다.

전통적으로 해병대는 모두가 실전에서 사격술이 뛰어났다. 주간 사격이든 야간 사격이든 사격에는 자신 있었다. 해병대가 월등한 기량으로 사격술이 뛰어난 것은 바로 기합 때문이다. 즉 정신무장이 잘 돼 있기 때문이었다.

"영점조준이란 자신의 사격스타일에 맞추어 총을 조정하는 것을 말한다. 이십오 미터에서 여섯 발을 쏜다. 이때 이 센티미터 원 안에 네다섯 발이 다 들어가야 한다. 그 후 삼백 미터의 실거리 사격연습을 한다."

사격장에서 첫날 연습에서는 놀랄 만큼 잘 타깃을 명중시켰다. 그날, 난 나에게 잠재된 저격수 기질을 발견하고, 조금 흥분상태였다. 저녁에 내무실에서 총기수입을 하면서 마음이 들떴다. 오로지 특등 사수가 되어서 메달을 따리라 마음을 먹고, 총구를 열심히 닦았다. 꽂을대에 깨끗한 천을 꽂고 기름을 듬

뿍 묻혀서 손이 보이지 않을 정도로 빨리 문질러 댔다.

특등 사수가 되면 특별 휴가가 있다고 했다. 나는 휴가 때문이 아니라 특등 사수 메달을 받고 싶었다. 메달을 받는다는 상상만으로도 행복했다.

상상 속에서 나는 빛나는 메달을 가슴에 달고 있었다. 그것도 다른 사람의 눈에 잘 띄지 않는 곳에 달았다. 숨어있던 메달 한쪽이 조금 보이고, 햇빛을 받아서 메달이 반짝거릴 때 나의 그녀가 물을 지도 모른다.

나의 그녀가 수인인지 미경인지 구분할 필요는 없었다. 다만, 내가 바라던 나의 마음을 받아줄 이상형은 두 여자를 합친 어느 누구일 것이다. 구원의 여신, '돈키호테'의 환상의 여인 '둘씨네아 공주'처럼.

총기를 닦고 아침 일찍 일어나 또 총기를 손질했다. 기름칠한 총구를 얼마나 문질러 댔는지 내 총은 뜨거워서 손에 쥘 수 없을 정도가 되었다. 마음이 급하다. 총구는 눈이 부시게 빛이 났다.

"지금부터 사선에 올라간다. 오리걸음 실시!"

사선(射線)을 향해 올라갔다. 총을 손에 들고 '앞에 총' 총자세로 올라가는 것이 아니고 쪼그리고 앉아서 총을 두 손으로 머리 위에 들고서 오리걸음으로 '꽥꽥' 오리울음소리를 내면서 올라갔다.

사선에 섰다. 멀리 타깃이 보였다. 나는 총의 잠금쇠를 수동으로 풀었다. 한 손으로 땅을 짚으며 진정하려 숨을 한 번 크게 들이마시며 엎드렸다. 훈련 교관이 말했다.

"처녀 젖가슴을 만지듯 부드럽게 천천히 방아쇠를 당긴다."

나는 긴장하고 타깃에 집중했다. 타깃이 올라갔다. 옆으로 지나간다. 그리고 제대로 총을 맞으면 뒤로 넘어가면서 사라졌다.

우리는 총을 쏘고 또 쏘았다. 사격이 끝나고 나서 많은 탄피를 찾아서 헤맸다. 반납을 해야 했기 때문이다. 풀 속에 있기도 하고 바위 옆에 떨어져 있기도 했다. 총을 쏘면 탄피는 약실 옆으로 튀겨져 나가고, 총알만 총구를 통해 날아갔다.

나의 그녀는 나의 모든 것을 알 것이다. 그리고 내가 아무리 숨겨 놓아도 빛나는 메달을 보지 못하고 그냥 넘어갈 리는 없다. 꼭 발견하고는 깜짝 놀라며 말할 것이다.

'그건 무엇이에요?'

'아, 이것 말인가요.'

나는 갑자기 발견한 것처럼 '응' 하며 손으로 가리면서도 그녀가 볼 수 있도록 할 것이다. 그러고는 별것 아니란 표정을 하면서 대수롭지 않게 말할 것이다.

'특등 사수만이 달 수 있는 거지요. 왜, 저격병 있잖아요. 영

화에서 보는…… 서부영화라면 총잡이 중에 총잡이에 해당되
지요. 무협영화라면 최고의 검객이랄까요.'

그런데 그녀가 '미야모토 무사시' 이야기를 해 주길 바란다.
그러면 나는 웃으면서 조용히 듣겠다. 나의 그녀라면 이렇게
말할 것이다.

'아무도 그가 얼마큼 칼을 잘 쓰는지도 모른대요. 그가 칼을
빼는 걸 본 사람도 없고요. 살아남은 사람은 없대요. 모두 다
그 앞에선 죽었으니까.'

순식간에 칼을 뺏다가 칼집에 꽂고는 아무 일도 없다는 듯
이 유유히 사라진다는 전설적인 사나이를 나의 그녀는 알고
있을 것이다.

'나도 그런데…… 내가 칼을 빼면, 아무리 날쌘 적군이라도
살아남을 사람이 하나도 없을 텐데…….'

혼자 생각하면서 웃을 것이다. 그러나 나는 말하지 않겠다.
대신에 이렇게 말할 것이다.

'멋있군요. 그 고독한 사나이 무사시가 보이는 것 같네요.
등을 돌려 걷는 사나이, 어깨 위로 달빛을 받으며 걸어가거나,
숲속으로 홀연히 사라져도 멋있을 것 같네요.'

'아무 일도 없었다는 듯이 사라진다? 사라진다면 어떻게 하
나요? 죽은 자는 어떻게 되고요?' 하고 그녀가 궁금해 해도 나
는 대답하지 않겠다.

'한 사내가 달빛 속으로 유유히 사라져 갔다.'

그렇게 끝나는 것이 멋이 있다고 생각하기 때문이다.

상상이 주는 행복, 그것은 무위로 끝나도 그렇게 나쁘지 않을 것이다. 그러나 생각이 주는 현실은 더없이 즐거울 것이다. 가당치 않은 일은 상상도 필요하다고 했던가. 나는 어느 정도 자신이 있었던 것이다.

내가 만들어 놓은 환상의 그녀가 지금은 내 앞에 올 수 없더라도, 아니 존재하지 않는다 하더라도 나는 내 그녀를 반드시 만날 수 있다는 희망의 끈을 놓지 않을 것이다. 그때를 준비해 두었다가 그날이 오면 많은 이야기와 자랑거리를 만들어야 한다고 생각했다. 그러면 나는 이 세상 어떤 놈도 따라오지 못할 풍요를 누리게 될 것이기 때문이다.

아! 생각만으로도 행복해서 가슴이 터질 것 같았다. 자 이제 꿈을 실현해야 한다. 꿈은 앉아있는 자에겐 오지 않으니까.

다음날, 사선에 섰다. 숨을 멈추고 하나, 둘……. 그리고 방아쇠를 당겼다. 타앙! 다시 한 발 타앙! 300미터의 타깃이 다시 흐트러졌다. 첫발은 빗나갔다. 나는 당황했지만 침착하게 한발 한발을 쏘았다. 모두 타깃의 아래 부분, 6시 방향으로 총알이 날아갔다.

하루 전 날, 총기수입을 하면서 가늠자를 만진 것이 생각났다. (가늠자는 총으로 목표물을 겨냥 할 때 조준경 역할을 한다.) 기름칠을 하고 깨끗이 닦은 후에 미처 원위치로 수정하지 않고 그대로 둔 모양이었다. 급히 가늠자를 수정했다.

총을 자동으로 놓고 탄창을 새로 낀 상태이다. 왼쪽 무릎을 꿇은 채 저격 자세를 취했다. 타타타타—탕!

연발로 날아가는 총탄이 순식간에 쏟아져서 저 멀리 있는 타깃에 꽂혔다. 나머지 사격은 그런대로 잘 했지만, 처음사격 부분이 기대 이하여서 특등 사수는커녕 겨우 턱걸이를 했다.

그날 밤, 사랑하는 '둘씨네아 공주'가 나를 보고 웃었다.

"특등사수가 되려면 마음을 비워요."

……민족과 조국을 위해서 목숨을 버려도 좋다고 생각한 적이 있었다.
그런데 훈련을 받는 도중 멋진 교관, 선배 장교를 따라서는 목숨을 버릴
수 있다는 생각으로 바뀌었다.

천자봉

　　　　철모에 소총, 허리에 단 탄띠와 수통, 게다가 배낭을 메고 완전무장으로 뛰고 있었다. 훈련병들은 누구나 할 것 없이 불덩이 같은 숨을 토해내며 고통스러워했다.

　깃발을 높게 든 기수 뒤를 기를 쓰고 따라붙는다. 제정신으로 뛸 수 있는 상황이 아니었다. 훈련병들의 거친 숨소리가 점점 커졌다. 몸속에 도사리고 있는 독기를 다 뽑아내지 않으면 낙오다. 이 고통을 잊는 방법은 그저 즐기는 것이다. 교관의 거친 숨소리와 함께 호각소리가 들렸다.

　"지금 군가를 부른다. 군가는 '나가자 해병대' 시이작!"

　　우리들은 대한의 바다의 용사
　　충무공 순국정신 가슴에 안고
　　태극기 휘날리며 국토 통일에
　　힘차게 진군하는 단군의 자손

나가자 서북으로 푸른 바다로
조국건설 위하여 대한 해병대

훈련병들은 달리면서 목청껏 군가를 불렀다. 불볕더위에 컥컥거리는 숨을 몰아쉬며 노래 속에다 가슴에 차 있는 모든 걸 토해 놓았다. 30킬로에 육박하는 완전 군장을 하고 천자봉을 향했다. 수통의 물은 이미 바닥이 났다.

입안에 불이라도 난 것일까. 단내가 나고 입술이 바짝바짝 말랐다. 속이 울렁거리고 어지러웠다. 숨이 목젖까지 차오르고 다리는 쇳덩이 같았다. 내 다리가 아닌 것처럼 말을 듣지 않았다. 입술은 바짝 말라 껍질까지 벗겨졌다. 심장이 터질 것 같은 고통이 밀려왔다. 고통 없이 숨을 쉰다는 것이 얼마나 고마운 일인지 새삼스레 깨달았다.

행군을 하면서 또 하나 견디기 힘든 것은 갈증이었다. 입술이 타들어 가고 혀에는 허옇게 백태가 끼었다. 물 한 모금만 마실 수 있다면 어느 누구도 부럽지 않을 것 같았다.

이미 체력은 바닥 난 지 오래였다. 걷거나 뛰는 것이 아닌, 그것은 목숨을 건……. 천자봉 입구로 향하는 도중, 물 고인 논을 만났다. 논두렁에 고여 있는 물이 푸르른 강물 같았다. 아니다. 하늘을 담은 물, 그것은 바다처럼 보였다. 갈증을 참지 못한 훈련병들이 벌 떼처럼 논으로 뛰어 들어가 흙탕물로 변한 물을 벌컥벌컥 들이마셨다. 나도 논 가장자리에 뛰어들어 머리를 처박고 물을 얼마나 마셨는지 모른다. 물맛은 달콤하고 시원하다. 아! 마시고 또 마셨다. 진흙탕 물! 먹어 본 자만이 그 행복감을 알 수가 있었다.

구령에 맞추어 뛰는 발은 이미 감각을 잃은 지 오래였고, 심장은 터졌는지 찢어질 듯 아팠다. 억억으로 이어지는 구령, 그 소리만이 자신이 움직이고 있다는 것을 알게 해 주었다. 아니 알지 못한다. 머리는 이미 존재하지 않으니까. 그래도 이어지는 움직임, 끝을 기대하지 않는, 기대해서도 안 되는 이어짐, 끝나지 않는 움직임.

흑흑! 학학! 옆에서 달리는 훈련 교관의 호각소리엔 신비한 마력이 있었다. 정신이 가물거리며 달리는 나의 발걸음은 내 의지와는 상관없이 호각소리를 알아듣고 발을 맞추고 있었다. 머리가 아닌 어떤 관성에 의해 움직이고 있는 것이다.

머릿속은 하얗게 아무 생각도 없었다. 오직 쫙 뻗고 싶었다. 슬픔이니 눈물이니 하는 건 감정의 사치였다. 기수를 선두로 흠뻑 젖어버린 훈련병들의 얼굴은 고통을 참느라 일그러졌다. 창자가 끊기는 것 같은 고통, 악만 남아서 한발 한발 간신히 내딛고 있었다.

하지만 믿어지지 않게도, 중대장이나 교관들은 한 치의 흐트러짐도 없이 달리고 있었다. 그들도 훈련병과 같이 뛰었음에도 사람이 아닌 것 같았다.

하얗게 소금 켜가 번진 군복, 훈련병이나 교관이나 똑같이 입에서 단내가 나고 있었다. 소금더께로 범벅이 된 군복 위로 찐 고구마처럼 김이 났다.

드디어 목표점인 천자봉. '해병혼' 이라고 쓰인 천자봉에 올라섰을 때 나는 감격을 넘어선 희열을 느끼고 있었다. 그곳에 도착하자 나도 모르게 해병혼이 배어 있는 바위를 쓰다듬었다. '내가 드디어 대한민국 해병대가 된 것이다!' 해냈다는 성취감이 가슴 밑바닥에서 피어올랐다.

"대한민국 해병대는 일천구백사십구 년 사월 십오일. 천자봉 아래에 있는 진해 덕산 비행장에서 창설되었다."

훈련 교관의 목소리가 들렸다.

'해냈구나!'

바깥세상에서 느낄 수 없었던 장렬한 승리감, 어떤 말로도 해낸 것에 대한 자랑스러움을 표현하기엔 역부족이다. 비로소 자신이 대한민국 해병대원이 되었다는 것이 자랑스러웠다. 아직 살아 있다는 안도감으로 삶이 충만했다. 생명에 대한 경외감이 가슴을 훑고 지나갔다.

"아! 천자봉에 묻히고 싶다."

소리 나는 쪽으로 고개를 돌렸다. 친구인 김민수가 늘어진 채로 하늘을 쳐다보며 중얼거리고 있다.

'미친놈.'

나는 자랑스러워 미치겠다.

완전히 탈진한 상태에서 바위 위에 쭉 뻗은 자세로 나는 드러누웠다. 기분 좋게 숨을 쉬었다. 뛰는 순간 그렇게 갈망하던 쭉 뻗고 싶다는 소망이 이루어진 셈이다. 삶의 순간순간 원하는 일이 생기기도 하고 또 그것을 이루기도 한다. 짧은 행복, 그 순간이 이어져서 행복한 삶이 된다고 했던가? 순간을 즐기는 것은 행복한 삶의 과정일 것이다.

천자봉 위에 누워 있으니 모든 것이 그냥 단순해졌다. 숨을 몰아쉬다가 눈을 뜨니 파란 하늘이 눈앞에 닿아 있었다. 끝없이 투명한……. 가슴 속에서 뜨거움이 흘러 들어오는 것을 느꼈다. 행복했다.

'미경아! 넌 지금 어디서 무얼 하니? 지금 너에게 이 파란 하늘을 보여주고 싶어.'

드디어 내일은 수료식이다. 6주간의 고된 훈련과정을 무사히 마친 나는 계급장과 빨간 명찰을 받게 되었다. 모든 과정을 마치고 해병대의 일원이 된 나 자신이 무척 자랑스럽다. 까만 세무워커와 군복과 버클이 지급되었다. 빨간 명찰과 함께.

"수고했다. 귀관들은 이제부터 대한민국 해병이다."

"필승!"

"오늘 부로 귀관들은 영광스러운 대한민국 해병대의 한 사람으로서, 민간인에서 해병으로 변신했다. 귀관들이 조국을 위해 명예롭게 임무를 완수할 것을 조국은 믿는다."

빨간 명찰, 붉은 바탕에 노란 글씨 조석희란 이름표.

비로소 작대기 하나, 귀신도 무섭지 않은 '무적해병' 최강의 전투력을 자랑하는 해병대! 비로소 작대기 하나.

빨간 명찰은 지옥 훈련을 이겨낸 훈장이다. 빨간 명찰 속에는 나의 피와 땀이 그리고 꽃봉오리 같은 청춘이 담겨 있다. 자신에 대한 자부심, 감사한 마음이 바다처럼 출렁였다.

나는 전투병과인 보병이다. 보병을 뺀 대부분의 특수 병과들은 육군이나 해군에 가서 후반기 위탁교육을 받았다. 진해에서 다 같이 신병훈련을 받은 우리는 각각 정해진 자신의 병과에 따라 헤어졌다.

세상에 무서울 것이 없던 우리들! 그러나 같이 견뎌낸 동료들과의 이별 앞에서 약해졌다. 가슴으로 이별의 슬픔이 차올랐던 것이다. 고통을 견딤이 자랑스러워 울고, 감격해서 울고, 또 헤어짐이 슬퍼서 울었다.

오끼나와 특공대

　진해에서 훈련을 마치고 창원에 있는 '상남 훈련연대'로 작대기 하나를 달고서 이동했다.

　상남에 온 다음부터 야외 훈련장에서 부대로, 부대에서 야외 훈련장으로 매일 뛰었다.

　상남훈련소에서 4주간 훈련을 받고 실무부대로 배치된다. 진해 신병훈련소에서는 개인화기를 주로 다루었는데 이곳에서는 공용화기를 다루었다.

　훈련병들은 '죽일 테면 죽여 봐라'는 식으로 악과 깡으로 버텼다. 몸통 무게만 20킬로 이상 나가는 기관총을 어깨에 둘러메고 뛰었다. 두 명이 나란히 엎드려서 사수는 계속 총을 쏘아대고, 부사수는 옆에서 실탄을 양손으로 받친다. 타타타……. 총알이 날아간다. 밤하늘에 보면 불꽃놀이를 하는 것 같았다. 연발 기관총을 쏘아댔다. 박격포, 각개전투, TTT…….

군가를 부르며 먼지가 풀풀 날리는 비포장도로를 달리면 먼지로 앞이 자욱했다. 오랫동안 비가 오지 않아 바짝 마른 땅은 밀가루보다 더 부드러웠다. 고운 흙은 고스란히 먼지가 되어 주위를 안개처럼 뒤덮었다. 목은 막히고 입술은 바짝바짝 말라지고, 입 속에선 모래가 서걱서걱 씹혔다.

철조망 너머로 밖을 바라볼 수 있는 것만으로 나는 행복했다. 상남 훈련연대에서 바라보는 산과 들은 초록빛이었다. 상남 훈련연대는 산으로 둘러싸여 있고, 초원에는 군데군데 붉은 황토 빛이 드러난 곳도 있다. 상남 지역의 흙은 매우 곱다. 수십 년간 훈련생들이 하도 뒹굴어서 흙이 잘게 부서졌기 때문인지는 몰라도 몇 발자국만 걸어도 자욱한 흙먼지가 피어오른다. 훈련병들의 군화 발자국과 뒹군 땀방울이 섞인 흙먼지다.

민간인을 볼 수 없었던 진해와는 달리 여기선 철조망 밖의 풍경을 볼 수 있었다. 특히 '오끼나와 UDT'라고 불리는 아주머니들, 왜 그렇게 불렀는지 모른다. 그 말 속에 특공대의 이미지가 풍겼다. 일명 '모포부대'. 돗자리를 한쪽 겨드랑이에 끼고, 다른 한 손에는 소쿠리를 들고 다녔다. 그 소쿠리에는 막걸리 병과 빈대떡, 붉은빛이 도는 밀빵, 개떡 등이 들어 있어서 늘 먹어도 허기진 훈련병들을 유혹하고 있었다.

그 여자들은 사오십 대 어머니 또래 혹은 큰누나 같은 아주머니들이다. 아니, 그녀들은 여자라고 불리기에 부적절하다.

다만, 그녀들이 풍기는 분 냄새가 훈련병들의 후각을 자극했을 뿐이다.

비가 부슬부슬 내리는 밤이었다. 카키색 판초 우의를 입고 철조망 근처에서 보초를 서고 있었다. 어디선가 분 냄새가 날아왔다. 어! 말로만 듣던 그 냄새였다. 미치겠다. 여자 냄새다.

훈련병들이 말했다. 백 미터 밖에서 누가 나타났는지 알 수 있다는 것이다. 나도 동감한다. 사람의 후각이 얼마나 예민한지 알 수 있었다. 그 냄새가 나고 조금 있으면 어김없이 그 아주머니들이 나타난다는 것이다.

그때 한 여자가 언덕배기로 올라오는 것이 보였다. 난 그쪽을 보지 않고 무시했다. 그런데 자꾸만 신경이 그 여자에게로 쏠렸다. 그 여자는 점점 대담해져서 철조망 주변을 왔다갔다 했다. 모른 척해 보았다. 철조망 근처로 다가오고 있었다.

"군인 아저씨!"

찰진 목소리로 불렀다. 나이는 삼십대인지 사십대인지 구분이 가지 않았다.

나와 눈이 마주치는 순간 그녀가 웃었다. 나도 따라 웃는다. 이십대로 보인다. 예쁘다. 그녀가 찐빵 하나를 철조망 안으로 밀어 넣어 주었다. 가슴이 뛴다. 사방을 두리번거렸다. 다른 사람 눈에 띄면 어떻게 하나 걱정이 되었으나 순간 손을 내밀고 말았다.

주머니를 아무리 뒤져보아도 줄 것이 없었다. 그녀는 아무 말 없이 철조망을 따라서 다른 초소 쪽으로 사라졌다. 들리는 말로는 더러 훈련병들이 그런 여자들이랑 관계한다고 했는데 나는 사실인지 그렇지 않은지 모르는 일이다. 희망사항일 뿐 실현할 수 없는 일 같았다.

나는 조심스럽게 바지주머니에 손을 넣었다. 그러고는 부드러운 물체를 조금 떼어냈다. 순간 몸에 전율과도 같은 전기가 흘렀다. 그것은 밀빵이다. 혹여 보는 사람이 있을까 싶어 나는 다시 한 번 주위를 살폈다. 그러고는 조용히 감추어진 밀빵을 입에 넣었다. "음" 하고 조그맣게 신음을 토해냈다.

괴테가 말했다고 한다. '눈물 젖은 빵을 먹어보지 않은 자는 인생을 논하지 말라 라고.' 괴테가 여기 비 내리는 상남 훈련 연대에 있었다면 뭐라고 했을까?

눈물 젖은 빵? 인생? 그는 이렇게 말했을 것이다.

"비 내리는 상남 훈련연대에서 빵을 먹어 본적이 없는 자는 인생을 얘기하지 말라."

주머니에 빵이 있으니 든든하다. 이 맛! 이 떨림! 이 행복은 누구도 모를 것이다. 그저 감탄할 뿐이다. 밀빵을 입안에 넣었는데 씹기가 아까워 오물오물 녹여 먹었다. 아찔해져서 눈을 감았다.

각개 전투와 침투 훈련시간이었다. 나는 하루 종일 빡빡 기었다. 세무워카를 신고 물웅덩이로 뛰어들었다. (세무워카는 물에 젖어도 무겁지 않고 빨리 마르는 것이 특징이다. 또 군화에 묻은 진흙이 쉽게 털린다.) 포복으로 진격해 몸 하나 간신히 통과할 정도로 낮은 철조망을 누워서 들어 올리며 지나갔다. 엎드리고 기어 언덕까지 올라가는 과정을 끝도 없이 반복했다. 팔꿈치와 무릎이 다 까지고 벗겨졌다. 웅덩이와 돌투성이 길을 낮은 포복으로 돌진했다. 구르고, 뛰고, 기어서, 마지막 관문인 돌격을 앞두고 모두 소총에 대검을 꽂았다. 짧은 순간, 적막이 흘렀다.

"돌격!"

머리 위로 공용화기인 엘엠지 실탄이 날아다녀 전쟁터 같았다. 그 사이 연막탄이 터져 앞이 자욱했다.

잠시의 휴식시간이었다. 푸른 젊음은 순간도 놓치지 않았다. 옆에 누워서 하늘을 바라보던 민수가 한마디 했다.

"뜨거운 날씨에 강남조개들, 지금쯤 푸른 바다로 갔겠구나."

나는 총을 들고 일어섰다.

"그래? 난, 조개 잡으러 바다로 간다."

민수가 나를 향해 M-16소총으로 갈겨대는 포즈를 취했다. 나는 쓰러지며 총에 맞아 죽는 모습을 해보였다.

"이 불쌍한 놈! 여기서 죽으면 어떻게 하니? 바다에서 널 오길 기다리는데."

"마지막으로 부탁해! 조개가 있는 바다로 데려다 줄래?"

옆에 있던 훈련병들이 우루루 몰려나와 나를 물웅덩이에 첨벙 던져버렸다.

"그놈 소원대로, 물속에서 강남 조개랑 비비고 있겠구나"

훈련병들의 낄낄거리는 소리가 들려왔다.

여름비가 내렸다. 갑자기 떨어지는 빗방울이 그렇게 시원할 수가 없었다. 훈련병들은 철모를 벗고 땅바닥에 쭉 뻗은 자세로 드러누워서 기분 좋게 비를 맞는다. 나도 그들 속에서 아무렇게나 고꾸라졌다가 구르며 큰 대자로 좍 뻗었다. 아, 자유!

미경이가 날 보면 뭐라고 할까? 그녀는 재미있다고 깔깔 웃을 것 같았다.

"너 미쳤니! 그런데 재미있겠다."

라고 말할지도 모른다.

'그래! 난 재미있는 돌격대다. 난 태양을 향해 날아간다.'

......바다는 낭만적이지 않다. 그동안 바다에 대한 아름다움만 생각했던 나에게 바다의 또 다른 모습 그 난폭함은 커다란 상처를 내게 안겨 준 셈이다. 언제 이 상처가 나아서 다시 바다에 대한 그리움, 낭만을 되찾을지 모른다. 그러고 나면 부조리 한 세상과도 타협하게 될 것 같다. 사람에 대한, 자연에 대한 순응이 될 테니깐......

서부전선을 가다

　　상남 훈련연대에서 후반기 훈련을 마치고 나는 연평도, 해병도서 경비부대로 발령을 받았다.

　그곳으로 결정된 순간 웃음이 나왔다. 해병대에서 가장 편한 파라다이스라는 연평도로 배치 받았다고 훈련소 동기들이 부러워했다.

　서해 바다를 지키는 늠름한 군인이 되었다. 백령도와 연평도를 비롯해서 서해 5도 섬들은 최강의 정예부대인 해병대가 맡고 있다.

　열차를 타고 경남 창원에서 서울로 향했다. 그리고 인천으로 갔다. 이제야 그 소망이었던 작대기 하나에 빨간 명찰을 달고, 또 다른 미지의 세계로 떠나고 있다.

　사회에서 보았을 때 작대기 하나는 자랑이기보다는 사소한 것에 불과했다. 훈련을 마치고 단 작대기, 인천으로 달리는 열차 창밖을 바라보면서 나는 행복했다. 감히 말할 수 있었다.

살아남은 자의 엄숙함이라고까지 생각이 되었다.

인천 월미도 해안에 있는 '해병도서 파견대'에서 며칠을 대기 중이었다. 6·25전쟁 때 인천 상륙작전을 했던 곳이다. 태풍이 불었다. 태풍 때문에 바다에 배가 뜰 수 없었다. 인천에서 백령도나 연평도로 가는 데는 무한한 인내심이 필요했다. 예고 없이 나타나는 해무가 바다를 덮어버리거나 바람이 심하게 불면 배가 언제 뜰지 알 수가 없었다.

바람이 잔잔해졌을 때를 기다리고 있었다. 더블백을 어깨에 울러 메고 군함에 승선했다.

늦여름의 바닷바람이 해초냄새를 풍기고 있었다. 드디어 아주 천천히 배가 움직였다. 서해 바다에 떠있는 백령도로……. 갑판에 올라온 대원들은 묵묵히 수평선을 바라볼 뿐이다. 갑판 위에 동기생인 김민수 이병과 함께 서 있다. 난 육지를 바라보면서 중얼거렸다.

"인천항아, 잘 있거라. 짧았던 내 청춘아, 모두 다 잘 있거라, 살아서 돌아오마. 그때 다시 만나자."

군함은 속력을 높이고 출렁이는 푸른 물결 사이로 머리를 들이받으며 북쪽으로 나아가고 있었다. 서해에 떠 있는 백령도로 향했다. 갑자기 파도가 몰아쳤다. 지진 해일이라도 일어났나? 비바람이 몰아치면서 파도가 밀려왔다. 갑판 위에 서 있는 몸이 옆으로 기울었다.

군함을 타고 높은 파도를 헤치며 북쪽으로 계속 나아갔다. 행복하지가 않았다. 그날은 바람이 거세고 파도가 높았기 때문이다. 자연은 우리를 심한 파도로 배 멀미를 겪게 했다. 바람까지 대원들을 훈련시키고 있는 셈이었다. 이곳에 나의 젊음을 두고 가야 할지도 모른다. 백령도는 인천에서 뱃길로 223킬로. 북한의 황해도 장산곶과는 15킬로 떨어져 있다. 황해도 장산곶과 백령도 사이에는 인당수 푸른 바다가 심한 파도로 뒤덮여 있었다.

바닷물이 빠진 백령도 해안은 아스팔트처럼 딱딱해서 걷기가 좋았다. 이곳 해안은 동양에서 유일한 천연 비행장 활주로이다. 그리고 이틀 후,동기생인 김민수는 백령도에 남았고, 나는 다시 연평도로 떠났다.

연평도에 내렸을 때는 가을이 시작되고 있었다. 중대본부 대기병 막사. 더블 백을 놓고 초조한 하루를 보냈다. 진해에서 상남으로 백령도를 거치며 팔리고 팔려서 드디어 대한민국 해병경비부대의 말단 조직인 이곳까지 이르렀다.

봄에 집을 떠났다.

다음날 아침, 군복을 깨끗하게 차려입은 어떤 병장이 대기병 막사에 앉아 있는 나를 찾았다. 꼿꼿하게 서 있는 나에게 어깨를 툭 쳤다.

"야, 반갑다! 같이 근무하게 될 신상호 병장이다."

나는 차렷 자세로 거수경례를 했다.

"해병 조석희! 잘 부탁드립니다."

잠시 후, 나는 더블백을 둘러메고 신 병장의 뒤를 따랐다. 신 병장을 따라 비탈길을 오 분정도 올라가니 작은 언덕이 나타났다. 숨을 고르면서 몸을 돌려 올라온 언덕길을 되돌아보았다. 중대본부와 위병소가 나타나고, 그 뒤쪽에 마을이 있고, 선착장이 있고 그 뒤로 소연평도 보였다. 바다도 하늘도 푸른 빛이어서 구별이 가지 않았다,

갑자기 가슴이 툭 터지는 것 같다. 도로가 나타나고 쭉 뻗은 도로는 이차선 너비로 잘 닦여 있다. 도로 오른편에는 낮은 평지가 이어지고, 왼편에는 햇빛에 반짝이는 서해 바다가 끝없이 펼쳐졌다. 도로 양편에는 코스모스가 가득했다.

초가을 날씨는 새 옷 같았다. 몸에 닿는 바람은 사그락 사그락 풀 먹여 다려 입은 옷의 느낌이다. 어딘가 조금은 어색하면서도 발끝까지 번져가는 신선한 기분. 나는 싱그러운 가을의 햇살을 즐기며 해안 초소로 향해 갔다.

바람이 불 때마다 스스슥 울어대는 풀잎과 파도소리가 멋진 교향곡처럼 들렸다. 언덕 위에는 '민간인 통제선 전방지역'이란 팻말이 나타났다. 발밑에는 코스모스가 피어 있었다. 흰색과 분홍 자주 빛의 꽃이 가는 줄기에 매달려 흔들거

렸다. 바람은 향기로웠고, 모든 것이 조용했다.

바람이 불어오는 언덕 위에는 해군기지가 있고, 레이더가 천천히 시계방향으로 돌아가고 있었다. 때로는 시계반대방향으로 도는 것처럼 보였다. 착시 현상 때문인가 눈을 몇 번 끔벅거렸다. 바람에 돌아가는 풍향계처럼 주위를 둘러보았다. 초록빛 바다와 푸른 하늘.

'아아, 여기까지 왔구나! 여기가 서부전선이구나!'

인천에서 서북으로 145킬로 떨어진 서부전선 연평도. 서해 북방한계선(NLL)이 눈앞을 지나고 있다. 마치 전에 본 듯한 풍경이었다.

나는 그림엽서 속으로 걸어 들어가듯 그렇게 풍경 속으로 들어섰다. 이 여행은…… 아주…… 멋지다. 불현듯 목이 메어왔다. 해안 초소를 향해 인적이 없는 도로를 걸어갔다. 신 병장과 나 둘뿐 아무도 보이지 않았다. 길 양편에는 코스모스가 바람에 흔들리고 있었다.

앞서가던 신 병장이 정적을 깨웠다.

"야! 좀 쉬었다 갈까?"

"아니, 괜찮습니다."

"담배나 한 대 피우고 가자."

해병대 병장이라면, 작대기 하나인 나로서는 감히 쳐다볼 수도 없는 위치다. 나는 조금 떨어져서 앉았다. 신 병장과 가

급적이면 눈을 마주치지 않고 바다로 얼굴을 돌려서 담배를 피웠다.

"여기서 눈앞에 보이는 건 모두 북한 땅이다. 저기 보이는 연기는 황해도 해주 시멘트 공장에서 올라가는 연기이다."

신 병장이 가리키는 쪽을 바라보니 하늘로 올라가는 연기가 선명하게 보였다.

"저기 앞에 섬 두 개 보이지? 앞에는 석도, 뒤에는 갈도이다. 모두 무인도다."

"그런데 말이죠, 북한과 경계선은 어디인가요?"

"앞에 있는 섬 두 개가 모두가 북한 땅이다."

고개를 조금 들고 보니, 갈매기만이 날아다니는 절벽 아래에 온통 바위로만 이루어진 섬 두 개가 형제처럼 바다 위에 떠 있다.

"어때?"(여기에 온 느낌이 어때?)

"북한 땅 코앞에 있는 불침(가라앉지 않는) 항공모함 같아요."(너무 위험한데요.)

"짜아식."(너 앞으로 힘들겠다.)

신 병장이 툭 쳤다.

"연평도에서 주 임무는 해안 경계근무다. 해질녘에 산꼭대기에서 해안으로 투입돼 밤에 바다와 해안의 경계근무를 서고 다음날 아침 해가 뜬 후에 철수한다."

"해안 초소까지는 여기서 많이 가야 합니까?"

나는 조심스럽게 물었다.

"이제 조금만 가면 된다. 초소들이 해안을 따라 산재되어 있다."

고구마 밭에서 누군가 엎드려서 아까부터 우리를 기웃거리고 있었다. 고구마 밭에 있던 사람이 갑자기 뛰어 나오더니 나를 바라보면서 차렷하고 경례를 하고는 잽싸게 사라졌다. 머리가 긴 산적처럼 생긴 놈이다. '저 녀석이 누구지?' 나보다 쫄병이 있을 턱이 없는데. 탈영한 해병이 이곳까지 왔을 리는 없고, 도대체 누굴까, 저 산적 같은 놈은?

나중에 알고 보니 나에게 경례를 한 것이 아니고 신 병장에게 한 것이었다. 나를 바라보고 경례를 했기 때문에 나에게 한 것처럼 보였을 뿐이다.

거울 나라로 간 엘리스처럼 졸(卒)로 시작한 체스 판, 난 지금 또 다른 세계로 진입하는 중이었다. 지금부터 살아남기 위한 전쟁을 치러내야 할 일이 아득했다.

……마치 바다 한가운데 좌초된 배가 인양선에 이끌리듯 나는 그렇게 가고 있었다. 인간은 자유의지에 따라서 마음대로 할 수 있다. 내 몸이고, 내 의지니까. 그러나 제어할 수 없는 사회적인 힘 앞에 나는 무기력해졌다. 거대한 힘, 세상을 움직이는 힘 앞에 굴복하고 마는 작은 세포에 불과한 것이다.

파라다이스

　　　　　　한 시간쯤 걸어서 도착한 곳은 산적 소굴 같은 곳이었다.

신 병장은 아무렇지도 않게 나에게 말했다.

"자, 이제 다 왔다."

이곳이 이제부터 내가 생활해야 할 서부전선 101 OP(전방 관측소)이다.

산 위에 있는 벙커에서 바라보면, 깎아지른 절벽과 절벽 아래 해안선이 맞닿아 있었다. 바로 발아래 절벽에서 내려다보면, 온통 바위로만 이루어진 석도와 갈도가 형제처럼 바다 위에 떠 있다.

벙커 위에는 잔디와 풀이 자라고 있어서 얼핏 보아서는 잘 찾을 수 없도록 위장되어 있었다. 벙커 위에 서서 서해 바다를 바라보았다. 온 세상이 바다이고 그 위에 나 홀로 떠 있는 것 같았다. 그때 벙커 안에 들어갔다 나오면서 신 병장이 설명해

주었다.

"저기 보이는 섬들이 모두 북한지역이다. 용매도, 대수압도, 소수압도. 주간 근무에서는 북한 지역인 해주 앞 바다와 북한군의 동태를 감시한다. 북한 경비정이나 지나가는 화물선의 동향을 감시하는 것이다. 포성 소리를 들으면 지도에서 정확한 좌표를 파악해서 관측일지에 기록한다."

"저걸로 구경해도 됩니까?"

벙커위에 서서 망원경을 가리키자 신 병장이 그렇게 하라는 듯 고개를 끄덕였다.

"밤에는 무얼 관측합니까?

"밤에는 해안과 바다에 서치라이트를 비추면서 관측한다. 적외선 망원경으로 바다를 관측한다."

눈앞에 펼쳐진 바다 위로 한가로이 갈매기가 날고, 기우는 석양에 바다는 황금빛으로 일렁였다. 평화로운 풍경이다. 하지만 저기 보이는 건 모두 북한 땅이다. 바다 위의 북한 땅도 마치 하늘에 떠 있는 것만 같다.

오늘처럼 날씨가 맑을 때는 이북 땅이 한눈에 들어왔다.

이상한 일은 첫날부터 시작됐다. 소리 나는 쪽으로 고개를 돌렸을 때, 제일 먼저 눈에 들어온 것은 해적들? 나를 놀라게한 것은 갑자기 나타난 사람들이었다. 몇 개월씩 머리를 깎지 않았는지 머리가 텁수룩했고, 물 구경을 못했는지 얼굴은 새까맸다. 복장스타일도 제각각이다. 무릎 아래를 잘라버린 껑충한 바지 차림에 상의를 제멋대로 걸친 사람도 있고, 군화를 신고 있는 군인은 한두 명에다 슬리퍼를 질질 끌고 나타난 군인도 있었다.

겉보기에는 산적이나 다름없어 보였다. 계급장도 없고 명찰도 없었다. 머리카락을 홀딱 밀어버린 대머리, 지저분한 장발도 있었다. 도무지 군대라고 보기엔 질서가 없어 보였다. 산적들만 있을 뿐 해병대원은 하나도 보이지 않았다. 피와 땀으로 만들어진 해병대라고 말하기엔 이상했다.

낯설고 거칠다. 내가 처음 만난 세상은 낯설었다. 외계인이 사는 곳에 불시착한 것만 같았다. 이곳도 대한민국 땅인가? 갓 전입한 신병인 나는 그들 사이에서 말쑥한 차림의 신입생처럼 앉아 있었다. 눈을 어디에 두어야 할지 모르겠다. 그래서 차렷 자세로 앞만 보았다.

101 OP 식구들

1. 민주섭= 별명 백초, 고참

과묵하지만 큰일이 있을 때면 모두를 통솔할만한 리더십을 가진 인물. 머리를 '율부린너' 처럼 밀고 다님. 신 병장과 같이 최고참이다. 건달 세계에서 싸움으로 날렸고, 세상 무서울 것이 없는 터프가이. 그는 결코 웃거나 울지 않는다. 손재주가 많고 정신적으로 벙커 안식구들의 우두머리 격이다. 전형적인 해병대 사나이.

2. 신상호= 별명 신상사, 고참.

행동파. 의지력이 강하고 순발력이 뛰어나다. 군대 일에 관심 없는 척 하지만 사리분별이 정확함. 마음잡겠다고 해병대에 들어왔는데 마음에 안 들면 일단 주먹부터 나간다. 여자를 밝힘. 조폭의 오야봉 이었다는 설이 있음.

3. 소진철= 별명 소눈깔 또는 쇠뿔.

유머도 있고 의리도 있다. 주인공 마리죠와 잘 지냄. 해병대 사나이.

4. 주백상= 별명 주태백, 또는 개고기. 중고참.

작은 키에 다부진 몸, 술을 좋아하는 그야말로 이름에 어울리는 주태백. 걷어차이면서도 악착같이 자기 몫을 챙긴다. 성질이 급하고 사사건건 트집을 잡는 위험한 중고참.

5. 문정수= 별명은 살살이, 중고참. 약삭빠르고 장난꾸러기이다. 입도 거칠고 성미도 급하지만 속정은 깊다.

6. 강경찬= 별명 강감찬, 주계장, 체대 재학 중 입대. 복싱 국가 대표였다는 말이 있음. 활달하고 붙임성이 있음.

7. 조석희=별명 마리죠

감수성이 예민하고, 생각은 늘 진취적이지만 행동이 못 따라가는 동키호테, 무언가 부딪치면서 치열하게 살고 싶어 입대함.

8. 장순창= 별명 알통

얼 짱에 몸이 잘 빠짐. 주인공 '나'보다 늦게 들어온 후임. 쫄병에게 손가락 하나 대지 않겠다는 비폭력주의자.

9. 박 하사= 포항사단에 있다가 서부전선 연평도에 파견 형식으로 나옴.(기갑병과)

철문으로 된 벙커의 현관문을 밀고 들어서면, 스무 평 정도의 공간이 나타난다. 출입구를 기준으로 왼편에 침상이 있다. 오른편은 벽인데 바다를 향하여 유리 창문이 있고, 유리창에 쳐진 철사 줄에 매달린 커튼이 한쪽으로 밀려 있었다.

천정과 벽에 전등은 보이지 않았고, 대신에 벽에 남포등이 달랑 하나 매달려 있다. 침상은 마루바닥인데 이층이다. 현관문 가까운 통로에는 이층으로 올라가는 나무 계단인 사다리가 걸쳐 있었다.

벙커 안에는 정적이 감돌았다. 무거운 침묵과 터질 듯한 긴장감이 팽팽한 가운데 여섯 명의 사내들이 앉아 있었다. 얌전히 서 있는 나를 보고 산적 한 명이 말했다.

"잘 왔어. 여기에 앉아!"

소눈깔을 연상시키는 산적이 거기에 앉아 있었다. 조금 전에 여기로 오는 길에 고구마 밭에 엎드려 있다가 나를 보고 놀라면서 경례를 붙이던 병사다. 나를 보고 씩 웃었다. 오랜만에 쫄병이 들어와서 기쁘다는 표정이다.

거칠게 다룰 거라고 겁을 먹고 있었는데 부드럽게 대해준다. 소눈깔은 구리빛 피부에 여유가 있어 보였다. 산적 생김새와는 달리 마음씨가 좋을 것 같았다.

내 침상은 현관문 쪽에 있는 아래층, 그러니까 누우면 머리 위쪽에 아래층에서 위층으로 올라가는 사다리가 있어서 그다지 좋은 자리는 아니었다.

이층에 있는 대원들이 아래로 내려오려면 내 머리 쪽에 있는 사다리로 내려오고, 벙커 안에서 바깥으로 나갈 때는 내 머리 옆에 있는 현관문을 열고 나가야 했다. 내 침상이 그곳에 있다고 해서 불편한 일이나 곤란한 일은 한 번도 없었다. 내가 침상 위, 그러니까 일층 마루바닥 위에 마음 편하게 누워 있을 수 있는 시간이 거의 없었기 때문이다.

침상에 대한 특별한 규칙이나 명령은 없었으나, 모두들 별 무리 없이 공평하게 합리적으로 잘 사용하는 편이었다. 그것은 아마도 무리를 지배하는 고참의 취향이나 편리에 따라 고참의 자리가 정해지면 나머지들이 서로 알아서 움직이고 있기 때문일 것이다.

마리표의 신고식

　　　　　　　모두 반가워하고 흐뭇해하는 표정들이었다.
'불쌍한 놈, 지금부터 어찌 견딜까.' 하는 약간은 내가 안됐다
는 표정을 하는 대원도 있었다. 적응하는 과정을 생각해서였
는지 모른다.

　"야! 밥 많이 먹어라."(불쌍한 놈, 밥이라도…….)

　"아니, 됐씀다."

　"야! 먹을 수 있을 때가 좋아. 많이 먹어."(앞으로 굶을 때가 많
을 걸, 불쌍한 놈.)

　밥을 퍼 주고 있는 대원의 손톱 밑이 너무나 새까맣다. 자세
히 보니깐 손톱 밑이 아니라 손톱 전체가 먹물로 물들인 것 같
았다. 러닝셔츠를 찢어 만든 행주도 새까맣다. 내가 좋아하는
꽁치구이도 있었지만 젓가락질을 하지 않고 말없이 밥만 먹었
다. 밥을 먹으며 보니까 두세 명을 제외하곤 한 번도 세수를
하지 않은 사람들 얼굴이었다.

잠수함 내부 같은 벙커 안에서 남포동 한 개가 벽에서 흔들리고 있었다.

"필승. 해병 조석희 명받아 왔슴다."

"야, 이리와 앉아 봐라."

옆에 있던 고참이 물었다.

"여기 오기 전에 어디 있었냐?"

"저, 말이죠. 학교 다니다가."

"아직도 정신 차리지 못했구먼!"(요즘 신병들은 기본이 안 돼 있어.)

그때까지 상황파악을 못한 나는 다시 어물거렸다.

"그게 말이죠. 여기 오기 전에는······"(어디서 왔냐고? 서울, 대구, 진해, 인천, 백령도······)

"여기가 네 집 안방이냐! 이 빠진 새끼!"(어느 나라 군대냐? 기합이 빠져가지고.)

"말이죠가 뭐냐?"(기합이 들었어야지, 빠질 기합이라도 있지?)

"그게 말이죠. 여기 오기 전에는······."

그때부터 내 별명은 마리죠가 되었다.

"어디서 왔냐고?"

궁금한 것이 많은지 나를 놓고 여기저기서 질문을 많이 해댔다.

"대학생? 야! 여학생 보오지 맛 봤나?"

"저…… 말이죠……."

"야! 쓰발 눔아. 그러니까 말이죠 말고, 고눈 보오지 맛 봤냐니깐?"

"저는 말이죠. 아직……."

"이런! 개좆같이, 바보 같은 새끼가 있나?"(속 터져.)

한심해 하다못해 동물원 원숭이 바라보듯 내 얼굴을 바라보았다.

"애인 있냐?"

또 물었다.

나는 거짓말이라도 해서 이들의 호기심을 채워주어야 할 것 같았다.

누가 누군지 모르겠다. 몸은 군기가 들어 경직되어 있었고, 생각도 몸과 같이 얼어버렸다. 다음은 생략하고 누이동생이 있느냐? 혹은 여자 친구는? 그들의 관심사는 여자이야기였다.

"조 해병 딱지 떼고 왔냐? 아니긴 뭐가 아냐, 임마."

"아직……."

"데이트할 때 얘기 해 봐라."

"그게 말이죠. 여자친구를 집까지 바래다 준 적은 있습다."

"그때 쓰러뜨리지."(제법인데.)

"그냥 가겠다고 해서…… 공원에서 이야기만 했습다. 난 더 있다 가자고 했는데도 자꾸만 가자고 해서……."

"그래서?"(그대로 했다는 말이지. 급하긴.)

"술 마셨고 집에 데려다 주었습다."

"이런 병신 새끼가 있나. 임마! 그건 여관방에 간다는 소리야."(이걸 확.)

"……."

머리 귀퉁이를 한번 쥐어박고는 돌아앉아 담배를 피우며 한심하다는 듯이 중얼거렸다.

"그럼, 도대체 그동안 뭘 했냐?"(이런 미련한 놈 때문에 남자들이 욕을 먹지.)

진리탐구나 학문이라고 말했다가는 맞아 죽을 것 같아서 입을 다물었다.

"내가 있었음 확 잡아 눕히는 건 데……."

"다음부터 잘 하겠습다."

"너 같은 또라이 같은 새끼는……."

마치 자신이 다 잡은 물고기를 놓쳤다는 듯 안타까워했다.

첫 날, 침상을 차지하고 누워서도 나는 밤늦도록 잠을 이루지 못했다. 잠자리가 바뀌었기 때문만은 아니었다. 초가을 풀벌레 소리는 점점 깊어갔다.

에뜨랑제

신병인 내게는 일절 일을 시키지 않고 삼 일 동안 먹이기만 했다. 일종의 사육이다. 그러나 내가 이곳에서 제일 쫄병인 것은 다 아는 사실이다. 가만히 앉아 있으려니 불안하고 그렇다고 무엇을 해야 할지도 모르겠다. 그러나 쫄병인 내가 해야 할 일을 깨닫는 데는 그리 오랜 시간이 걸리지 않았다.

"강 해병님! 제가 밥 풀게요. 그리고 내일부터 제가 밥할 게요."(놀면서 밥 얻어먹기가 미안해요.)

"뭐! 밥이라고?"

저녁식사를 준비하던 강감찬 일병은 어이없어했다.

"야, 임마! 특급호텔 주방장이라도 내 밑에서 끝없는 수련을 거쳐야 해낼 수가 있어"

마치 '너 같은 신병이 감히, 이렇게 중요하고 고난도의 기술이 요구되는 일을 감당 할 수 있냐?' 라는 표정이었다.

"넌 내일부터 내 옆에서 내가 하는 걸 잘 보고 열심히 배우기나 해."

내가 처음 맡은 일은 강 일병이 부엌에서 식사 준비를 할 때 옆에서 보조 일을 하는 '주계병'이었다.

강 일병의 손톱이 새까만 이유를 안 것은 하루도 지나지 않아서였다. 이곳에 온 후 나는 한 번도 세수를 하지 않았으니까. 내 손톱 역시 이미 새카매졌다. 산 위에는 물이 없으니 샤워할 일도 없었다. 처음에는 새카만 행주며 손톱을 볼 때마다 께름칙한 기분이 들었지만, 하루하루 지날수록 그마저도 깨끗하게 보이기 시작했다.

처음에는 '주계병'으로 강 일병 밑에서 일하다가 내 밑에 쫄병이 들어오면 내가 '주계장'으로 승진이 될 것이다. 주계장이 되면 그때부터 상당한 권력을 행사할 수가 있다.

가을이 무르익어 가고 있었다. 바람이 불 때마다 나뭇잎이 눈송이처럼 떨어져 내리고, 발 밑 가득 낙엽이 밟혔다. 밤이 되면, 멀리 바다 건너에서 불빛이 깜박거렸다. 그 건너편이 바로 북한 땅이다.

섬은 바다에 떠 있는 항공모함이다. 산 위에 앉아 있으면 바다 한복판에 떠 있는 항공모함 부릿지에 올라앉아 있는 것 같았다. 바다에 갈매기가 간혹 보이고, 큰 배들이 띄엄띄엄 떠 있었다. 바다와 하늘이 맞닿아 일직선을 이루고 있었고, 저 끝

배웅처럼 드럽게

에서 물과 하늘이 만나고 있었다.

바다에는 경계가 없다. 중국 그리고 한반도의 남과 북……

'이 새끼들 기분 나쁜데 쏴버려?' 공연히 객기를 부려보았다.

밤하늘에는 별이 헤아릴 수 없이 많이 떠 있다. 밤하늘을 쳐다보았다.

"야, 저기 좀 봐!"

손가락으로 하늘을 가리켰다. 그동안 훈련으로 또는 마음에 여유가 없어서 하늘을 볼 틈이 없었다.

"뭐야, 뭘 봤는데?"

"별이 잘 보이네요."

옆에 있던 강 일병은 나를 불쌍한 눈으로 힐끗 바라보았다. 마치 별을 처음 보는 녀석도 다 있냐, 라는 듯이

실제로 내가 하는 일은 다양했다. 무엇보다도 국가를 지키는 데 필요한 모든 일을 수행해 나가야 하는 일이었다. 먹고, 입고, 자고, 밥하고, 국 끓이고, 반찬 만들고, 나무하고, 물 긷고, 빨래하고, 다리미질하고, 설거지하고, 청소하고. 그리고 아주 중요한 일은, 언제쯤 쌀이 떨어질지, 앞으로 며칠이나 먹을 수 있을지 예측하는 일이었다. 식량은 세심하게 관리해야 하는 대상이다. 그러고 나서 총기를 닦고 밤이 되면 야간근무

를 선다.

주방 보조로 일한 지 일주일이 지나서, 강 일병의 코치를 받아가면서 처음으로 직접 요리를 해 보았다. 칼을 잡고 무와 두부를 자르고 야채를 썰고, 콩나물을 다듬었다. 실수할까 봐 손이 떨리고 있었지만 꾹 참았다. 옆에서 구경을 하고 있던 강 일병은 내가 칼을 아주 잘 쓴다고 칭찬해 주었다. 나는 속으로 말했다.

'강 일병이 안 보고 있으면 더 잘 할 수 있는데.'

그날 저녁에는 김치전을 부쳐 대원들로부터 칭찬을 받았다. 이 일도 적성에 맞는다는 생각이 들었다.(좋아, 한번 열심히 해 보자.)

후방에 위치한 중대본부에 부식수령을 하러 배낭을 메고 문 상병을 따라갔다. 중대본부 취사장 앞에서 콩나물과 두부를 그리고 김치, 돼지고기를 채우고 배낭을 어깨에 멨다. 그리고 큰 병에 경유를 담았다. 병의 목에 끈을 달아 손에 들고서 문 상병의 뒤를 따라갔다. 중대본부 뒤에 있는 비탈길을 오르고 야트막한 산모퉁이를 돌아서면 바다가 보이는 언덕이 나타났다.

"야! 담배 하나 빨고 가자."

나는 풀밭에 앉아서 문 상병과 눈길이 마주치지 않으려고 돌아앉아서 담배를 피웠다. 문 상병이나 다른 고참이 보이는 곳에 선 무서워서 담배를 피울 수가 없었다. 그래서 난 화장실이나 아무도 없는 데서 담배를 피워야 마음이 편했다.

"야! 넌 뭣 하러 해병대에 왔냐? 네 꿈은 뭔데?"

"꿈? 글쎄요……. 중학교 때는 검객이 되고 싶었고……."

"뭐?"

"왜 있잖아요. '용문의 결투'에 나오는……."

"영화를 너무 많이 본 것 아냐?"

문 상병은 조금 같잖다는 듯이 담배연기를 훅 내뱉었다.

"그러고는?"

"그리고…… 고등학교 때는 에뜨랑제를……."

"에뜨랑제? 그건 우리 동네에 있는 카페이름이야. 너 카페 주방장 되는 게 꿈이냐?(한심한 놈.)

"말이죠. 그건 아니고……."

"야, 임마! 네 진짜 꿈이 뭐냐니깐?"

"예, 고등학교 때는 집시 같은 방랑자가 되고 싶었어요."

이번에는 정말로 같잖다는 듯이 말했다.

"집시? 야, 임마! 무슨 꿈이 그러냐?"

"그리고……."

"뭐?"

152

난 막연히 자유를 누리고 싶을 뿐이라는 말은 하지 않았다. 사람들이 가치를 두는 세속적인 것에 비하면 초라해 보일 테니까. 그렇게 말하면 문 상병은 사람 머리 아프게 한다고 정말로 화를 낼 것 같았다.

"엠티(MT) 하면 다 따먹고 그런다며?"

그는 혼자 중얼거렸다.

"너 미팅도 안 했냐?"(부러운 놈, 나라면 매일 할 텐데.)

"해 봤죠."(여자가 마음에 들어야지. 그것도 재수가 좋아야.)

생각해 보았으나 떠오르는 건 술 먹고 토한 것밖에 없었다. 신입생 때 둘이서 막걸리를 마셨는데 그녀가 나보다 훨씬 더 많이 마셨다.

교대근무

아침에 일어나서 대원들은 바다를 바라보며 각자 체조를 하고 있었다. 처음엔 군인이라고 보기에 너무 무질서하게 보였다. 이틀쯤 지나니 보이지 않는 위계질서가 시퍼렇게 살아 있었다.

어느새 훌쩍 하루가 지나갔다. 하루가 어떻게 시작되고 어떻게 갔는지 모른다. 대원들은 진지를 구축하느라 조금 늦게 벙커로 돌아올 것이다. 서둘러 삶고 무치고 끓이고 튀겨서 저녁식사 준비를 했다. 큰 냄비에다가 김치와 무와 파를 넣고, 두부를 썰어 넣고, 고추장을 풀고, 돼지고기를 조금 썰어 넣었다. 오늘 저녁 메뉴를 보면 대원들이 흐뭇해할 것이다. 두부를 넣은 김치찌개가 냄비 가득 끓고 있었다.

그야말로 규칙적인 생활의 연속이다. 이러다가 이곳에서 한 평생 살고 싶어질지도 모른다. 이렇게 단순하게만 살 수 있다면, 소박한 식사와 적당한 운동, 별과 바다를 베개 삼아 자는 잠, 익숙해진 기합, 어둠 속에서 야간근무를 서면서 손전등을 켜면 독서도 할 수 있고 전깃불이 없어도 등잔불이 없어도 불편한 줄 몰랐다.

사람이나 짐승 모두 환경에 적응 잘 하는 동물인지도 모른다. 그러니까 미래에 대한 꿈만 접는다면 말이다. 대원들은 모두 행복해했다. 특히 제대가 얼마 남지 않은 대원들은 하나같이 떠나길 싫어했다. 할 수만 있다면 여기서 한 평생 살고 싶어 하는 것 같았다. 쫄병이 해 주는 밥 먹고, 쫄병이 빨아서 다려주는 옷을 입고, 바둑을 두거나 바다낚시를 하거나 때때로 마을에 내려가서 술도 마시고. 먹고 ,입고, 자는 것이 완전히 해결되니 말이다.

한 번쯤 살아 보면 좋을, 원할 수 있는 삶이지 않은가.

물 긷는 것은 주로 내 몫이었다. 취사에 사용하는 물은 물론
이고, 고참들의 세숫물도 준비해야 했다. 나는 한 번도 내 세
숫물을 따로 써 본 적이 없었다. 고참이 씻고 난 물을 버리는
척 들고 나오다가 몰래 세수를 하곤 했다.

5갤런 짜리 휘발유 통에 멜빵을 둘러 만든 물통을 어깨에 메
고 산길을 오르내렸다. 어떤 날은 어깨에 멘 물통이 하나도 무
겁지 않은 행복한 때도 있었다. 그럴 때는 숨겨 놓은 누룽지가
손끝에 잡힐 때다.

주위를 한 번 휙 둘러보고 아무도 없음을 확인한 후, 주방
안에 들어가서 그릇 밑에 숨겨둔 주먹밥을 꺼냈다. 아침밥을
푸고 난 후, 솥에 누룽지를 긁어서 김이 모락모락 날 때 주먹
밥으로 뭉쳐서 숨겨둔 것이다. 물통을 메고 산길을 내려가면
서 흐뭇한 마음으로 주먹밥의 감촉을 느낀다. 밥알이 하나씩
씹히는 맛! 세상이 부럽지 않았다.

고참이 근무교대를 하러 나오기까지, 기다리는 동안 바다를
바라보며 왔다 갔다 했다. 기다리다 못해 나는 벙커 안으로 들
어갔다. "알았다"는 말을 듣고 다시 밖으로 나왔다. 그런데 한
시간이 지나도 나오지를 않았다.

"문 해병님……"하고 또 깨웠다. 문 상병이 눈을 떴다. 얼굴에는 못마땅한 빛이 역력했다. 두 눈을 한 번 뜨고는 짜증이 난다는듯 눈을 감아버렸다.

"알았어."

이불을 머리위로 뒤집어쓰면서 돌아누웠다. 내가 처음 왔을 때는 일병이었는데 지금은 상병으로 진급했다. 이젠 어엿한 중고참이다. 고참의 근무시간은 언제나 고무줄처럼 제멋대로였다. 한 시간정도 늦는 것은 예사이고 어떤 때는 꼬박 밤을 세워야할 때도 있었다. 나타나야할 근무자는 종무소식이었다.

다음날 아침, 멀리 수평선이 훤하게 밝아왔다.

"야! 너 왜 이러고 있어? 배고프다."

문 상병은 나를 이상한 녀석이라는 듯 힐긋 한번 쳐다보고는 해안을 향해 오줌을 누고는 바쁜 듯이 벙커 안으로 들어가버렸다.

이유를 알면서도 묻지 않는 그런 태도가 고참답게 느껴지기 시작했다. 빠른 체념이었다. 그것은 고참의 특권이라면 특권이었다. 그들도 겪어 낸 자로서 특권.

"야, 수고 많았지."

하는 말을 듣는 쪽이 편했다. 고참은 근무를 서지 않는 게 차라리 편했다. 뒤치다꺼리가 더 힘들다.

"고참은 밤새도록 고생하는데 쫄병 노무새끼는 빠져가지

고······."

"이 새끼 봐라 편하지?"

"이 쫄병 노무새끼가 동작이 그것밖에 안되지?"

"여기가 느그 집 안방이냐! 이 쓰발놈아."

나도 여기 고스톱 쳐서 온 것은 아니다. 대한민국 해병대! 쫄병 생활이 그렇게 만만한 게 아니라는 것을 알고 있다.

그랬다. 여기는 안방이 아니라 군대였다.

꿈속에서 누군가 나를 향해 노란손수건을 들고 있었다. '누구지?' 자세히 바라보니 수인이와 미경이가 나란히 서서 웃고 있다. "어서와." 하려는데 다른 목소리가 들렸다.

"야, 마리죠! 일어나라. 밥할 시간이다."

어둠이 가시지 않은 이른 새벽, 나는 주계 앞에 서 있었다. 조금 전 꿈속에서 본 두 여자 생각을 하면서······.

미경이가 보고 싶었다. 수인이도 그리웠다. 그런데 수인이는 너무 쌀쌀하다. 미경이 소식도 궁금하다. 이미 날라리가 되어 어디론가 날아갔으면 어쩌지? 한 여자만 죽도록 사랑하고 싶은데······. 그게 왜 그리 어려운지. 내가 진실로 좋아지는 여자를 만날 때가 내 인생의 정점이 아닐까.

햇빛은 쨍쨍

　　　　　　　그건 뭐라고 할까. 살아서 돌아온 자의 감격
이다. 돌아 갈 수 없다면? 한순간 그런 생각이 들기도 했었다.
　나는 카키색 군복 위에 흰 점퍼를 걸쳤다. 첫 휴가다. 연평
도에서 인천으로 나오는 여객선을 탔다. 그동안 폭풍주의보가
발효돼 한동안 발이 묶였던 사람들이 한꺼번에 배에 올랐다.
여객선 '송림호'는 무척 혼잡했다. 승객들 가운데 삼분의 일
정도는 휴가를 떠나는 해병대원들이었다.
　곧 인천에 도착한다는 안내방송과 함께 나는 옷매무새를 가
다듬었다. 약간 밀려 올라온 상의 아랫자락을 바짝 잡아당겨
각을 잡은 후 조심스레 바지 안으로 밀어 넣고 버클을 채웠다.
그리고 머리에 팔각모를 눌러썼다. 링 속에 든 총알이 걸을 때
마다 서로 부딪히면서 '차랑차랑' 맑은 금속성 소리가 났다.
　우리는 살아서 육지로 돌아왔다. 나는 다른 OP에 있던 김
일병과 함께 휴가를 나온 것이다. 김 일병과 나는 동시에 소리

쳤다.

"아, 쓰발! 좋다."

가슴은 터질 것처럼 부풀었다. 하늘은 맑고, 기분 좋은 바람도 불어왔다. 인천 월미도 앞 바다가 눈에 들어왔다. 배의 앞부분이 열리자 나는 육지에 첫발을 디뎠다. 그리고 허리를 굽혀 흙을 만져봤다. 촉촉한 촉감이 손끝에서 가슴으로 전해졌다.

김 일병이 떨리는 목소리로 말했다.

"요놈들아, 많이 기다렸지! 오빠가 돌아왔다."

육지에 도착하자 눈이 부셔서 앞을 제대로 볼 수 없었다. 아, 얼마 만에 맛보는 자유인가!

우리는 일등병을 달 때까지 지난 몇 달 동안 맘껏 웃어본 적이 없었다. 마치 웃을 줄 모르는 사람들처럼 살았다. 거리에 지나가는 여자들의 아름다운 모습을 훔쳐보면서 나는 모처럼 인간세계로 돌아온 기분을 만끽했다.

세상이 완전히 달라져 있었다. 내가 잠시 비워둔 사이 세상이 이렇게 변할 수 있다는 것이 이상했다. 아니, 이럴 수가. 과거로 현재로 여행을 하다가 다시 비행선을 타고 미래의 지구로 돌아온 시간여행인가? 여기는 어디지? 별세계 같았다. 거리엔 자동차들이 붐비고 여자들도 보였다.

아니, 변한 건 나였다. 까맣게 탄 얼굴에 짧은 머리, 왼쪽 가슴에는 마치 피 같은 붉은 명찰이 달려 있다. 첫 휴가를 나온 병사, 그게 바로 나다. 낯선 모습으로 이 거리에 다시 선 것이다.

우리는 인천에 내려서 마크사로 갔다. 둘이서 작대기 세 개, 즉 마이가리 상병 계급으로 바꾸어 달았다.

"야, 쪽팔리게 작대기 두 개가 뭐냐! 세 개는 돼야지."

"집에 가면 벌써 그렇게 높으냐, 하겠지?"

우리는 상병 계급장을 보며 싱긋 웃었다.

무엇보다도 놀라운 것은 인천 시내로 들어섰을 때 길 거리에 지나가는 여자들이 모두 그렇게 예쁠 수가 없었다. 언제부터 우리나라 여자들이 이렇게 예뻐졌을까, 나는 어리둥절했다. 아! 세상은, 아니 후방은 전혀 다른 세상이었다. 길거리에는 세련된 여자들, 모두 즐거워 죽겠다는 표정들이다. 나는 어쩔 줄 모른 채 창밖을 바라보았다.

"해병대 모자는 팍 눌러쓰거나 옆으로 삐딱하게 써야 더 멋있어 보인다."

김 일병이 하나마나한 말을 했다.

휴가 나온 대원들은 모자를 옆으로 돌려쓰거나 머리 위로 비스듬히 올려 썼다. 군복 상의 앞단추는 풀어 젖히고…… 입에는 담배 하나씩 꼬나물고…… 링 소리 '찰랑찰랑' 내면서…….

난 윗 단추 하나만 풀었다. 모자는 표시 안 날 정도로 약간 삐딱하게 썼다.

'자! 이제부터 멋진 휴가를 보내는 거다. 조 해병, 너는 근사한 놈이다. 알았나!'

나는 자신이라는 놈에게 격려를 보냈다. 보무도 당당히 발걸음을 내딛었다. 그동안의 일들은 거짓말처럼 묻혀 버렸고 어디선지 상쾌하고 신선한 바람이 불어왔다. 멋진 연애는 못할지 몰라도 적어도 여학생을 만나서 그동안의 소식도 듣고 데이트 비슷한 것은 할 수 있을 것 같았다. 그러나 막연했다. 딱히 꼭 만나야 할 사람이 없었다. 그동안 꼭 만나야 할 인연을 만들지 못한 후유증인 셈이었다.

그렇더라도 그냥 지날 수는 없었다. 이번만큼은 내 인생에게 확실하게 추억을 만들어 줄 참이었다. 부끄러워 말을 걸어 보지 못한 여학생도 만나 데이트도 해 보고 싶었다. 그동안의 훈련과 마음다짐으로 충분한 용기를 길렀다고 생각되었기 때문이다. 그러나 여자 앞에서 용기는 해병대 훈련으로도 기를 수 없는 것인지도 모른다.

우리는 뭐부터 먹을까 하고 인천 올림퍼스 호텔 주위를 기웃거렸다. 우선 가까운 중국집부터 찾아보았다. 제일 처음 먹고 싶은 것이 짜장면이었다. 중국집으로 들어가서 짜장면을 곱빼기로 시켜서 순식간에 뚝딱 해치웠다. 그래도 모자라 한 그릇을 더 먹었다. 너무나 행복했다.

김 일병이 흐뭇한 표정으로 창밖을 내다보면서 말했다.

"지나다니는 여자들을 보니 이상하게 가슴이 뛰네."

그건 나도 그렇다. 나는 보는 것만으로도 신기하고 마구 즐거웠다.

김 일병과 나는 영등포역에서 헤어졌다. 각자 입대하기 전, 삶의 패턴 속으로 귀향을 하고 있었다. 각자 계획된 일정이 기다리고 있었던 것이다.

나는 우선 마음 내키는 대로 행동할 작정을 했다. 학교에 가보고 고향으로 갈 예정이었다.

아직 겨울방학 중이라 누구를 만난다는 기대를 하지 않기로 했다. 그냥 학교에 가 보고 싶다는 생각대로 발길을 옮겼다. 신림 전철역에서 내려서 버스를 타고 학교 앞에 내렸다.

학교 교문 앞에는 전투경찰들이 방패를 들고 철망이 처진 버스 앞에 줄을 서 있다. 갑자기 '타다탁' 하고 주위에 연기가 피어오르고 눈이 따가웠다. 매캐한 냄새가 나면서 눈물이 났다.

얼굴에 수건을 두른 학생들이 교문을 나서다가 학교 안으로 밀려들어갔다. 데모하는 학생들보다 전경들은 열 배가 넘는 것 같다. 내가 인상을 쓰는 것을 본 내 또래의 전경 한 명이 미안하다는 듯이 손을 흔들었다.

　같은 또래들이, 데모하는 학생도 있고, 데모하는 학생을 저지하려는 전경도 있다. 물론 도서관에서 공부하는 학생들도 있을 것이다. 그리고 나처럼 해병대에 가는 녀석도 있는 것이다. 자유란 그런 것이다. 자기 신념에 따라서 열심히 부딪쳐 가는 것.

　'하고 싶은 것 다 해라! 다음에 지금 이 시간이 얼마나 소중한지 후회하지 말고.'

　도서관 옆, 자연대 화학과 앞 벤치에 앉았다. 막상 학교에 돌아와 보니 만날 사람도 갈 곳도 없다. 물론 학과사무실에는 들르지 않았다. 할 이야기도 없고, 굳이 인사를 하자면 할 수도 있지만 번거로운 것이 싫었다.

　대학 본부에 펄럭이는 깃발을 보며 담배를 피워 물었다. '진리는 나의 빛'이라는 라틴어로 된 깃발……. 진리? 아! 나는 아득해졌다. 하늘 높이 펄럭이는 깃발을 바라보며 나는 해병대 붉은 깃발을 동시에 떠올렸다. 그 깃발들은 내 것인 양 머릿속에서 휘날리고 있었다.

　내 생각 속에서 깃발들은 하늘 높이 바람을 타고 있었다. 온통 푸른 세상뿐인 바다엔 군함이 떠 있고, 항공모함도 있고, 그 위에선 전투기가 이륙했다. 해병대 전우들이 달리고 있다. 바다에서, 하늘에서, 산악에서.

난 체게바라가 누구인지 모른다. 만난 적도 없고, 멀리서 본 적도 없다. 쿠바와 남미의 밀림 속에서 그가 별빛을 보면서 무엇을 생각했는지도 모른다. 그가 혁명의 와중에서 자유를 생각했건, 그것이 그의 꿈이었건, 이상이었건 관심이 없다. 그런데 그를 만나고 싶다. 만나면 알 것만 같다. 아, 당신이군요. 요즘 재미있으세요?

난 U-보트 대원들이 누구인지 모른다. 무엇을 하는 병사였는지 모른다. 물론 그들의 임무가 무엇인지도 모른다. 잠수함 속에서 어뢰를 쏘고, 바다 밑으로 투하되는 폭뢰를 피하려고 지그재그로 달렸을 병사들. 그들이 그 와중에 커피를 마셨는지도 모른다. 커피를 마시면서 고향에 두고 온 애인을 그리워했는지, 우연히 스쳐 지나간 이름 모를 여자를 생각했는지, 나는 모른다. 대서양 푸른 물결 속에서 그들이 무엇을 찾아 헤맸는지 나는 모른다. 그들도 지상의 맑은 공기와 자유를 꿈꾸었는지 모른다. 그런데 그들을 만나고 싶다. 만나면 알 것 같다. 아, 멋있군요. 요즘 재미있으세요?

난 외인부대가 무엇인지 모른다. 왜 그들의 고향을 떠나서 총을 들고 사하라 사막으로 갔는지 관심도 없다. 그들의 조국이, 그들에게 준 것이 무엇인지, 그들의 국적이 어딘지 알 필요 없다. 그런데 만나고 싶다. 만나서 포옹을 하거나 손을 잡고 말하고 싶다. 아, 멋있군요. 여기서 무얼 하고 있나요? 소주

한잔할까요? 요즘 재미있으세요?

　난 아나키스트들이 어떤 자들인지 모른다. 그런데 만나고 싶다. 어떡하다 이 낯선 땅, 블라디보스토크까지 왔나요. 교통비도 만만치 않았을 텐데, 라고 묻지는 않겠다. 무엇을 추구하고 있으며 식사는 제때에 하는지도 묻지 않겠다. 코즈모폴리턴이나 인류평화라는 단어는 입 밖에도 내지 않겠다. 어두운 카페에 앉아서 다리를 흔들거리면서 함께 음악을 듣고 싶다. '세계평화를 위하여' 라고 말하면서 조용히 보드카를 마시고 싶다. 아, 훌륭하군요. 요즘 춥지는 않으세요?

　그들은 모두 즐거운 얼굴로 웃으며 말했을 것이다. 살아 있다는 건 행복한 겁니다. 요즘 너무 살맛납니다. 가슴이 뜨거워서 가만히 있을 수가 없어서 날마다 깃발을 들고 돌아다닙니다. 밀림 속으로, 바다로, 사막으로, 벌판으로…….

　벤치에 앉아 담배를 피웠다. 한반도 평화를 떠올리면서. 불과 일 년도 안 된 사이에 모든 것이 많이 변한 것 같았다. 학생들이 낯선 군인아저씨를 보고도 그냥 지나간다. 인사도 하지 않고 고마워하지도 않으면서. 너희가 이렇게 행복해하는 것은 그동안 내가 웃지 못하고 지낸 시간을, 내 몫을 녀석들에게 준 것 때문인 것을 모르고 있었다. 왜 저 녀석들은 고마움을 모를까.

학생들은 모두 신선해하고 행복해한다. 아니, 그렇게 보인다. 아름답다. 멀리서 들려오는 노랫소리가 귀를 즐겁게 한다. 음악을 들으면 행복하다. 이곳은 완전히 다른 세상이다. 내가 있었던 세상 같지가 않다.

아직은 내가 있을 곳이 아니었다. 나는 역시 이방인이었다. 내가 돌아오지 않아도, 내가 조국을 위해서 죽어도, 여전히 해는 뜨고 녀석들은 온갖 고민을 끌어 않은 것처럼 더러는 미간을 찌푸리기도 하고 해맑게 웃고 잘 놀겠지. 여학생들은 책을 펼치고 아이스크림을 핥으면서 행복해하겠지.

그들에게 전선은 없을지도 모른다. 하늘은 맑고 바다는 조용하다고 생각하겠지. 그런 건 아무래도 좋다. 하나도 슬프지가 않았다.

서부전선에서 바라본 바다는 여러 빛을 내기도 했다. 잔잔한 바다는 에메랄드빛처럼 될 때가 있었다. 그럴 때면 수인이가 입고 있던 원피스가 떠올랐다. 방금 까만 코트를 입고 에메랄드빛 머플러를 두른 여학생이 지나갔다. 수인이가 입었던 에메랄드 빛 바탕에 흰 물방울무늬가 들어간 원피스 자락이 눈앞에 어른거렸다. 머리를 젖혀 긴 머리를 뒤로 넘기며 걸어가던 수인.

지나가는 여학생들을 다시 바라보았다. 수인이었으면 좋겠다는 생각하고 있었던 같았다. 이곳 학생회관 앞에 앉아 있는 것도 수인을 만날 수 있을까 하는 가당치 않은 희망 때문이었다. 수인의 학과가 있는 창문을 바라보면서 사범대 쪽을 기웃거렸다.

  미경이 같이 편하고 수인이처럼 멋있고 지적인 여자는 없을까. 나는 학문 지향적이면서도 편안한 타입의 여자가 좋다. 일단은 이곳에 입학한 학생이라면 학문 지향적인 면에서 충분했다. 수인은 지적이고 역동적인 여자였다. 그런데 그녀를 보면 긴장되고 편안하지가 않다. 이상하게도 수인이 옆에 있으면 굳어버린다. 그녀와 가까워질 수 없는 긴장은, 어쩌면 나의 열등의식일지도. 내가 그다지 잘생기지 못한 것 같아서 일까. 아니, 숫기가 없는 기질 때문일 것이다.
  내가 바라는 이상 세계에 늘 수인이 있었다. 손에 잡히지 않는, 그러나 생각하지 않을 수 없는 수인. 그저 바라볼 수밖에 없는 여자. 그녀가 나의 미래라고 믿고 싶었다.
  수인을 보고 싶어 여기 앉아 있지만 설혹 만나더라도 내가 해 줄 말이라곤, 고작 '안녕하세요' 밖에 없었다. 그리웠다고, 밤마다 당신을 안고 있는 상상을 했다고는 말할 수 없었다. 그래도 사랑하고 싶은 건가. 모르겠다. 언젠가 한 번 수인의 꿈을 꾼 적이 있었다. 언제 꾼 것인지는 지금도 알 수가 없다.

유가병 열차

　　　　　　"용산역에 휴가병 군용열차가 있으니 그걸
타고 가자."

　용산역에서 출발하는 군용열차를 우린 휴가병 열차라고 불
렀다. 멋에 죽고 멋에 사는 사나이, 그 이름은 해병대. 어둠이
깔리기 시작하자 어디서 나타났는지 하나 둘 휴가병들이 눈에
띄었다. 숫자가 늘어났다.

　용산역 앞에는 '용사의 집'이 있고 주변에 늘어선 군용물품을
취급하는 상점과 군복 부착물을 취급하는 마크사에 군인들이
들락거렸다. 해질 무렵, 용산역에는 많은 군인들이 붐빈다. 용산
역에 군인이 많은 이유는 TMO(장병 여행 안내소)가 있기 때문이
다. TMO를 통하여 플랫폼에 기다리는 군용열차에 뛰어 올랐다.

　그들도 나처럼 도서 경비부대인 백령도나 연평도에서 근무
를 하다가 휴가를 받아서 고향으로 내려가거나, 서울이나 인
천 그리고 경기도 김포나 강화도에서 근무하다가 휴가를 받았

거나, 진해나 포항에서 휴가를 받아서 서울로 올라왔다가 부대로 귀대하는 중일 것이다. 예비역 군복을 입은 제대 군인도 보였다. 나보다 선임한텐 무조건 경례를 했다.

경부선 군용열차는 남쪽으로 달리기 시작했다. 군인이나 군용물자를 수송하기 위해 무궁화호를 군용열차로 특별히 편성한 열차였다. 한강철교를 지나 노량진을 거쳐 영등포역에 잠시 멈추었다가 다시 남쪽으로 달려갔다. 휴가병 열차를 타고 고향으로 간다고 생각하니, 가슴이 벅차올랐다.

해병대 칸이 따로 있는 것은 아니었다. 해병대원들이 많이 탄 곳이 해병대 칸이 되는 것이다. 타군들은 칸에 들어섰다가는 놀라서 황급히 옆 칸으로 갔다.

'저 개병대 놈들과 잘못 붙으면 골치 아프다고 생각하겠지.'

남들은 우리를 "개병대 놈들" 그렇게 불렀다.

망가지고 싶은 자유. 몸이, 마음이 시키는 대로 하고 싶은, 해도 되는 자유다. 바로 이런 자유스러움이 나를 이곳으로 오게 한 이끌림 매력이었던 것이다.

"대한민국 해병대! ROKMC!"

"지금부터 군가를 부른다. 군가는 '해병대 곤조가' 군가 시이작!"

흘러가는 물결 그늘 아래 편지를 쓰고요
흘러가는 물결 그늘 아래 춤을 춥니다
처녀 열아홉 살 아름다운 꿈속에 아이 러브 유
라이 라이 라이 찻차차─ 라이 라이 라이 찻차차─
당신만이 그리워서 키스를 하고요 당신만이 그리워서 ××
×를 칩니다
오늘은 어디 가서 깽판을 놓고 내일은 어디 가서 신세를 지나
우리는 해병대 $R-O-K-M-C$
헤이─빠빠 리빠 헤이─빠빠 리빠
때리고 부수고 마시고 조져라
헤이─빠빠 리빠
아침에는 식사 당번 저녁에는 불침번에
때때로 완전 무장 연병장을 구보하니
이것이 쫄병 생활 저것이 신병 생활
알고도 모르는 게 쫄병인가 하노라

　내친 김에 신의주를 거처 압록강을 건너서 시베리아를 지나
고, 우랄산맥을 넘어 달렸으면 좋겠다. 그리고 대서양을 건너
고 태평양을 건너서 고향으로 갔으면……. 나는 믿는다. 이 순
간 가게 되리라고.
　모두 내가 한 번쯤 만났을 수도 그렇지 않았을 수도 있는 사

람들. 우리는 얼마 되지 않은 돈으로 맥주와 오징어를 샀다.

모두 즐겁다. 나도 마냥 즐겁다.

"조 해병! 한 잔!"

"예써! 해병 조석희 노래 일발 장전."

"발사!"

"어디까지 가십니까?"

"부산까지."

술 한 잔 거나하게 걸치고, 용산에서 부산가는 기차를 타면 열차가 모두 우리의 무대이다. 서너 명이 칸마다 돌면서 열차 순검을 했다. 그렇게 모은 돈으로 맥주를 진탕 마시고 놀아도 돈이 남았다. 놀다 지쳐서 눈을 붙이려고 머리 위에 있는 짐칸으로 올라갔다. 옆에서 잡아당긴다. 올라가다 떨어졌다.

"에이, 쓰발!"

우리는 하나다. 땀과 눈물을 쏟으며 힘든 훈련을 받고, 뭔가 억울하고, 가슴 찡한 서러움, 눈빛만 보아도 느낌으로 통했다. 이대로 영원히 달렸으면……

무엇을 하든, 어디에서 만나든 진해 연병장에서 함께 천자봉을 바라보면서 흘리던 눈물의 전우이기 때문이다. 터지고 구르고 달리고 함께 웃고 울던……. 똑같은 조건과 상황에서 서로 같은 경험을 공유하고 있는 자들만이 통하는 느낌이다. 극한 상황을 극복하면서 싹튼 믿음과 친밀감이 우리를 하나로 이어주었다.

내가 그녀를 진정으로 사랑했던 걸까. 그녀와 함께 있었던 시간은 어쩌면 우리 두 사람의 일생에서 가장 즐거운 시간이었을지도 모른다.

널, 사랑해

인천 월미도 해안에 있는 '해병도서 파견대에'에 가서 신고해야 한다. '파견대'가 바라보이는 다방에 앉아 군함과 여객선의 고동소리를 듣고 있었다. 첫 번째 휴가는 끝났다. 휴가 중 미경이를 찾아갔던 그때가 좋은 시간이었다는 생각이 든다. 시간이 지나면서 미경이를 지워버리기가 힘들어진다.

그녀와 함께한 시간들, 그것이 사랑이었건 아니건 간에 몸이 떨려왔고, 가슴은 싸한 통증으로 아프다고 아우성을 치고 있었다.

변한 건 아무것도 없었다. 내가 그 사실을 알았다고 해서 그녀가 다른 이상한 여자로 변한 것도 아니다. 미경이가 다른 남자와 사귀었다고 해서 내가 아는 한 그것은 특별히 이상할 것도 없었다. 내가 원한 사랑이 아니었다고 해서 슬퍼하면서 떠나보내려 했던 것이다. 그건 내 감정 속으로 스며들었던 순간적인 거부반응이었다.

그런데 견딜 수 없이 슬펐다, 나의 이기주의가. 왜 이렇게 슬프지? 지금에서야 알았다. 나도 그녀도 우린 서로 좋아했음을. 그녀가 굳이 다른 남자 이야기를 꺼내지 않아도 된다는 사실을. 그녀의 마음을 짚어보았다. 내가 자유롭게 떠나주길 바라는 그녀의 마음을.

내가 그녀를 본 것은 그 새벽이 마지막이었다. 그녀의 마지막 말만은 선명히 기억되었다.

"널 사랑해."

꿈결처럼 지나간 것도 같고 아직도 꿈속인 것 같기도 하다. 꿈속은 언제나 달콤한지도 모른다.

귀대하기 싫었다. 단 일 초라도 자유를 누리고 가야 했다. 시계를 보았다. 일 초 일 초 똑딱거리며 분침 돌아가는 소리, 시간은 나를 압박한다. 선택의 시간이다. 이대로 뒤로 도망치고 싶었다. 주 상병의 목소리만 생각해도 지긋지긋하다.

"너, 임마! 내가 싫어?"

"아닙니다!"

주 상병은 늘 말하면서 뒤통수를 쳤다. 그래도 앞에서 맞을 때는 별문제가 없었다. 뒤에서 느닷없이 맞을 때는 정말 화가 났다. 깜짝 놀라서 뒤를 돌아보면 그는 생뚱맞은 표정으로 웃고 있기 일쑤였다. 그때는 그래도 으레 그러려니 해서인지도 모른다. 늘 맞는 것이 면역이 되었고, 불평할 수도, 할 마음도 생기지 않았다. 그런데 막상 부대로 돌아가려니 모기에 물리는 것처럼 귀찮은 생각이 들고, 되도록 피하고 싶어졌다.

나는 커피 잔에 설탕을 열 스푼쯤 넣었다. 그리고 반쯤 마셨다. 커피를 다 마시면 일어나야 한다. 귀대시간이 지나도록 앉아 있기로 작정을 했다. 그러면 시간이 지나고 그때는 돌아가지 못할 것이다. 나는 물을 한 잔 달라고 해서 마셨다. 그리고 다시 자신에게 주문을 걸었다. 시간이, 손이 무료해서 연방 커피 잔에 손을 댔다. 바닥에 조금 남아 있는 커피를 들여다보았다. 다시 물을 마셨다.

이대로 계속 앉아 있으면 탈영병으로 잡힐 것이다. 잡히지 않고 자유스러워지는 방법은 없을까. 그렇게 생각하며 나는 마냥 시간을 죽이고 다방에 앉아 있었다.

그때 또각또각 슬리퍼 소리를 내면서 다방 종업원이 다가왔다.

"손님 잔을 치울까요?"(안절부절못하던데, 혹시 탈영병?)

물어보면서 이미 잔을 치우고 있었다. 나는 어쩔 수 없이 자리에서 일어났다.

시계를 보니 '해병도서 파견대'로 들어가야 할 시간이다. 우선 나가서 생각하자. 도망은 언제든 쳐도 된다. 급히 다방을 나왔다. 그때 나도 모르게 마음이 급해졌다.

태양처럼 드높게

귀대시간에 늦으면 안 된다는 생각이 나를 휘몰아쳤다. '해병도서 파견대'를 향해 달렸다.

'빌어먹을!'

도망은커녕 나는 전력투구로 뛰고 있었다. 피할 수 없는 현실과 의무를 내 머리가 먼저 받아들이고 있었던 것이다.

아직 어둠이 가시지 않은 이른 새벽, 나는 주계에서 바다를 바라보고 있었다. 차가운 공기에 입김이 하얗게 엉겼다. 다시 서부전선으로 돌아온 지 여러 날이 흘렀다. 매일 바다에 한 번씩 다녀왔다. 벙커에서 한 30분 정도 걸어 내려가면 넓은 모래사장을 낀 해수욕장이 나온다. 나는 그저 그냥 텅 빈 바다를 바라보고만 왔다. 바다가 보고 싶어서 여기에 온다는 것은 핑계였다. 바다에 오는 건 나를 알고 싶어서일 것이다. 지금까지 살아오면서 나를 제대로 알려고도 하지 않았다.

커다란 거울에 나 자신을 비추어보고 부족한 점을 보충하려고 왔다. 무엇이 나를 불안하게 하고 무엇 때문에 자신을 자학해서 쾌감을 얻는지. 도대체 어떤 삶을 살고 싶은가. 바다가 말해 줄까. 나는 미경을 생각했다. 그녀에게 내가 얼마나 못할 짓을 했는가를……

휴가를 다녀 온 지 보름이 지났다. 어느 날 설거지를 마치고 침상에 돌아와 보니 미경에게서 '선데이 서울'과 편지가 와 있었다. 반가움으로 그 자리에서 뜯어서 읽어 보고 싶었지만 휴가 다녀온 지 얼마 되지 않은 쫄병이 고참 약 올린다고 생각할 것 같아서, 편지를 그대로 뒷주머니에 넣었다.

새벽 세시, 벙커바깥에서 야간 경계근무를 섰다. 미경이 편지 읽을 기회가 좀처럼 생기지 않았다. 손전등을 들고 조심스럽게 미경이 편지를 뜯었다.

보고 싶은 석희!

석, 지금쯤 열심히 근무하리라 믿어. 네가 씩씩하게 걸어가는 뒷모습을 보면서 생각했어. 내가 말하지 않아도 알리라 믿어. 내가 널 얼마나 사랑하는지.

그날, 너무 울어서 미안해. 네가 당황하는 모습을 보고 날 여전히 좋아하는 걸 알았어. 내 눈물을 닦아주는 네 손길을 느끼면서 난 행복했어. 네 눈물을 보며 나도 가슴이 아팠어. 우리들의 슬픈 사랑 때문에, 그렇지만 눈물 없는 사랑이 어디 있겠어.

그 하룻밤, 네가 있어서 행복했어. 우리가 처음 만난 날, 넌 무슨 생각을 했을까. 난, 널 만났다는 게 믿어지지 않았어. 우리가 이 세상에서 처음으로 건져 올린 사랑이었기에…….

널 보낸 뒤 바람이 가슴을 스치는 소리가 들렸어. 그리고 아직도 꿈을 꾸는 것 같아. 지금, 별빛 속에서 네 이름을 썼다가

태양처럼 떠걸기

177

달빛 속에서 지우고 있어.

우리가 살아가는 길은 모두가 이 세상이 원해서 사는 것인가. 보이지 않는 누군가의 의해서 자신도 모르게 자신의 길을 가고 있는 건 아닐까. 네겐 너의 길이 있고, 내겐 나의 길이 있어. 네가 있어 많이 행복했고, 씩씩한 널 생각하면 나는 행복해질 수 있을 것 같아. 내 걱정은 하지 말아줘.

사랑한다고 행복하라고, 그렇게 말해 주어서 난, 기쁘고 행복했어. 모두 다 좋았어. 넌 지금 어디에 있을까. 다른 별나라에 있는 사람 같아. 하지만 언제나 나를 생각해 주고 나를 보고 있으리라 믿어. 항상 건강하길 빌어. 무사히 돌아오길 빌게. 안녕.

비 내리는 오후 미경.

사람이란 살아온 날들의 모든 것을 기억할 수 없지만 소중한 것은 절대로 잊지 않는다. 아니 못 잊는다. 하늘이 흐려지더니 얼굴 위로 빗방울이 조금씩 떨어지기 시작했다. 한참이나 빗방울이 떨어지는 바다에 눈을 두었다. 나는 자신도 모르게 주위를 둘러보았다. 그런데 갑자기 미경이가 생각났고, 미경이가 한 말이 떠올랐다.

"네가 있어 행복해. 한 번 더. 행복해."라는 말이.

그때 미경이가 눈을 감고 말했던 것 같다. 아주 짧게 간결하게 낮은 목소리로. 그 말이 왜 갑자기 떠올랐는지 모르겠다. 아마 철모를 쓰고 있는 내 얼굴 위로 바람이 불어와서 빗방울이 얼굴에 떨어졌기 때문일 것이다. 그때 미경이와 있던 밤에도 비가 내렸었다.

나는 얼굴에 떨어지는 빗방울을 손등으로 닦으면서 바다를 바라보았다. 세상에서 내가 처음으로 사랑한 여자, 나를 남자이게 한 여자, 몸의 기억이 나를 잡고 놓아주지 않았다. 그러나 지금 여기 없는 여자.

지금 미경이와 함께 해안가 숲속 소나무에 비스듬히 머리를 누인 채 같은 곳을 바라볼 수 있다면……. 미경이가 슬프게 울던 모습도, 행복해하던 모습도 떠올랐다. 아마 지금이 그때라면 훨씬 더 진지하게 그녀를 대했을 것이다. 지금 다시 그녀를 생각하니 가슴이 떨려왔다.

그때 문 상병이 벙커 안에서 나와 해안가를 향해 바지를 내렸다. 절벽 아래로 세차게 오줌을 갈기고, 어깨를 부르르 떨었다. 빗줄기를 피해 벙커 안으로 뛰어가면서 소리쳤다.

"야, 뭐 하는 거야? 빨래 걷고 빨리 밥해!"

문 상병의 고함소리에 정신이 번쩍 들었다. 현실로 내팽개쳐졌다.

나는 어떤 사실을 깨닫는 데 오랜 시간이 걸렸다. 미경이 말했다. 같이 있으면 편안한 남자를 찾기 위해 불편한 남자를 거

쳤는지 모른다고.

"같이 있으면 편안해."

"나도."

"석희 씨와 함께 있으면 나 자신은 없어져 버리는 것 같아."

지금 생각해보면 미경이와 잔 것은 그런대로 괜찮은 일이었던 것이다. 그럼에도 헌신적인 미경이의 사랑에 불만을 품은 것은 나 자신의 이기심이었다. 순수를 지향하는 자신의 허영심을 깨닫는 데 시간이 많이 걸렸다.

남자 경험이 있는 미경이가 아니었으면 나의 첫 경험은 더 엉망이었을 것이다. 서로 체면과 순수를 고집하다가 손만 잡고 자다가 여자를 경험할 기회를 놓쳤을 수도 있는 일이다. 미경이는 나를 남자로 태어나게 해 준 구원의 여인이었다. 미경과, 그렇게 냉정하게 헤어질 건 뭐였나 하고 후회가 앞선다. 고향 어디에다가 귀중한 물건을 잃어버리고 온 것처럼 가슴이 허전했다.

나는 알았다. 사랑하는 사람은 헤어져도 끊어지기 어렵다는 것을.

미경이가 보내준 선데이 서울을 다시 읽었다.

'미경아, 너를 만나서 행복했고, 너와 함께 있어서 행복했어. 한 번 더 새로 시작하고 싶어. 아니, 그냥 웃으면서 손잡고 친구처럼. 우리 다시 만나면, 너도나도 모두 행복 할 거야.'

서쪽 아늘 남십자성

　　　　　어디서 구했는지 모르지만 우리는 미국 포
르노 잡지를 돌려보았다.

"이야, 고거 몸매 죽이는구만."

그날 옆에 있던 신 병장은 포르노 잡지를 보면서 두 번 마스
터베이션을 했다. 옆에 있던 나도 덩달아 사타구니 밑에 집어
넣은 손에 힘을 줬다. 주체할 수 없는 젊음 때문에 괴로웠다.

모두들 신 병장을 두려워한다. 그런 신 병장이 나에게는 잘
대해준다. 신 병장의 애인인 '영자' 때문이다.

"세상은 넓고 손볼 놈들은 많다."

누군가가 중얼거렸다. 고개를 세운 대가리들, 살아 있다고
아우성치는 ××를 어루만지면서 한탄을 하고 있는 모양이다.
신 병장의 무용담은 화려했다. 그렇게 많다던 여자들인데 고
놈 들에게서 편지 한 통 오는 것을 본 적이 없었다.

"야, 저 별이 무엇인지 아냐?"

신 병장은 누워서 발가락을 까닥거리면서, 손가락으로 북두칠성을 가리키며 나에게 물었다. 옆에 앉아 있던 나는 고참의 손가락 끝을 따라 하늘을 쳐다보았다. 별이 너무 많아서 어떤 별을 가리키는지 알 수 없었다.

별수 없이 고참 옆에 누워서 고참 손가락 끝이 가리키는 하늘을 보았다.

"북두칠성인데요."

"야, 그건 나도 알아. 그 옆에 붙은 별!"

"아, 그건 북극성인데요."

"야, 것도 몰라, 그건 남십자성이야. 서쪽 하늘에 빛나는!"

대한민국 북단에 위치한 서부전선, 그 하늘에 빛나는 북극성을 남십자성이라고 믿어야 한다. 북극성이라고 말하거나, 남십자성이라고 믿지 않았다간 하루하루가 너무나 힘들어질 것이기 때문만은 아니다. 굳이 북두칠성 옆에 남십자성이 반짝이면 안 될 이유가 없기 때문이다.

때때로 일상에서 벗어나 자기의 위치에서 일탈하여 어디론가 떠날 수도 있다고 믿기 때문이다. 북극성은 휴가를 가고, 남십자성은 휴가를 오고…… 별들의 휴가라!

고참 옆에 누워서 고참과 함께 담배를 피우면서 어둠 속에서 빛나는 남십자성을 바라보았다.

남십자성을 보고 누워 있던 고참은 감상에 젖어 들었는지 눈을 감고 지껄였다. 나는 급히 받아 적을 준비를 했다. 모처럼만에 고참의 감정 변화를 놓치면 큰일 난다. 고참의 애인인 '사랑하는 영자 씨!'로 시작되는 마음을 알고 있기 때문이다.

"사랑하는 영자 씨! 남십자성 별빛 속에서 영자 씨의 얼굴을 떠올릴 때마다, 나는 몸부림을 친다오. 그리움의 몸부림을……. 푸른 제복 속에 한 해병 용사가 영자 씨를 생각하며, 밤이나 낮이나 딸딸이를 치면서 뒹굴고 있다오. 영자 씨가 옆에 있다면 하루에도 몇 번씩 몽둥이로 죽여줄 텐데 아쉽네요. 물론 전선도 굳세게, 굳세게 지키고 있답니다."

"멋진데요. 기가 막힘다."

"그렇지! 죽이지!"

내가 멋지다고 한 것은 고참의 기분이 흡족해야 하루가 편안하기 때문이다. 하루에도 몇 번씩 몽둥이로 죽여주겠다는 말은 영자 씨가 곧이곧대로 알아들으면 큰일이다. 몽둥이로 얻어맞아 죽을까 봐 겁이 나서, 영자가 죽기 싫어서 도망쳐 버릴 것 같아서다.

나는 듣는 척하면서 맞장구를 치고 내 멋대로 적당히 썼다. 고참이 지그시 눈을 감고 있다가

"그럼, 이…… 밤…… 도…… 안…… 농……."

하고 눈을 떴다. 그러면 나는 적당히, 내 멋대로 쓴 편지를 읽어 주었다.

"좋아, 좋아. 그렇지!"

"고참님, 역시 여자들이 따르겠어요."

그러면 그는 아주 흡족한 표정으로 담배를 지그시 무는 것이다.

"야, 말 마라. 내가 한번 떴다 하면…… 온 동네가 시끄러웠지."

고참이 나타나서 동네가 시끄러웠다면, 그것은 술을 많이 먹고, 술주정으로 기분을 너무 내서 그랬을 것 같다. 그는 갑자기 등잔불 심지를 올리고는, 목소리를 낮추면서 심각하게 말했다.

"야, 잠깐! 아까 그 대목 한 번 더 천천히 읊어 봐. 그 대목이 좀 약하지 않냐? 좀 더 진하게 가는 게 어때?"

"역시 고참님은 예리하십니다. 더 진한 거라면?"

"목숨보다 더 소중하다는 대목 말입니까?"

"짜샤, 이 고참이 말할 때 잘 들어야지…… 고참에게 같은 말을 두 번씩이나 시키냐?"

"영자 씨를 생각하면서 핸드플레이 칩니다는 어때요?"

"웬 영어? 그냥 한글로 가!"

고참은 음음하면서 말했다.

"좋아! 그런데 글씨에 좀 정성이 덜 들어갔어."

"아! 옛. 이건 초벌구이잖아요. 고참님의 오케이 싸인이 떨어져야지 똑바로 적지요."

"오케이! 예쁘게 잘 적어야 돼."

"그 쫄깃한 맛 때문에 난 제명에 못 살고 죽을 것 같다. 대한민국은 지켜야 하고 영자 씨는 보고 싶고…… 고논이 토끼지는 말아야 할 텐데."

나도 같은 생각이었다. 간절히 빌었다. 영자 씨가 도망가지 말아야 한다고……. 고참의 영자 씨에게서 소식이 끊기면, 생각만 해도 겁이 났다. 고참의 심기가 불편해서 일어날 일들을 쫄병인 내가 감당하기에는 많은 괴로움이 따를 것이기 때문이다.

고참이 지그시 눈을 감고, 팬티 속에 손을 넣고 있는 동안, 나는 등불 아래서 미경이를 생각하면서, 고참의 여자, 영자에게, 사랑의 편지를 쓰기 시작했다.

'푸른 제복 속에 한 해병용사가 영자 씨를 생각하며, 서부전선을 굳세게, 굳세게 지키고 있답니다.'

고참의 여자에게 편지를 쓰면서 나는 미경이 생각을 했다. 언제부터인지 미경에게서 편지가 오지 않았다.

'미경아! 난 네가 괜찮은 놈 만나서 된장찌개에 풋고추와 두부 한 모쯤 넣으면서도 행복해하면서 살았으면 좋겠어!'

갑자기 정적이 깃들었다. 달빛이 창가에 흘렀다. 별빛이 보였다. 일어나서 둘러보았다. 초원을 달리는 꿈을 꾸고 있었다. 바다를 건너고, 산맥을 넘고, 사막을 지나서, 미사일을 한 손에 들고 휘두르면서, 미경이를 향해 돌진하는 꿈을.

펜싱경기

　　오늘따라 달빛이 유달리 푸르게 빛난다. 난 주계에서 설거지를 마치고 달빛을 받으며 벙커로 올라갔다. 철문을 열고 벙커 안으로 들어섰다. 벙커에도 달빛이 창문으로 스며들고 있다. 벽에 걸린 등불 하나가 너풀거렸다. 담배연기가 자욱했다.

　　"야, 오늘이 누구 백일이냐?"

　　허옇게 김이 모락모락 나는 백설기를 보고 주 상병이 물었다.

　　백초의 생일이라고 신 병장이 귀띔을 해 주었다. 주계장 강일병 뿐 아니라 모두 파티준비에 바쁘게 움직였다. 그동안 아껴두었던 쌀로 떡을 만들고 숨겨두었던 뱀술도 꺼내서 고참들이 마시다가 우리 같은 쫄병에게도 한 잔 마실 기회를 줄지도 모른다. 지난번 신 병장 생일 때도 술을 얻어마셨다.

　　오늘도 흥겨운 파티가 열릴 것이다. 벙커인은 마치 투견장 같았다. 담배연기가 자욱했다.

"야, 고맙다, 너희들. 사회에서도 이런 생일축하는 받지 못했는데. 암튼 고맙다. 근무자는 똑바로 근무 서고, 전화기는 안에 갖다 놓고……."

"형님, 생신 축하드립니다. 오래 오래 건강하세요."

"자, 자, 편안하게 놀아라."

근무자는 알아서 대충 서라는 말이다.

고참인 백초 병장과 신 병장은 일층 침상에 모포를 깔고 엎드려서 소주를 마셨다. 중고참인 소눈깔 상병, 살살이 문 상병은 벽면에 비스듬히 기대어 두 다리를 쭉 뻗고 앉아서 소주를 마셨다. 주 상병은 이층으로 올라가는 나무 사다리 발판을 한 손으로 잡고 절반쯤 남은 소주를 벌컥벌컥 단숨에 들이켜고 있었다.

강감찬 일병과 나는 커다란 소주병을 들고 다니면서 여기저기 술시중을 들었다. 커다란 됫병에 담긴 '와룡'이라는 소주이다. 이곳에 와서 커다란 됫병에 담긴 와룡 소주를 처음 보았을 때 소눈깔에게 물었다.

"왜 소주 이름이 와룡이죠? 제갈공명이 아니고."

"마시면 처음엔 해롱해롱 대다가 나중에는 와룡와룡 거린다고."

"야, 조 해병! 오늘 수고 많았다. 한 잔 받아라."

백초가 손잡이가 달린 커다란 컵을 내밀며 소주를 가득히 따라준다. 소주를 원샷으로 마셔 버리자, 강 일병이 내 옆구리를 쿡 찔렀다.

"야, 천천히 마셔! 괜히 찍히면 괴롭다."

"자자, 노래할 사수?"

누군가 나에게 노래를 시켰다. 매도 먼저 맞은 놈이 좋다고 나는 먼저 노래를 불렀다.

"해병 조석희, 노래 일방 장전!"

"발사!"

늘 그렇듯 난 샌드 페블즈의 '나 어떻게'를 불렀다. 아무도 내 노래를 듣는 대원은 없다는 것도 잘 안다. 그래도 끝까지 불렀다. 듣는 사람이 없다고 노래를 중간에 그칠 수는 없었다. 어물어물 넘겼다가 빳다를 맞은 적이 있었다. 그냥 툭 하고 던진 말도 고참이 한 말은 지켜야 한다.

신 병장이 말했다.

"야, 한 잔 더 마시고 해라."

내가 술을 마시는 동안 문 상병과 강 일병이 앞으로 나와서 디스코를 추었다. 술기운 때문인지 군복 상의와 하의를 모두 벗어 이층 침상으로 던졌다. 몸이 달아올라서 더 이상은 못 참겠다는 듯 러닝셔츠도 벗어버리고 팬티만 입고 둘이서 해롱대면서 배꼽춤을 추었다. 등잔불이 바람에 흔들렸다. 벽에 비치는 그림자도 허리를 출렁출렁 돌리면서 춤을 추고 있었다.

"자 자, 노래하자. 노래는 '부라보 해병!' 시이작!"

귀신 잡는 용사 해병 우리는 해병대
젊은 피가 끓는 정열 어느 누가 막으랴
라이 라이 라이 라이 차차차
라이 라이 라이 라이 차차차
사랑에는 약한 해병 바다의 사나이
꿈속에서 보는 처녀 다링 아이 러브 유
오늘은 어느 곳에 훈련을 받고
휴가는 어느 날짜 기다려 보나
우리는 해병대 ROKMC
헤이빠빠리빠 헤이빠빠리빠
싸워서 이기고 지면 죽으라
헤이빠빠리빠 헤이빠빠리빠
브라보 브라보 해 병 대

문 상병이 커다란 스푼을 들고서 입에다 대고 중계방송을 시작했다.

"여기는 '부라보 해병' 군가가 울려 퍼지는 서부전선입니다. 곧 펜싱경기가 시작되겠슴다. 막강 파워의 충돌. 최강 전사들의 부딪침. 라운드 없이 무제한입니다. 죽을 때까지 싸우는 겁니다."

"그렇지. 전쟁에 무슨 제한이 있냐! 죽을 때까지 싸우는 거지. 둘 중에 하나는 죽어야 끝나는 거지."

하고 주 상병이 술이 취해서 해롱대는 소리로 떠들었다.

"오늘은 소눈깔 좆이 먼저 싸고 죽을 것 같다."

소눈깔이 주 상병을 향해 그 특유의 왕 눈을 부라렸다.

"먼저 선수 입장이 있겠슴다. "

"청 코너 소눈깔 선수, 일명 변강쇠, 주특기는 올라타기. 홍 코너 마리죠 선수, 일명 카사노바, 주특기는 찌르기."

목욕탕 말고는 남자들만 있는 세상에 그것도 세워서 잡은 채로, 그 모습을 드러내지 않던 비밀병기가 하늘을 향하고 있었다.

"으와! 고놈들 크고 잘생겼다."

와룡 소주에 취해서 해롱대는 관중이 손을 흔들며 함성을 질렀다.

"고참님께 대한 인사를 하기 전에 먼저 검사부터 하겠슴니다.

"앞엣 좆!"

두 선수는 오른손으로 검의 아랫부분을 잡고 왼손으로는 윗부분을 쓰다듬으며 절도 있게 검을 하늘로 쳐들었다.

"검사 좆!"

한 손으로 검을 잡고는 다른 손으로 이리저리 절도 있게 돌

려보면서 이상이 없음을 확인했다

"이싸앙 무우!".

"고참님께, 받들엇! 좃!"

"안뇽하세요!"

한 손으로 검을 잡고 다른 한 손으로 끝을 한번 쓰다듬고는 고참을 향해서 '꺼떡' 하며 인사를 시켰다.

"야, 그래가 보이겠냐? 좀 더 잘 보이게, 팍팍 세워라!"

관중석에서 고함소리가 들렸다. 라운드 걸인 강감찬 일병이 엉덩이를 흔들며 침상 앞을 왔다갔다하면서 한마디 했다.

"세계의 중심에 해병대가 있심다. 싸나이 중의 싸나이들은 해병대로 오세요. ROKMC."

오늘의 해설은 문 상병이 하기로 되어있다. 일명 살살이라고 불리는 문 상병은 언제나 오락시간이면 장마철 물 만난 물고기처럼 펄펄 날았다.

달빛이 푸르게 비치는 밤, 두 사나이가 말없이 서서 고개를 숙이고 배꼽 아래에 있는 무기를 두 손으로 천천히 점검해 보았다. 다시 마주보며 꼼짝 않고 서 있었다. 등불이 바람에 흔들리자 두 사나이의 그림자도 벽에서 출렁거렸다. 나는 허공을 바라보며 한 마디 해 보았다.

"아, 달이 너무 밝구나!"

상대방 소눈깔 선수는 단 한 방에 끝내려는 듯 꼼짝 않고 서서 배꼽 아래에 있는 커다란 대가리를 슬슬 어루만지면서 나를 노려보고 서 있었다.

"셋- 둘- 하나- 땡! 공이 울리고 경기가 시작됐슴다."

문 상병의 중계가 시작됐다.

"에이, 쓰발."

땡! 하고 공이 울리자마자 변강쇠 소눈깔 선수가 거칠게 칼날을 휘두르면서 달려들었다. 관중 모두 일어서서 두 손을 높이 흔들면서 환호성을 질렀다.

"아, 소눈깔 선수 공이 울리자마자 거칠게 공격하고 있심다."

나는 나비처럼 우아하게 허리를 옆으로 살짝 돌려서 소눈깔의 칼날을 피했다. 그러고는 벌처럼 날아가서 변강쇠의 칼날을 한 번 '톡' 하고 때려주고는 재빨리 뒤로 물러섰다. 거칠고 기분이 나쁠 거라는 예상과는 달리 칼끝은 부드럽고 탄력이 있었다.

"그러나 동작이 날렵한 마리죠 선수, 공격을 잘 피하고 있심다. 소눈깔 선수의 칼끝을 한 번 툭 치고는 뒤로 바람같이 물러납니다."

서두를 것이 없다. 지금은 고참이지만 소눈깔에게 지고 싶지 않다. 이제 탐색전이다. 변강쇠 소눈깔 선수라면 모르는 사람이 없다. 이 선수의 주 무기는 강한 체력을 바탕으로 끊임없이 공격하는 것이다. 한 번 밀리면 계속 밀고 들어올 것이다.

실제로 얼마큼 강한가는 아직 잘 모른다. 약점은 무얼까? 일단은 한번 가볍게 부딪쳐보자.

"아, 말씀드리는 순간 마리죠 선수 칼끝을 세우고 상대방을 향해 계속 날카롭게 공격합니다. 마리죠 선수의 장기 중에 하나인 찌르고 빠지기, 힛 앤 런이죠. 갑작스런 공격에 당황한 소눈깔 선수 뒤로 주춤거리며 서너 발 물러나고 있습다."

변강쇠 소눈깔은 역시 훌륭하다. 보기와 달리 동작도 민첩하다. 자세에 흐트러짐이 없다. 맷집도 좋다. 중앙공격은 피하고 측면공격을 시도해 보자. 중앙으로 뛰어드는 척하면서 허점을 찾아보자. 내가 앞으로 공격하려 하는데 소눈깔이 "이얏!" 하는 기합소리와 함께 또 공격해 왔다.

"소눈깔 선수 양손을 높이 쳐들고 기합소리와 함께 마리죠 선수의 머리 위로 칼날을 내려쳤습다. 그러나 마리죠 선수 당황하지 않고 머리 위로 내려오는 칼날을 그대로 잘 막아냅니다. 두 선수의 칼날 부딪치는 소리가 '두둥' 하고 북치는 소리처럼 들립니다."

변강쇠 소눈깔 선수는 동작도 빠르면서 힘이 셌다. 칼날이 처음엔 부드러웠는데 이번엔 느낌이 딱딱하다. 이 선수의 기술과 내공은 어디까지일까. 아직은 어느 정도인지 알 수가 없다. 단순하게 생각하자. 잡념을 버리자. 상대방의 움직임에 따라 움직이자. 칼을 잡고 나는 두 눈을 감았다. 소눈깔이 칼을 들고 다가오기를 기다리자.

"마리쬬 선수 왜 그런지 모르겠지만 두 눈을 감았습다. 상대 선수가 보기 싫다는 건 아닐 테고. 반면에 소눈깔 선수는 두 눈에 힘을 주고 상대의 허점을 찾고 있는 듯. 순간 소눈깔 선수 칼을 마구 휘두르면서 앞으로 돌진합니다."

점점 문 상병의 아나운서 멘트가 신이 나고 있었다.

피하자. 그리고 치자. 상대의 화를 돋궈 날뛰게 한 다음 허점이 생길 때 한 방 날리자. 강력한 어퍼컷으로.

"소눈깔 선수 속전속결로 끝내겠다는 듯 탐색전이고 뭐고 없이 맹렬히 돌진하고 있습다. 마리쬬 선수도 요리조리 허리를 꺾으면서 칼날을 잘 피하고 있다. 순간 소눈깔 선수의 헛발질이 나왔습다. 앗! 순간 마리쬬 선수, 양손으로 검을 잡고는 아래에서 위로 쭉 하고 쳐올립니다. '퍽' 하고 둔탁한 소리가 났다. 아, 소눈깔 선수가 엉덩이를 크게 얻어맞았습다. 아무리 천하의 변강쇠 소눈깔 선수라지만 이번엔 타격이 컸을 겁니다."

"앗! 말씀드리는 순간, 엉덩이를 얻어맞은 소눈깔 선수가 씩씩거리며 마리쬬 선수에게 달려듭니다. 칼끝과 칼끝이 서로 부딪치면서…… '따딱' 소리가 나면서 칼끝이 부러지는 소리가 났습다. 그런데 두 선수 모두 건재하게 검을 잡고 조용히 서 있군요."

그때, 관중석에서 소주를 마시던 주 상병이 벌떡 일어서서 꽁치 통조림 깡통을 흔들면서 크게 소리를 질렀다.

"야, 그래가 보이겠냐. 좀 더 잘 보이게 팍팍 세워라. 그래! 그래! 화끈하게!"

"조금 전 '따딱' 하는 방망이 부러지는 소리는 관중석에서 꽁치 통조림 따는 소리였슴다."

이건 칼싸움, 총싸움 그리고 격투기가 혼합된 게임이다. 어찌됐건 생사를 걸어야 하는 결투다. 땡! 하고 1라운드가 끝나는 공이 울렸다. 잠시 휴식시간이다.

"지금부터 전문가인 신 병장님을 모시고 잠깐 얘기를 나눠 보도록 하겠슴다."

"전문가님, 방금 경기를 어떻게 봤습니까?"

"아, 글쎄요. 두 선수다 아주 잘 싸웠슴다. 천하장사인 소눈깔 선수는 공세적이었고 반면에 민첩한 마리죠는 방어적이었슴다. 그런데 기록 점수 상으론 마리죠 선수가 약간 앞선 것 같슴다."

"전문가님, 그런데 오늘 경기에선 평소의 소눈깔 선수답지 않게 좀 허둥거리는 것 같죠. 헛발질도 몇 번 있었고."

"아니에요. 마리죠 선수의 기량이 뛰어난 거죠. 변강쇠 소눈깔이라면 천하가 알아주는 대단한 선수 아닙니까! 웬만한 선수라면 지금쯤 경기가 끝났을 거예요."

라운드 걸 강감찬 일병이 팬티만 입고서 전문가인 신 병장에게 두 손으로 공손하게 와룡 소주를 따라 주고 있었다. 그러고는 소눈깔에게 눈길을 보내면서 물었다.

　"전문가님! 궁금한 게 하나 있슴다. 아까부터 무기 밑에 소불알처럼 달랑달랑거리며 매달려 있는 게 뭐죠?"

　강 일병이 신 병장에게 물었다.

　"아! 그건 함부로 만지면 위험해요! 미사일 탄두를 제조하는 곳인데, 조심해야 돼요."

　2라운드를 알리는 공이 '땡!' 하고 울리자마자 소눈깔 선수가 나를 더욱 거칠게 몰아 붙였다.

　"소눈깔 선수 시작부터 더욱 거칠게 밀어붙입니다. 그러나 마리죠 선수, 조금도 당황하지 않고 잘 피하고 있슴다. 리듬체조 선수처럼 머리 위로 한쪽 손을 쫙 뻗치면서 허리를 활처럼 뒤로 휘면서 공격을 여유 있게 잘 피하는군요."

　"전문가님! 저렇게 되려면 어느 정도의 훈련이 필요하죠?"

　"훈련만으로는 안 돼요. 저건 빳다가 최곱니다. 안 되면 될 때까지 패는 겁니다. 해병대 빳다로 개 맞듯이 두들겨 맞으면 일주일 정도면 가능해요."

　소눈깔 선수가 배꼽 밑에 있는 몽둥이를 한 손으로 잡고 허공을 이리저리 살피고 있다.

"전문가님! 저 선수 지금 무엇을 하려는 걸까요?"

"아마 모기를 때려잡으려고. 저것 보세요. 몽둥이로 날아다니는 모기를 때려잡으려는 자세. 조금 전에 들은 얘긴데, 휴식 시간에 모기들이 소눈깔 선수의 대가리를 물고 뜯고는 링 위로 달아났대요. 그 모기를 지금 발견한 모양입니다."

"몽둥이로 모기를 잡아요?"

"못 잡을 건 뭐 있어요. 잡으면 되는 거지."

"그런데 모기가 왜 물어뜯어요?"

"변강쇠 소눈깔 선수의 물건이 크잖아요. 그 모기는 아마 암컷일 거예요."

"마리죠는 왜 안 뜯어먹죠. 크기도 비슷한데?"

"거야, 첨엔 마리죠에게도 달려들었겠죠. 그런데 갑자기 입맛이 바뀌었다거나 아님……."

"……아님?"

"아마 땀 일거예요. 모기는 땀을 좋아하잖아요. 적당히 지저분하고. 끈적끈적하고. 소눈깔이 많이 날뛰어서 땀이 많이 났을 거예요. 보세요. 마리죠는 아직도 팔팔하잖아요."

"그런데 마리죠 선수는 왜 공격을 멈추고 서서 소눈깔 보고 웃고 있습니까?"

"아, 저건 무사도죠. 뒤돌아선 상대방에게 뒤통수를 때리지 않겠다는."

"앗! 말씀드리는 순간, 또다시 난타전으로 가는 두 선수."

"야, 쓰발, 올 테면 와라. 팍팍 쏴 버리게."

"소눈깔 선수, 경기 중 저런 말하면 안 되죠."

"전문가님! 그런데 소눈깔 선수가 뭘 쏜다는 겁니까. 새총? 물총? 미사일?"

변강쇠 소눈깔 선수의 얼굴이 시뻘겋게 달아오르면서 양손에 쥔 몽둥이가 부들부들 떨리고 있다. 관중도 모두 환호하면서 지켜보고 있었다.

"두 선수 모두 대단합니다. 정신력으로 버티고 있습다."

"해병대는 뭔가 확실히 다르군요. 지구촌 입맛이 고급인 여자들이 특식으로 아주 좋아하겠슴다."

"아, 마리죠 선수가 갑자기 쓰러집니다. 이유를 아직 잘 모르겠네요."

"마리죠 선수, 보기엔 비리비리해도 맷집이 있어요. 저렇게 쓰러질 선수가 아닌데."

"아, 역시 일어서는군요. 링 바닥에 발바닥이 미끄러진 모양이에요. 흥분한 관중들이 소주병을 던져서. 소주가 엎질러서 바닥이 빙판 같아요."

"땡! 하고 휴식을 알리는 공이 울렸슴다. 선수들 자기 코너로 가고 있슴다.'

휴식시간이다. 나는 담배를 아주 맛있게 피우면서 생각해

봤다. 이러다간 주 상병 말대로 둘 중에 하나는 죽어야 끝날 것 같다. 그래, 좋다! 화끈하게 한 번 해 보자. 이런 경험은 밖에서는 못한다. 내가 언제 또 이런 싸움 해 보겠냐!, 하고 생각하니 마음이 후련해졌다. 더구나 상대는 천하의 변강쇠 소눈깔이 아닌가.

3라운드를 알리는 공이 '땡!' 하고 울렸다. 소눈깔 선수는 내 마음을 아는지 모르는지 맹렬히 돌진해 온다. 승패가 결정날 것 같은 분위기였다.

"시작을 알리는 공이 울리자마자 소눈깔 선수가 마리죠를 향해 맹렬히 달려들고 있습니다. 승부수를 던진 것 같습니다."

"앗! 마리죠 선수가 갑자기 소눈깔 머리 위로 붕하고 날아올라서 몸을 한 바퀴 회전시키면서 소눈깔 등 뒤에 사뿐히 착지합니다. 360도 공중회전 묘기가 아주 멋지군요."

"소눈깔 선수, 커다란 몽둥이를 두 손으로 움켜쥐고는 이젠 정말로 참을 수 없다는 듯 온몸을 부루루 떨고 있습니다."

"마리죠, 저 선수는 경기를 할수록 더 팔팔해지고 있어요. 몸동작도 손놀림도 아까보다 훨씬 빨라지고 있어요. 이젠 아무것도 보이지 않고 바람소리만 휙휙 나는군요."

"아! 그런데 마리죠 선수 혼자서 잘 돌다가 갑자기 비틀거리네요. 소눈깔이 휘두른 몽둥이에 한 방 크게 얻어맞은 것 같습다. 역시 변강쇠 소눈깔 선수 대단해요."

나는 중계 소리를 들으면서 씩 하고 관중석을 향해서 웃어 주었다.

'녀석들, 내가 일부러 무승부를 끌어내기 위한 작전을 쓰고 있는 줄은 모르고.'

쏘지 않음 저 관중한테 우리 둘 다 맞아 죽는다. 우리 다 같이 쏘자. 자결하거나 찌르거나 모두 초토화시키거나. 그리고 우리 무승부로 끝내자.

이젠 빨리 끝내야지. 가만히 있을 수 없다. 결단을 내려야 한다. 가장 좋은 방향으로……. 나도 소눈깔을 향해서 무기를 높이 쳐들었다.

내가 소눈깔 선수의 머리를 살짝 때리고, 그도 내 머리를 살짝 때려 준다면, 둘 다 다치지 않고 무승부로 갈 수 있는데. 소눈깔도 내 마음을 알 거다.

"그런데 변강쇠 소눈깔 선수 미사일 발사 시스템이 고장 났는지 갑자기 관중석을 향해 미사일을 조준하는데요? 이거 위험합니다. 빨리빨리 대피하지 않으면 작…… 살…… 나……."

"이제 시간이 얼마 남지 않았습다. 초원에 있던 칭키스칸 부대가 유럽을 작살낸 것이 바로 미사일입니다. 단궁이라는."

땡, 하고 3라운드가 끝나는 공이 울렸다.

"경기를 더 계속해라."

관중석에서 소란스러웠다.

"알았어. 많이 하면 내일 과업에 지장이 있다. 지금부터 한 라운드만 연장키로 한다."

백초의 말에 조용해 졌다.

'땡!' 하고 다시 종이 울렸다.

"오빠아! 변강쇠 소눈깔 오빠아!"

변강쇠 소눈깔은 아주 만족한 듯이 웃으면서 환호하는 관중을 바라보고 배를 쑥 앞으로 내밀었다.

"마구 쏘아라!"

"미사일을 발사해라!"

나는 아직 미사일 발사 카운트다운을 하지 않았다. 아니, 발사할 수가 없었다. 수많은 도시들과 별들이 사라질지도 모르기 때문이다. 와룡 소주를 마시며 방망이를 손에 들고 응원하던 관중이 흥분하며 폭동이라도 일으킬 것 같은 분위기였다.

"야아, 못 참겠다. 이제 자자. 발사하고!"

심지어 대전차포를 꺼내들고는 링으로 올라와서 난동을 부리는 관중도 있었다.

"다시 중계를 계속하겠슴다. 성난 관중들은 빨리 경기를 계속하지 않으면 미사일 창고를 모두 폭파시켜 버리겠다고 날뜁니다. 그만, 빨리빨리 끝내고. 자는 게……. 이 아나운서도 참으려니 힘듭니다. 미사일을 마구마구 쏘고 싶습다. 흠. 흠."

변강쇠가 미사일 탄두를 안고는 자살 폭탄처럼 관중석으로
그냥 달려갔다. 그리고 마리죠인 나를 한번 바라보았다.

"안 돼!"(소눈깔이 그렇게 죽으면 안 돼!)

미리 알아차리고 얼굴을 가렸다.

순간, 소눈깔이 미사일을 발사했다. 미사일은 해롱대고 있
던 주 상병의 얼굴로 날아갔다.

"으윽, 이노무 시끼가!"

순간 관중석에선 환호를 하고 난리가 났다. 멋지다고! 미사
일이 목표물을 벗어나 잘못 날아간 것 같다고! 그러나 아주 잘
했다고!

서로 상대방을 향해서 미사일을 발사하지 않은 것은 참 다
행이다. 그랬다면 둘 다 얼굴 전체가 완전히 초토화되었을
것이다.

이때 검은 라이방을 쓰고 관중석 중앙에 앉아 있던 백초 병
장이 일어서서 짝짝 박수를 쳤다.

"오늘 경기는 무승부다. 우리에겐 내일이 있다. 내일을 위해
서 우린 모두 일찍 자야 한다."

소눈깔이 먼저 미사일을 발사했는데도 무승부를 선언했다.

관중도 모두 일어서서 박수를 힘차게 쳤다. 신 병장이 고참
답게 한마디 했다.

태양처럼뜨겁게

203

"자, 자, 이제 그만. 현재 보유하고 있는 미사일은 모두 사용하고 상황종료. 지금부터 우리 모두 다 함께 미사일 발사 카운트다운에 들어간다."

관중이나 선수나 다 같이 황홀경에 휩싸이기 시작했다. 이윽고 근사한 기분이 들면서 전 대원들 모두가 미사일 발사대로 달려갔다. 지구를 지키는 독수리 오형제가 미사일을 발사하기 위해서 바쁘게 하늘을 날고 있었다.

"발사준비."

"아, 쓰발…… 좋다!"

폭풍전야의 고요함이랄까 어떤 긴장감이 느껴졌다. 모두들 눈앞에 보이는 천정을 향해 미사일을 조준했다.

"자! 사랑하는 여자를 향해 쏴라! 발사!"

순간, 세상이 조용해졌다. 그리고 폭풍이 밀려왔다.

"오~오~, 내~ 마담!"

"영자~야~ 아!"

"미~경~아~아"

"쏴라!"

"우리…… 날마다 쏘자."

미경이가 환하게 웃으며 속삭였다. 지금은 나만을 생각해라. 나를 상상해. 나를 상상하면서……. 나는 미경이를 생각했다.

성능 좋은 내 미사일 탄두가 미경이 얼굴을 향해서 힘차게 자동으로 조준되고 있었다. 가슴 밑바닥에서 뜨거운 열기가 해일처럼 달려들었다. 수십 아니 수백만의 꽃송이가 밤하늘에 폭죽처럼 피어오르고 있었다.

그 불꽃들은 자꾸만 계속해서 하늘 높이높이 올라갔다. 달나라를 지나고 태양계를 지나고 별나라를 지나서 은하계 저 너머로.

웃음이 자꾸 나왔다. 폭죽이 터질 때마다 미경이가 소리 내어 웃기 때문이다.

"아…… 아……."

"야! 너 대단해! 우리가 함께한 불꽃 축제 알지!"

싸움에는 승자와 패자가 있어야 하지만 우리 모두는 무승부가 주는 의미를 잘 알고 있다. 그것이야말로 다 같이 편안해질 수 있는 방법이다. 고참들도 알고 있을 것이다. 우리는 모두 이겼다. 대원들 모두가 열심히 싸웠기 때문이다.

격렬한 운동 후 단잠에 빠질 수 있는 시간처럼 즐겁고 행복한 시간은 없다. 구석진 침상에 모포를 깔고 달콤한 취침에 들어갔다. 초원에 있던 칭기즈 칸 부대가 유럽을 작살낸 것은 단궁이라는 미사일이 있어서다. 각자 자신의 미사일에 저격 받은 얼굴을 떠올리며 입가에 미소가 번졌다.

미경아! 오늘도 해병은 굳세게 싸우고 있다! 조국이 필요로

할 때. 조국이 부르면. 해병은 간다! 그곳이 어디든. 해병은 간다! 마음속으로 군가의 한 구절을 불러보았다.

사랑에는 약한 해병! 바다의 사나이!

What Shall I Do

아직 봄은 오지 않았다. 연평도의 겨울은 길었다. 강 일병과 함께 주계뿐 아니라 세탁도 함께 책임지고 있었다. 오늘따라 최고참인 신 병장의 지시로 보급품을 타러 가고 없었다. 나는 혼자서 빨래를 하러 갈 참이었다. 주 상병이 왜 빨래를 하러가는 나를 따라나섰는지 잘 모르겠다. 주 상병, 이놈이 나를 괴롭히려고 작정을 한 것 같았다. 기분이 찜찜했다. 집히는 구석이 아주 없는 것은 아니었다.

펜싱경기 할 때 생각이 났다. 소눈깔의 미사일, 뿌연 액체가 주 상병의 얼굴로 날아가 눈퉁이로 안착하는 것을 보고 모두 웃지 않을 수 없었다. '이 새끼가' 하며 어이없는 표정이었다. 그리고 소눈깔을 향해 주먹질을 했다. 물론 나도 웃었다. 내가 웃는 것을 본 것일까?

주태백이가 술에 취해서 아무것도 모른 줄 알았다 그런데 그게 아닌 모양이었다. 소눈깔이 미사일을 쏘기 전에 나를 쳐다보고 웃은 것은 사실이다. 마치 우리가 사전에 계획하기라도 한 것처럼.

그때 나는 많이 웃었다. 그건 미경이를 생각하면서 웃었을 뿐이다. 주 상병이 자기를 보고 내가 비웃었다고 생각할 수도 있다는 생각이 났다. 문득, 어쩌지!

소눈깔의 미사일에 맞아놓고 나에게 기합을(복수를 한다는 것은)주는 것은 억울하다. 억울한 것이 한두 가지인가. 같은 중고 참끼리 기합을 줄 수는 없는 일이므로 그 여파가 나에게 돌아온 것일지도. 그 칼날이 소눈깔과 친하게 지내는 나에게 돌아올 것 같았다.

산등성이 골짜기에 샘물이 있었다. 그 샘은 부대 내의 식수원이며 빨래까지 담당하는 유일한 수도 겸 빨래터였다. 나는 이 샘물을 자주 올라 다녔다. '나 혼자서 가면 더 좋은데' 속으로 중얼거렸다. 그러나 어쩔 수 없었다. 주 상병과 함께 빨래를 하려고 나섰다. 고참들의 군복을 비롯해 찌든 내의를 세탁

태양처럼 뜨겁게

207

하는 일은 고역 중에 하나였다. 날씨가 추워 손이 시렸다. 나는 덤불과 소나무 가지를 주워서 불을 지폈다.

"야! 넌 왜 여기에 왔나?"

아무 말 없이 모닥불 옆에서 엉덩이를 붙이고 있던 주 상병이 불쑥 내 뱉었다.

"예?"

올 것이 왔다. 내 직감이 맞았다. 나는 되도록 상냥하게 설명하려고 했다. 그런데 웃는 것으로 보였던 모양이었다.

"이 쌔끼. 고참이 말하는데 웃어?"

"아, 아닙니다. 오햅니다."

"오해? 쫄병노무 새끼가 빠져가지고……."(이놈이 기합이 하나도 안 들었어.)

"그게 아니라……"

"닥쳐! 이젠 고참을 능멸하려들어?"(너 방금 웃었잖아.)

어떻게 하지? 하는 사이에 주 상병의 말이 이어졌다.

"야, 이 쓰발놈아! 좆 빤다고 해병대 지원했냐? 너 같은 새끼들 보면 열이 나!"

난 '좆 빨라고 군대 온 놈이 어딨어요?' 라고 대꾸하고 싶었다. 그러나 곧 마음을 돌렸다.

나는 불평 없이(불평할 처지가 아니다) 즐거운 마음으로 적응해 가며 보내려고 하고 있었다. 즐거운 척해야 고참들의 타깃에서 벗어날 수 있었다. 더 이상 어리석은 짓은 피해야 한다는 것을 알고 있었다. 불평해 보아야 얻어터지기만 할 뿐 이로울 것이 없다는 것을…….

선택의 여지가 없다. 바닥, 밑바닥을 경험해 볼 수 있는 기회는 많지 않을 거라는, 또는 값진 체험일 것이라는 자위와 함께…….

"너 백초 믿고 까부는 모양인데 눈깔에 비는 기 없냐?"

오늘 주 상병이 나를 손보려고 작정을 한 것 같았다.

"저, 주 해병님께 까분 적 없는데요."

"어쭈! 이 쓰발눔아! 좆으로 밤송이를 까라면 까는 거지 왜 말이 많냐."

"……."(까진 것도, 또 까냐?)

조금 전 보다 목소리가 커졌다.

"아니, 왜 그래요?"

"이 새끼가 왜라니. 이유를 물어?"

"……."

"이유를 말해줄게. 이유란 건 없다. 고참이 까라면 까는 거다. 그게 이유다. 고참은 생사여탈권이 있다."

"……."

"해병대 1개 기수차이는 산천초목도 벌벌 떤다. 이 쓰발눔아."

그야말로 산천초목이 떤다는 것도, 아니 그 이상이다. 고참

치고 안 무서운 놈이 어디 있나? 생각할 사이도 없이 주 상병은 혼자 열을 냈다.

갑자기 바지의 혁대를 잡더니 끌렀다. 바지를 무릎까지 휙 내렸다. 때 묻은 팬티까지 무릎으로 내려왔다. 내 눈앞에는 박 상병의 고추가, 추위에 오그라진 것이 마치 대추나무에 달린 마른 대추처럼 쪼그맣게 달랑 달려 있었다.

나는 깜짝 놀라 말을 멈추었다.

'이 새끼! 이 추운데 뭘 하자는 거야? 어쩌지?'

금세 머리에는 수많은 생각들이 돌아다녔다.

"빨아! 이 쓰발놈아!"

몇 초 안 되는 시간에 이렇게 많은 생각으로 머리를 굴려 본 적이 없었다. 갑자기 머리에서 쥐가 날 것 같았다.

'빨라는' 명령을 시행하든지 아니면 거역하든지, 둘 중 하나다.

"이 쓰발놈이! 고참 말이 안 들려?"

'저걸 확 물어 뜯어버려? 성질대로 해 볼까? 배도 고픈데. 달랑 잘라서 모닥불에 구워 먹어? 소원대로 빨아서 커지면 잘라버릴까?'

둘 중 하나를 선택해야 하는데, 그런데 아무것도 선택할 수가 없었다.

나는 얼떨결에 내려진 주 상병의 바지자락을 잡았다.

'눈 딱 감고 한번 빨아 봐?'

한편 한 번 빨고 편히 지내고 싶은 생각도 들었다. 주위를 둘러보았다. 보는 사람은 아무도 없다. 아무도 모른다면? 그 어느 누가 보고 안 보고가 문제가 아니다. 자신을 더 이상 나락으로 전락시키는 일은 곤란했다. 아! 나를 불쌍하게 만드는 것은 나 자신일지도 모른다. 생각 자체를 치우자!

"이 새끼 봐라? 아니꼽다 이거지."

아무래도 빨아선 안 될 것 같았다. 난 참았다. 어떻게든 버텨야 했다. 내 인생이 창창하게 빛날 날이 남았는데……. 이건 아니다. 결코 이런 것이 밑바닥체험은 아니다. 이 비굴함은 훗날 내 인생에 커다란 오점으로 남을 것이다. 물론 자신을 두고 두고 용서 못할 것 같았다.

개처럼 두들겨 맞아도 보고, 온갖 욕설도 들었다. 그러나 더 이상은 곤란했다. 이대로 죽는다고 해도 좋다. 아무리 어렵더라도 참자. 영원히 자신을 용서할 수 없는 일은 해서는 안 되는 것이다.

"왜 이래요?"

내 목소리가 조금 떨리고 있었다.

"백초는 얼마 남지 않았어. 난 얼마나 많이 남은 지 알지? 이 쓰발놈아!"

그러고 보니 이유 중에는 소눈깔과 같이 웃은 것만도 아니었다. 백초와 신 병장은 나를 동생처럼 대했다. 고참 둘이서 바둑이나 장기를 둘 때 나는 옆에서 구경 할 수가 있었다. 신 병장은 애인에게 편지를 쓸 때면 나를 불렀다. 반면에 중고참 인 주 상병이 옆에서 기웃거리다가 한마디 하면 두 고참은 인 상을 썼다.

"야, 주태백! 넌 그렇게 할 일이 없냐? 입 다물고 구석에 엎 어져서 잠이나 자라."

나는 고참들이 원하는 것이 무엇인지 미리 알아서 싹싹하게 행동했다. 그 결과인지는 몰라도 그들 옆에서 잠을 잘 수 있었 다. 그런데 주 상병은 옆에도 못 간다. 멀리 떨어진 구석이 주 상병 잠자리였다. 늘 미련하다는 핀잔을 받으면서……

나는 무릎을 꿇고 빌었다.

"다음 휴가 때 같이 나가서, 주 해병님이 찍은 논을 어떻게 해서라도 올라타게 해 줄게요. 주 해병님이 원한다면……"

주 상병도 꼭 빨게 할 작정은 아니었던 모양이다. 홧김에 흥분을 해서 한 행동이었던 것이다. 내가 주 상병의 바지를 올리자, 주 상병은 못이긴 채 하면서 슬그머니 허리춤을 잡 아 벨트를 맸다. 그러나 주 상병은 여전히 불편한 심기를 감 추지 못했다.

"쓰발놈아! 지금부터 내가 하는 말 복창해라. 알겠나?"

"옛!"

"쫄병은 첫째, 알고도 고참이 인정하기 전에는 몰라야한다. 둘째 고참보다 잘 나서도 안 된다. 셋째, 고참물건보다 커서도 안 된다. 짤리는 수가 있다. 넷째, 고참은 법이다."

나는 주 상병이 하는 말을 또박또박 복창했다.

난 무릎을 꿇은 채 머리를 숙였다.

"주 해병님 잘못했심다."

"이 쓰발놈아! 뭣을 잘 못했다는 거냐?"(네가 내 마음을 알아.)

"앞으로 뭐든 잘 하겠심다."

"정말 앞으로는 잘 할 수 있겠냐?"

난 무릎을 꿇은 채로 대답했다.

"고참은 즉결 처분권이 있다는 걸 명심해라. 전시라면 넌, 총살감이다. 운이 좋은 줄 알아라."

주 상병은 멋쩍은 표정으로 씩 웃었다.

"명심하겠심다."

우리는 모닥불 앞에 다정하게 앉았다. 추위에 떨었던 대추가 모닥불을 쬐면서 조금씩 늘어질 것이다. 그리고 그와 함께 주 상병의 얼굴도 풀어져 갔다.

우리는 함께 빨래를 했다.

주 상병의 도움으로 옆에 얼은 돌을 발로 굴려 떼어냈다. 얼어붙은 웅덩이에 던져 깼다. 영하의 날씨에 바람까지 불어서 세상은 온통 얼음덩이다. 미리 모닥불을 피워 놓았다.

두 갈래로 된 나뭇가지를 잘라 군복 단추 구멍에 단단히 끼워서 단추를 채웠다. 그리고 나뭇가지에 끼워진 군복을 물속에 던졌다가 꺼내 놓았다. 뾰족한 나뭇가지에 끼워 놓은 비누로 빨래에 문질렀다. 그리고 방망이로 두들겨 팬다. 다시 나뭇가지에 끼워진 빨래를 물웅덩이에 던져 놓고 다시 꺼내어 비누칠을 두 번쯤 하고 휘저으면 되는 것이다. 손에 물기가 닿으면 금방 얼어버리기 때문이다.

손목에 달라붙은 때를 씻어냈다. 주 상병과 나는 모닥불에 데워 놓은 물로 묵은 때를 벗길 참이었다. 물통에 물을 담아 모닥불에 얹어 놓았다. 나는 더운물이 담긴 물통에 언 손을 담갔다. 그런데 아무리 해도 때는 벗겨지지 않았다. 얼어서 터져 버린 손등에는 딱지가 졌고 그 위가 또 터지곤 했다. 손은 퉁퉁 부어 있었다. 덕지덕지 손에 묻은 때는 누룽지처럼 몇 겹이나 달라붙어 있다.

"짜샤! 손이 그게 뭐냐!"

주 상병은 주머니에서 구리세린을 꺼내 터진 내 손등에 발라주었다.

겨울에는 영하의 날씨가 계속되고, 산 밑에 흐르던 웅덩이 물도 얼어붙는다. 그럴 때는 말리는 것도 만만치 않았다. 바위 위에 얹어 말리기도 하지만 시간이 오래 걸렸다. 얼었다가 녹기를 반복하면 열흘쯤 걸리기 때문이다. 다시 입은 옷을 세탁할 때가 되어서야 말랐다. 그러면 걷어 입고 다시 **빨아야** 했다. 고참들의 옷은 가지고 와서 난로 불에 얹어 말렸다.

장작개비보다 더 **뻣뻣이** 얼어붙은 바지를 걷어서 난로 불 근처에서 말려야 하는 일, 고참들의 군복을 다리는 일은 수월하지가 않았다. 군복 깃에 풀을 먹여 **뻣뻣이** 세우고 바지도 줄을 내서 다려 놓는 일, 고참들의 마음에 들도록 하는 일은 중요한 일 중에 하나였다. 풀이 잘 서고 다림질이 매끈하게 된 날, 내가 다린 군복들이 마치 나에게 사열하는 것 같았다. 자랑스러운 개선장군이라도 된 것처럼 흐뭇했다. 무엇이든지 손이 많이 거치고 노력이 필요한 일은 하고 나면 기분이 좋아졌다.

여름이면 한결 수월했다. 연못 속에 빨랫감을 던져 놓고는 연못 속으로 들어갔다 나왔다 하면서 빨래도 하고 목욕도 했다.

카키색 군복바지 하나와 팬티 하나가 연못 속에 가라앉아 버렸는지 보이질 않았다.

"어떡하죠?"

"임마, 어떡하긴! 찾아야지."

강 일병은 당연한 것을 묻는다고 핀잔을 주었다.

나는 물속으로 들어갔다. 다행히 군복 바지가 다리에 걸렸다. 그러나 팬티는 찾지 못했다. 계속 물속을 발로 더듬어 보았지만 헛수고였다.

관물함에 아껴둔 한 번도 입지 않은 새 팬티를 고참 앞에 갖다 놓았다. 잃어버렸다고 얘기하면 도움 되는 일보다는 골치 아픈 일만 생길 것이기 때문이다.

'짜식, 빨래 하나 제대로 못하냐? 정신 똑바로 차려!'

하면서 기합만 받을 것이 뻔했다.

하루하루 일정이 빠듯하여 정신없이 지내면 밤하늘을 쳐다볼 시간이 없었다. 혼자 있어도 외로울 시간이 없다. 외롭다는 건 감정의 사치다. 정말로 오줌 누고 뭐 털을 시간이 없다는 말이 맞는 것 같았다.

내가 산 밑으로 내려갈 때마다 마음이 평화로워지는 것은 산 아래로 내려감으로써 나 혼자 있을 수 있기 때문이었다. 물통을 어깨에 짊어지고, 한 손엔 쌀을 씻기 위해 쌀을 담은 바구니를 들고, 때때로 빨랫감을 묶어서 물통 위에 얹고 산을 내려갈 때는 나는 이 세상에서 부러운 것도, 아쉬운 것도 없었다. 그저 행복할 뿐이었다.

그때는 대한민국 해병대 가장 밑바닥 쫄병도 주계병도 아닌, 자유인이 된다. 그러면 되지 않은가. 나는 생각한다. 적어도 지금은 그것으로 충분하다고…….

쌀을 씻고, 물통에 물을 담아놓고, 소나무 숲 바위 위에 앉아 하늘을 올려다보았다. 그리고 다시 빨래를 했다. 손이 시원했다.

오늘따라 세탁 량이 많았다. 나는 가랑이 사이에 빨래판 대신에 큰 돌을 놓고, 거품이 무럭무럭 나는 빨래를 힘차게 문질렀다. 빨래를 하는 동안 씩씩거렸기 때문에 화난 사람처럼 보였을 것이다.

고참 것은 처음에는 손빨래를 하다가 오늘처럼 빨래가 많을 때는 발로 밟았다. 중고참 것은 처음부터 발로 밟거나 돌을 쥐고 옷에 방망이처럼 때렸다. 그러다가 구멍이 나서 기합을 받은 적도 있었다.

늦기 전에 산 위로 올라갔다. 나는 서둘러 빨래를 널고 솥에 쌀을 안쳤다. 나는 주계를 나와, 낮에 널어놓은 빨래가 바삭하게 말랐는지 확인하고는, 팬티나 러닝셔츠 같은 속옷은 개켜서 벙커 안 침상에 갖다놓았다.

나는 빨래를 천천히 훑어본 후, 하나하나 구분해서 세어 보았다. 그런데 팬티와 양말의 수가 부족했다. 사실 속옷이라는 것이 다 같은 모양, 같은 색깔이라서 누구의 것인지 구분이 되지 않는다. 특히 양말은 일일이 표시하기도 어렵다. 같이 생활하는 고참들에게 이 양말이 맞느냐고 묻기도 민망했다.

이젠 내 관물함에는 내가 갈아입을 속옷도 갈아 신을 양말도 없었다. 마지막 남은 양말을 고참에게 내밀면서 "앞으로 주의하겠습니다." 하고 말한 지 열흘도 채 되지 않았다. 내 마지막 남은 양말을 주면서 이를 물었다. 한두 번이지 참을 수가 없다. 그리고 단단히 벼르고 있었다. 한 번만 더 이런 일이 발생하면 고참들에게 말하리라. 나는 팬티는 몰라도 양말은 각자 빨아 신어야 한다고 당당하게 주장하리라 마음을 먹었다.

빨랫줄에서 사라진 양말은 누군가의 발에 슬쩍 신겨 있을 것이다. 언젠가는 벙커 안 침상 뒤에 있는 관물함을 모두 뒤져서라도 잃어버린 양말을 그리고 그 양말을 훔쳐 간 고참을 찾아내고야 말겠다고 다짐하곤 했다. 번번이 다짐으로 끝났지만…….

어머니가 알았다면 믿지 않았을 것이다. 기적 같은 일이었다. 유달리 아침잠이 많았던 내가, 새벽같이 일어나 옷을 주워입을 새도 없이 서둘러 주계로 내려갔다. 어제 산 아래에서 씻어온 쌀을 안치고 마른 소나무가지로 아궁이에 불을 지피고 밥을 했다. 동시에 석유곤로에 불을 붙여서 냄비에 된장국을 끓였다. 된장덩어리를 물에 잘 풀고, 어제 깨끗하게 씻어놓은 콩나물을 넣고 두부 두 모를 식칼로 적당히 잘라서 냄비에 넣었다. 끓는 중에 간을 보아 싱거우면 소금으로 간을 맞추었다. 식사준비완료. 여기까지가 식사 전 나의 일과였다.

식사를 책임지는 취사병. 진정한 요리사는 재료가 변변치 않을 때 빛나는 법이다. 무 한 두어 조각하고 멸치 몇 마리 넣고 맑게 끓여낸 장국이 얼마나 깔끔하고 담백한가. 밀가루를 오래 치대고 차지게 반죽해서 애호박을 썰어 넣고 끓인 다음

훌훌 들이마시는 수제비, 대원들은 오랜만에 맛있게 배부르게 먹었다고 웃었다. 부식과 식량이 모두 바닥이 난 것을 대원들도 짐작을 하고 있었다. 행복한 저녁식사!

청소를 할 때 빗자루를 어떻게 잡아야 먼지가 나지 않게 하는지, 걸레를 어떻게 이용해야 물을 낭비하지 않고 침상을 빛나게 닦을 수 있는지, 빨래는 어떻게 널고 개는지, 설거지는 어떻게 뽀드득 소리 나게 할 수 있는지, 차차 이 모든 걸 익혀 나갔다. 항상 간단하고 쉽게 정리하여 내 바로 위인 주계장의 손길이는 미치지 않게 해 놓는다. 간결함과 단순함이 소위 군대에서 말하는 짬밥 경력이다.

똑같은 일을 되풀이하면서도 관념에 빠지지 않는 것, 울화를 쌓지 않는 것, 늘 새로운 마음으로 다가가는 것이 화두인 셈이다.

마음을 모질게, 단단히 먹어도 어려운 일은 계속되기만 했다. 새로운 사건 또 사건의 연속이었다. 음산한 밤이었다. 달빛도 구름 속에 가려져 있고 바람만 사각사각 불었다. 기합을 받았다. 무엇이 잘못된 것인지도 모른 채 그저 기합은 이유도 없이 계속 되고 또 받곤 했다. 귀뚜라미 소리가 유난히 크게 들렸다.

"군대서는 잘해 주면 안 된다."

고참의 말을 들으면서 깨달았다. 지금 나의 삶은 무에서 유를 배우고 자기 실존을, 자기 존재를 무에서 찾아가는 구도의 길 위에 놓여 있었다.

'창조! 정말 그건 창조였다. 말씀이 있어 세상을 창조한 힘이 이곳에서도 존재한다. 한 마디면 된다. 안 되면 되게 한다. 없으면 있게 하자.'

클레오파트라의 의문사

그 개의 정식이름은 '우리 영자 씨'이다. 박 하사가 영자야 하고 부르는 것을 보고 나는 깜짝 놀랐다. 신 병장의 애인 이름이기 때문이다. 신 병장의 애인이름이 영자라는 것을 아는 사람이 없는지 "영자야. 영자야, 요논!" 하고 부를 때마다 가슴이 조마조마 했다. 멋 모르고 그대로 부르다가는 괘씸죄에 걸릴 것은 뻔한 일이다. 더구나 신 병장의 심기를 건드려서 좋을 것은 없었다.

박 하사의 영자 이름을 바꾸어야했다. 나는 그 개가 세상에서 가장 아름다운 개라고 추켜세웠다. 그리고 박 하사의 비위도 맞출 겸해서 클레오파트라 같다고 한마디 했다. 대원들은 모두 고참에게 비위 맞추는 데 이골이 나 있었다. 그 후 '영자 씨'에서 '클레오파트라'로 이름이 바뀐 것이다.

우리끼리는 긴 이름 대신 간편한 '고눈'이라고 불렀다. 만약 수컷이었다면 '시저'라든가 '고놈'이라고 불렀을 것이다. 그 당시 클레오파트라는 하루 세 끼를 다 먹을 뿐 아니라 사람보다 더 잘 먹고, 대접을 더 잘 받았다. 그의 별명이 말해 주듯 권력과 사랑을 함께 거머쥔, 여왕처럼 군림하던 개였다.

"영자 씨! 이리 와! 이리 와!"

이렇게 아무리 애타게 불러도 뒤도 안 돌아봤다.

"파트라 씨! 이리 와서 이것 좀 먹어볼래요?"

손에 먹을 것을 들고 공손하게 물어봐야만 마지못해 쳐다보거나 내게로 왔다.

박 하사는 클레오파트라가 하루 세 끼를 먹었는지 꼬박꼬박 챙겼다. 못 먹어서 비쩍 마른 우리는 박 하사의 스트레스 푸는 대상일 뿐이었다. 박 하사와 클레오파트라는 해가 지고 밤이 되면, 침상 위에서 함께 뒹굴며 지냈다.

클레오파트라는 주로 박 하사 배 위에서 놀고, 잘 때는 같은 모포 속에서 박 하사의 가슴에 안겨서 잠을 잤다. "우리 영자, 영자." 하면서 끌어안고 장난질을 했다.

"아유, 간지러워, 임마."

쫄병은 밖에서 근무를 서고, 마치 박 하사와 고눈이 잘 자도록 우리가 불침번을 서는지도 모르겠다는 생각이 들었다.

클레오파트라는 자고 나면, 털이 반짝반짝 윤이 나고 부드러워졌다. 클레오파트라가 살이 올라 통통해질수록 박 하사는 더 정성을 쏟고, 사랑한다.

취침시간에도 둘의 사랑 놀음은 계속된다. 소리만 듣는다면, 애인이 교태를 부리는 줄 알 것 같다.

"영자야, 이러지…… 마아."

둘이서 무얼 하는지 숨넘어가는 소리가 났다. 부스럭거리는 소리도 들렸다.

"얘. 이리 와. 초코파이 줄게. 먹기 싫어도 먹어야지. 옳지! 옳지!"

초코파이나 과자는 우리에게 맡기지 않고 박 하사가 직접 영자에게 주었다.

"영자야, 보채지 말고 이제 그만…… 자자, 응."

같은 일층, 마루바닥에서 자고 있는 대원 중 한 명이 중얼거렸다.

"……음…… 잘 놀고, 어서 커야지. 된장……."

된장소리를 들었는지 박 하사는 우리가 클레오파트라에게 접근하는 것을 경계하기 시작했다. 바깥에서 근무를 서는 나는 영자가 잠이 들어야 마음이 놓였다.

"저러다 조지라도 물면 어떡하나? 고논이 잠들 때까지 근무를 잘 서야지!"

고논은 콧대가 이만저만이 아니었다. 나 같은 쫄병은 가까이 하기도 어렵다. 내가 유일하게 가까이할 수 있는 시간은, 하루 세 끼 개밥을 줄 때뿐이다. 클레오파트라가 잠들면 살금살금 걸어야 하고, 밥을 잘 먹지 않으면 괜히 신경이 쓰였다.

개밥 통을 발로 차면서 문 상병이 부러운 듯이 말했다.

"에이, 쓰발! 개 팔자가 상팔자지……."

박 하사가 없을 때는 개 옆구리를 발로 차고 지나가곤 했지만, 박 하사가 보는 기척이 있으면 귀여워하는 척했다. 문 상병이 욕을 하면서도 등을 쓰다듬자, 무릎 위로 올라와서 드러누웠다.

"요논이 벌써 암내를 피우네. 어유, 요걸 된장 바르면 조컸다."

며칠 전 점심식사 때, 주방에서 밥을 푸고 있는데 문 상병이 조기대가리 하나를 들고 와서 바닥에 패대기를 쳤다. 밥주걱을 들고 고개를 돌리니 방금 까지 옆에 있었는데, 구워놓은 조기가 두 마리뿐이다.

"야, 여기, 조기 한 마리."

문 상병은 주방 앞, 나무식탁 아래 누워 있는 클레오파트라에게 달려들었다.

클레오파트라가 주방에 들어와서 눈 깜박할 사이에 구워놓은 조기 한 마리를 물고 나간 것이다. 서열대로 최소한 조기가 세 마리는 되어야 문 상병까지 차례가 돌아오고, 그가 먹을 수가 있는 것이다.

"이 쓰발년이, 이 개새끼가……."

클레오파트라는 생선을 좋아했다. 그것이 늘 말썽이었다. 어느 날 고참이 없을 때 마을 아주머니에게서 조기 두 마리를 얻었다. 그것을 손질하다가 잠시 한눈을 판 사이에 파트라가 물고 가버렸다.(우리는 클레오파트라를 줄여서 파트라라고 부르기도 했다) 나는 겁이 났다. 조기를 물고 가는 클레오파트라를 쫓아가다가 넘어질 뻔했다. 제대로 간수를 못했다고 얻어맞을 것 같았다. 그런 생각에 남은 조기를 혼자 먹어 치우자 생각하고 뜯어먹어 버렸다. 이 세상에서 가장 맛있는 조기였다.

그리고 한 번은 생선 맛을 잊지 못해서 한 마리 숨겨놓은 적도 있었다. 그리고 기회를 엿보고 있었다. 그것을 구워 먹어야 한다는 생각만으로 행복했다. 빨래를 하려고 바닷가 샘터로 향했다. 빨래를 하러 가는 길목에 조기가 숨겨져 있는 것이다.

"무궁한 조국대한 부름을 받고

서부전선 사수하는 용감한 해병
전우야 이 한 몸을 겨레 위해 바치자
호국의 역사 위에 해병 혼을 남기자
불굴의 기백으로 필승을 다짐하는
충무정신 이어받은 연평의 용사들."

나는 신이 나서 '연평부대가'를 부르며 갔다.

며칠을 벼른 끝에 숨겨둔 장소에 갔더니 조기는 이미 썩어
서 지독한 냄새를 풍기고 있었다. 신나게 옆구리에 끼고 갔던
빨래는 그날따라 때도 잘 빠지지 않았고, 막사로 돌아오는 길
엔 발이 무거웠다. '충무정신 이어받은 연평의 해병…….' 연
평부대가를 부르며 기분 전환을 해보았지만 허탈한 것은 어
쩔 수 없었다.

며칠이 지난 후, 박 하사가 포항 상륙사단으로 전출 명령이
떨어졌다는 소문이 들렸다. 모두 잘하면 고눈 맛을 볼 수 있으
리라는 기대로 눈을 반짝였다. 그런데 박 하사는 고눈을 데리
고 간다는 것이다.

불쑥 문 상병이 말한다.

"쓰발! 여기서 우리가 잡아먹어요."

"쉿, 듣겠다, 이 짜슥아!"

옆에 있던 백초가 손가락을 입에 갖다 댔다. 비밀 암호를 말할 때처럼 목소리를 낮게 깔면서 앞에 앉아 있던 소눈깔에게 물었다.

"넌 고논을 어떻게 했으면 좋겠냐?"

"붙잡아야지요! 못 가게!"(잡아먹어야죠.)

"못 가게 잡아야 한다는 말이지."(잡아먹자는 말이지.)

백초는 둘러앉은 얼굴들을 하나하나 바라보았다.

소눈깔이 말했다.

"당연히 잡아야쥬. 그냥 보낼 순 없슈. 형님. 우리가 울매나 고논이 통통해지길 기다려 왔는데유."

사실 그랬다. 우리는 클레오파트라가 하루빨리 살이 통통해지기를 기다린 셈이다. 삶은 개구리가 바닥에 떨어지면 고논이 얼른 주워 먹어도 우리 모두는 흐뭇하게 바라보지 않았던가.

"그래, 그래. 많이 먹고 무럭무럭 자라 거라."

우리 모두 클레오파트라가 살이 찌는 데 한몫을 담당한 셈이다. 그중 특히 주계 담당인 나도 기여를 했다면 한 것이다.

"우리 모두의 비상식량이잖아요."

"함께 근무할 때야 그렇다 치고, 이젠 잡아야지요."

"그-렇-지?"(이젠 때가 됐지.)

백초는 누구에게가 아니라 혼잣말로 천천히 말했다.

"설마 우릴 죽이고야 가겠어요?"

나는 참견할 군번이 아니었다. 나는 혼자 중얼거려보았다.

"임마! 먹자는 게 아냐! 우리가 고논을 얼마나 사랑했냐! 고논을 보내지 말고 함께 데리고 있자는 거지."

그러면서 백초가 문 상병을 바라보자, 문 상병도 알았다는 듯이 고개를 끄덕였다.

다음날 아침, 클레오파트라는 벙커 아래에서 뻣뻣하게 죽은 채 발견됐다. 독살 당했는지, 독살 당했다면 범인이 누군지 아무도 모르는 일이었다. 모두 알리바이가 있었고, 나만 애매모호했다.

아침 일찍 일어나 늘 클레오파트라를 데리고 산책 나가던 박 하사가 제일 먼저 발견한 모양이다.

"우리 영자, 산책 가자!"

하고 소리쳐도 클레오파트라가 달려오지 않았던 것이다.

그때 쫄병인 나는 아침식사를 준비하고 있었다. 벙커 쪽에서 대원들과 박 하사의 목소리가 들렸다.

"죽었나 봐, 우리 영자가! 언놈이야!"

박 하사는 나를 보며 언성을 높였다.

"불쌍한 것!"

"클레오파트라가 독약 마시고 죽었나?"(자살? 아님 얼어 죽었나?)

"이 새끼 지금 농담하냐?"

"아니, 쥐약 먹고 죽은 쥐를 영자가 먹었는지 모르잖아요."

"어제 근무자가 누구냐? 조 해병 너지?"

박 하사와 눈이 마주치자 나는 움찔했다. 실은 어젯밤에, 밖에서 근무를 서다가, 본부에서 순찰 나올 것 같지는 않고 날씨가 쌀쌀하고 해서 벙커 안에 있는 관측소 안에서 졸았다.

"근무자가 모르면 누가 아냐? 개가 어떻게 벙커 문을 열 수 있냐. 근무자 모르게 밖으로 나가게?"

아무리 내가 졸았다지만 이상한 일이다. 정말 모르는 일이다. 계속 닦달을 당하자 슬그머니 화가 났다. 난 입 속으로 중얼거렸다.

'난 조국과 민족을 지키려고 여기에 왔지, 개새끼 한 마리 지키려고 온 것은 아니다. 쓰발.'

고참들은 아무 말이 없다. 놀라거나 슬퍼하지도 않았다. 그런데 이상한 것은, 내가 근무 잘못 선 것에 대해선 아무도 질책을 하거나 나무라질 않는 것이다. 다만, 클레오파트라가 그렇게 죽은 것이 조금 안됐다는 표정들이었고, 놀란 건 나뿐이었다. 눈물이 쏟아질 것같이 슬픈 얼굴은 박 하사뿐이다. 나머지 모두는 기대에 찬 얼굴들이었다.

우리는 바다가 바라보이는 벙커 아래, 양지 바른쪽에 야전삽으로 구덩이를 파고 클레오파트라를 묻었다. 우리는 모두 슬픈 듯이 앉아 있었다. 소눈깔이 나무막대기 두 개를 칡넝쿨로 묶어서 십자가를 만들어 세웠다.

"잘 가라, 영자야! 우리 다시 만날 때까지 편히 쉬어."

"다시 만날 때까지."

그리고 우리 모두는 박 하사가 보는 앞에서 차렷하고 묵념을 했다.

떠나는 날 아침 박 하사는 아침밥도 먹지 않고, 클레오파트라 무덤에 작별인사를 다녀왔다.

"영자야, 잘 자거라! 나 갈게."(나쁜 새끼들!)

박 하사는 눈시울을 적시며 손을 흔들고 떠나갔다.

박 하사가 시야에서 사라지기도 전에 문 상병이 벙커 쪽으로 신나게 뛰어갔다. 해병 기습 특공을 방불케 하는 속전속결이다. 어느새 문 상병 양손에는 자루 하나가 소중하게 들려져 있었다. 시커멓게 끄슬린 물체를 끄집어냈다. 만면에 웃음을 띠운 채……

"빨리 끓여! 몸보신하게."

"우리가 고논을 을마나 사랑했냐! 고년도 아마 후회는 없을 거야. 우리와 함께 있는 게."

나는 열심히 우리의 영자 씨를 담은 솥에 불을 지폈다.

"형님! 대령했어유!"

나는 기분이 좋아서 농담을 섞어 말했다. 모두 솥 주변에 서성거리며 기분 좋아했던 것이다.

태양처럼 또 지게

“야! 너도 이리 와서 먹어!”

백초가 나에게 말했다. 침을 눌러 삼키며 손이 나가려는 것을 억제하고 있었다. 먹으란다고 덥석 집었다가는 쫄병인 내 삶이 앞으로 고달프다는 것을 알고 있다.

“됐심더. 전, 잘 못 먹어요.”

나는 고기 냄새에 고논 옆에서 움직이지 못하고 있었다. 옆에서 식칼을 들고 서 있는 나를 봤는지 못 봤는지 눈길도 주지 않고 문 상병이 잽싸게 말했다.

“조 해병은 아직 먹을 줄 모른대요.”

“아직 모른다고? 그래, 알았어! 그럼 혹 누가 오는지 근무나 잘 서. 여기는 우리가 알아서 할게.”

혹시라도 한 번 더, 먹어 보라고 하면 얼른 하나 집으려고, 기웃거렸지만 아무도 내게 더 이상 말을 건네지 않았다.

“고논, 맛있네.”

“요논, 보지 맛 죽이네…….”

침을 꿀꺽 삼킬 새도 없이 하나도 남아 있지 않은 것 같았다. 조그만 강아지. 쫄병인 내 차례까지는 돌아오지 않을 것이다.

한 놈이 앉아서 머리통을 이리저리 쓰다듬으며, 한 손에 칼을 들고 있었다.

“이속에 든 게 죽이거든, 별미지.”

제일 맛있는 머리통은 반으로 빠개서 파먹었다. 고참 놈끼

리 둘러앉아서 눈 깜짝할 사이에 개뼈다귀만 남기고 다 먹어
치웠다. 고참놈들은 소나무 가지를 분질러서 이를 쑤시면서
일어섰다.

"야! 수고 많았어. 좀 쉬어!"

난 하나도 먹지 못했다. 고기는커녕 국물 근처도 못 가 보았
다. 한 놈이 주계 안을 들여다보며 말했다.

"뼈는 수거해서 제자리에 묻어라."

우리 집 안방이 아니고 군대라지만, 뼈를 묻어주라는 말에
열 받쳤다.

구수한 냄새가 났다. 궁금했다. 고기가 다 익었는지 보려고
한 발을 부뚜막에 걸치고 오른손에 국자를 들고 하나 건져서
맛보려고 입으로 가져가는데, 갑자기 인기척이 났다.

"야, 아직 멀었나?"

"앗!"(뜨거.)

인기척에 놀라서 국자에 담긴 국물을 그만 왼쪽 손목에 엎
질렀다.

"옛! 이제 거의 다 됐심더."

두 놈이 밖에서 기웃거리다가 싱글거리면서 주계 안으로 들
어왔다.

"냄새가 아주 죽이는구나."

나는 국물에 덴 손목을 싸안고 비명소리도 지르지 못하고 참

태양처럼 뜨겁게

았다. 뼈를 묻어주라는 말에 분통이 터진다. 영자를 솥에 삶으면서 데었던 손목이 더욱 화끈거리고 쓰려왔다. 개뼈다귀만 주섬주섬 모아 비닐봉지에 담아 놓은 후, 거칠게 설거지를 했다.

"쓰발, 쫄병은 개도 아니다. 뜨거운 국 쏟고, 손 데고, ××주고, 몽둥이 맞고, 밥해주고……."

"이노무 개새끼는 죽어서도 애 먹이네."

아무리 참으려고 해도 서러웠다.

"야! 이 쓰발놈들아, 그럴 수 있냐?"

아무리 혼자 욕을 해도 소용이 없었다.

그때 백초가 들어와서 담배 하나를 건네주면서 어깨를 툭 치고 나가면서 한마디 한다.

"참, 니 꺼로 다리 하나 솥에 남겨뒀다.

"괜찮아요. 전 그거 잘 못하는데……."

얼른 돌아와서 구석에 놓인 솥에 손을 얹었다. 가슴이 뛰었다.

'그러면 그렇지, 그렇게 무정할 수는 없는 일이다.'

살며시 손을 내밀어 솥뚜껑을 잡았다. 냄새가 흐뭇하게 코끝을 자극했다. 그때 소눈깔이 들어와서 내 어깨를 툭 쳤다.

"야, 니 그거 별로 못 먹는다 캐서…… 버릴 수도 없고…… 내가 먹었어."

나는 식칼을 들고, 하마터면 웃고 있는 소눈깔에게 달려들 뻔했다.

……그토록 커다란 좌절을 하게 했던 배움터가, 나를 이곳으로 도피하게까지 만들던 그곳이, 돌아가야 할 고향처럼 나를 향수에 젖게 하는 것이다……

바다의 노래

시간이 날 때마다 벙커 위에 올라가서 연평
도 앞 바다를 바라보았다. 연평도 앞 바다는 겉으로는 평화롭
다. 눈에 보이는 건 서해바다와 북한 땅 뿐이다. 황해도 해주
가 보이고, 황해도 구월산이 눈앞에 보인다. 서해 북방한계선
(NLL)이 바로 눈앞에 있다. 고배율 망원경을 통해 북한 땅을
살펴본다. 산 아래에는 농촌 풍경과 유사한 마을이 보인다. 하
얀색 4층짜리 아파트가 줄지어 서 있다.

수인이의 남자가 되려면 실력이 있어야 할 것 같아 어학공
부를 하기로 했다. 어떻게 하면 효율적으로 공부를 할까 궁리
를 했다. 내가 책을 보는 것을 고참이 본다면 위험 부담이 따
를 것이다.

'요즘 군대 좋아졌어!'

비아냥뿐 아니라 괘씸죄, 아니 열등의식 죄, 고참이 안 하는
일을 쫄다구가 감히 한다는 잘난 척한 죄가 첨부되어 돌아올

것이기 때문이다. 그래서 생각해 낸 것이 시간만 나면 주간 근무를 자청해서 서는 것이다.

지난번 휴가 때 종로서적에서 산 토플 책을 끄집어냈다. 벙커 위에 책상과 의자를 갖다놓고 바다를 바라보면서 토플 책을 펴들고 읽어 나갔다. 잠시나마 공부할 수 있는 시간이 주어진 것이 다행스러웠다. 그리고 행복한 순간이기도 했다. 오후에는 혼자서 주간 근무를 서면서 지낼 때가 많았다. 그 무렵 공부하는 기쁨으로 근무시간이 어떻게 흘러가는지 몰랐다.

모르는 단어가 나와서 영어 사전을 펼칠 때마다 손가락에 느껴지는 촉감이 좋았고, 종이냄새가 좋았다. 중요한 부분에 형광색 펜으로 표시를 한 부분을 보는 것도 즐거움의 하나였다.

해안에서 들려오는 파도소리를 들으면서 책을 읽다가 눈이 피로해지면 간간히 바다로 시선을 돌렸다. 때때로 자리에서 일어나 고배율 망원경으로 북한 경비정이 돌아다니는 바다 위를 관측했다. 한국전쟁 당시 치열했던 '도솔산 전투' 이후로 북한군은 '천하무적 해병'이라는 이름만 들어도 떨면서 달아났었다고 한다. 맑은 날은 멀리 이북에 있는 또래의 녀석들의 움직임도 보였다. 손을 흔들어 주었다. 장난기가 발동을 했다.

"동무들 수고하오. 통일되는 날, 평양에서 만납시다."

모란봉 초대소가 뭘 하는 곳인지 확실하지 않지만 만남의 장소 같았다.

"모란봉 초대소에서 피양 기생들과 미팅 한번 주선 하시라요."

녀석들은 우리 쪽을 바라보고 있었지만 손을 흔들지는 않았다. 아무 반응 없이 그대로 멀어져갔다.

우리는 한 달이면 일주일쯤 빼고 늘 배가 고팠다. 춥고 늘 배가 고프다. 하루 정도 굶을 때가 허다했다. 쌀이 항상 모자랐다. 왜냐하면 술과 바꾸어 먹었기 때문이다. 저녁을 먹고 해가 넘어가면 마을로 내려가서 소주, 안주로는 통조림, 라면으로 바꾸어 왔다. 그런 일은 쫄병들이 하는 일이었다. 마을로 내려갈 때는 눈치가 빨라야 한다. PX는 1킬로 이상 떨어져 있었다. 술을 사기도 힘들고, 무엇보다도 귀찮은 일만 생겼다. 식량 보급은 한 달에 두 번씩 트럭이 와서 벙커 앞에 내려놓았다. 트럭이 오는 날은 벙커 안이 갑자기 천국으로 변하는 것 같았다. 그동안의 굶주림도 잊은 채 행복해지는 것이다. 물론 주로 고참들의 몫이긴 해도 우리도 덩달아 즐거워졌다.

행복한 일주일은 사라지고 배고픔이 기다리고 있는 나머지 날들이 문제였다. 마지막 남은 주에는 먹을거리가 없어서 굶기가 일쑤다. 특히 정작 요리 담당인 내가 먹을 것이 없었다. 고참을 굶게 할 수는 없는 일이기 때문이다.

"조 해병은 밥 안 먹냐?"

"있다가 먹겠습니다."

내가 음식을 하면 맛이 있다고 해서 음식은 나의 전담이 되었다. 마을에 다녀오는 일, 안주를 만드는 일들이 내가 하는 일이다. 그러다가 소주 한 잔 얻어 마실 때도 있었다.

"한 잔 마셔."

"괜찮습니다!"

"야, 임마, 마셔! 명령이다! 하하."

그렇다고 군 생활 내내 굶기만 한 것은 아니었다. 마을에서 돼지 먹이나 가축들에게 줄 짬밥을 가지러 올라왔다. 그럴 때마다 생선이나 더러는 부식을 가져다주는 경우가 있었다. 가끔 마을 사람들이 조기를 가져다주기도 했다. 소위 물물교환이었다.

식량 보급이 된 다음날은 대원들 모두의 눈이 반짝였다. 월급을 외상값으로 다 갚아버린 가난한 월급쟁이 마누라처럼 또 긴축이 재정이 시작되고 있었지만 그건 다음 일이다. 그날만큼은 굶주림의 보상이라도 하려는지 맘껏 마시곤 했다.

나는 라면 다섯 개와 꽁치 두 통을 넣고, 고추장과 고추, 양파, 김치 등 있는 것은 몽땅 넣어 끓였다. 마침 꽃게를 잡은 것은 그대로 삶았다. 내가 담당한 회식 준비는 끝났다. 휘발유와 바꾸어 온 소주는 감춰놓은 봉지 속에서 우리를 기다리고 있었다.

소주가 몇 순배 돌아갔다. 허기진 병사의 창자 속을 소주

가 위로했다. 술기운이 얼큰하게 환각의 세계로 우리를 안내
했다.

쫄병은 고참을 즐겁게 해야 한다.

우선 노래부터 시작했다. 나는 또 찜빠를 당할 각오를 했다.
노래를 잘 못 부른다고 물론 나의 레퍼토리, 노래 실력은 이미
알려져 있었다. 그렇다면 무엇이 문제인가? 오늘은 노래를 너
무 잘했다고 찜빠다.

"이 새끼, 언제 토껴서 노래 연습했었나?"

찜빠는 상관이 부하에게 질책이거나 좀 더 노력하라는 말
이다. 그런데 왜 그 말이 찜빠인지, 찜빠여야 하는지는 나도
모른다.

노래를 잘 해도, 잘 못해도 찜빠, 잘못 놀았다고, 술이 적
다고 술이 너무 많다고, 요즘 애인이 편지를 잘 안 보낸다고
찜빠, 기합을 받은 날이 쉬는 날이다. 일사 부조리 원칙은 아
니지만 고참도 피곤할 테니까, 하루에 두 번 빳다를 들지 않
는다.

내가 바다를 처음 본 것은 초등학교 2학년 때였다. 처음 바
다를 보았을 때 놀라움은 지금도 선명했다. 거대한 물결이 나
를 향해 해일처럼 덮쳐오는 것 같아 달아났던 일, 그만 숨이
막혀서 그 자리에 털썩 주저앉아서 입만 벌리고 있던 일.

경북 영천을 지나 한 시간 달리면 우리를 반기는 곳, 동해 바다 영일만이 나타났다. 해송이 하얀 모래사장을 감싸고 있어 눈이 시원스러웠던 곳. 끝없이 펼쳐진 깨끗한 백사장과 따사로운 여름햇살 눈부신 바다는 파란 잉크를 풀어놓은 것 같았다.

동쪽 해변 끄트머리에 서면 형산강이 바다와 합쳐진다. 민물과 짠물이 만나는 곳인 포구는 포근했다. 낯설지 않고 편안함을 주는 작고 아담한 포구였다.

마을 입구 숲속 길에 들어서면 기분이 좋아졌다. 상쾌한 바닷바람과 향기로운 소나무 냄새가 폐부 깊숙이 스며들었다. 파란하늘과 머리를 맞대고 있는 아득한 지평선, 하얀 물거품을 머금고 있는 해변.

소나무가 많다고 해서 송정리다. 바다가 보이는 소나무 숲속에 10여 채의 집이 있다. 그중 하나가 우리 집이었다. 하교 길엔 버스에서 내려 모래들판을 따라 걸었다. 소나무가 빽빽이 들어찬 바닷가를 따라 길은 끝없이 이어질 것 같았다. 바닷바람이 부는 모래 위에서도 이렇게 소나무가 잘 자란다는 것이 신기했다.

마을 친구들과 바닷가 모래 위에서 놀며 유년기를 보냈다. 멀리 바다 위에는 군함이 항상 떠 있었다. 이따금씩 해병대 아저씨들이 모래사장에 와서 훈련을 했다. 그리고 해가 질 무렵

이 되면 고무보트를 저어서 수평선 너머로 사라지곤 했다. 어디로 가는 걸까? 나는 궁금했다. 그들도 지금의 나처럼 힘들었을까. 지금 내 모습이 그 속에 보일지도 모른다.

　과거의 추억, 그때가 얼마나 아름다운 시절이던가. 그립다는 것은 귀중한 것을 놓칠수록 더욱 그리워지는 모양이다. 주체할 수 없는 젊음을 좌절에 쏟아 붓고 있던 시절이었다. 이제야 자신이 얼마나 유치하고 오만했던가를 알 것 같았다. 상아탑이라는 학교가 주는 평화, 그곳만이 줄 수 있는 자유가 좋았다. 그 자유를 누릴 수 있는 곳, 그곳이 내가 원하는 자리인 것을.

완벽안 신의 선물

　　　　　좋은 날이 계속되었다. 그런데 클레오파트
라의 일 때문에 나를 서운하게 했던 소눈깔이 기어이 일을 저
질렀다. 뒤숭숭한 분위기다.

　소눈깔이 해안 잠복근무를 나갔다가 새벽에 온 적이 있었
다. 그건 이상할 것이 없었다. 다음날 아침, 해가 뜨면 해안에
서 산위 벙커로 올라오게 되어 있다. 아침이 되어도 소눈깔이
보이지 않았다. 해안가에서 야간 근무를 했거나 아니면 그 아
줌마 집에서 근무를 섰거나 둘 중 하나일 것이다.

　내가 그 아줌마에 대해서 아는 건 별로 없다. 내가 일병으로
진급했을 때 한 번 본적이 있었다. 마을에서 조금 떨어진 바닷
가에서 구멍가게를 운영하고 있었다.

　나는 주계에서 벙커 쪽으로 올라갔다. 소눈깔이 축 늘어진
채로 나무에 매달려 있었다. 몽둥이로 맞고 있었다. '압' 하는
신음소리와 함께 철퍼덕하고 몽둥이로 맞는 소리가 들렸다.

태양처럼 뜨겁게

모두 숨을 죽이고 아무 말이 없다.

"고참 걸 건드리면 어떻게 되는지 알지!"

몽둥이를 하늘 높이 들어서 배 위로 내려친다. 소위 '배 빳다' 이다. 그 커다란 두 눈이 감겨있었다. 때때로 꿈틀거리면서 알 수 없는 소리만 냈다. 간혹 한쪽 눈만 희미하게 떠 보일 뿐. 난 소눈깔이 그대로 죽는 줄 알았다.

나중에 소눈깔이 씩 웃으면서 말했다.

"야, 마리죠! 여자 조심해라. 난 억울하다. 하자고 해서 한 것뿐인데…… 글쎄 싫다는 걸 내가 강제로 덮쳤다고 한 모양이야."

생각해 보니까, 신 병장이나 소눈깔 이외에 나한테도 수작을 걸었다는 생각이 들었다. 지난번 가게에 들러서 라면을 사먹었다. 라면을 먹고 있는 나에게 신 병장의 여잔지, 그 아줌마가 몸이 찌뿌듯하다고 하면서 이불을 깔고 누워있었다. 라면 국물을 후루룩 먹고 있는 나를 자꾸만 쳐다보았다.

"아, 답답해."

허벅지까지 옷자락이 올라가 있었다. 누워서 몸을 뒤척였다. 다리 하나가 이불 밖으로 살짝 들어났다. 난 다리가 예쁘다고 생각했다. 그때 술을 먹었다면? 그것도 밤이었다면 그 아줌마도 적극적일 수 있었고 나도 소눈깔처럼 되었을지도 모른다.

"술 먹고 있는 사내놈 옆에서 살살 눈웃음치면서 접근하는
데 정신이 몽롱해지더라고."

"재수 없는 거지요."

맞장구를 쳤다.

"고놈이 신 병장이 그랬으면 그것으로 만족하지, 왜 나까지
끌어들이냐."

"얻어터져도 고놈을 한 번 올라타 봤으면 좋겠어요."

농담처럼 말했다.

"그런데 어떻게 알았대요."

"모르지. 신 병장이 족치니까 불었나 봐."

"그 아줌마 소문이 무성하던데……"

"야, 말도 마라. 여자라면 신물이 난다. 얻어터지는 게 어떤
건지, 알면서도 그런 말 하냐?"

대원들이 주계 앞의 식탁에 둘러앉아 저녁식사를 하고 있었
다. 고참들은 아까부터 식사를 하며 부식이 나쁘다느니, 요즘
기합이 빠졌다느니 하며 불편한 심기를 드러냈다. 보리쌀이
너무 많다고도.

"야, 요즘 반찬이 왜 이모양이냐?"

밥을 먹고 있던 주 상병이 한 마디 하자, 신 병장이 그를 쳐
다보았다.

"식사시간에는 밥이나 먹어."

순간, 주 상병이 움찔하면서 날 째려보는 게 느껴졌다.

가만히 있어도 화가 치밀어 올라 아무하고나 한 번 주먹다짐을 하고 싶을 정도로 불쾌지수가 높은 날이 계속되고 있었다. 불안한 공기가 안개처럼 퍼졌다. 이런 날은 괜히 바쁜 척하면서 밥을 빨리하고, 빨랫감을 들고 산 아래로 내려가는 게 상책이다.

문제는 전체적인 분위기가 풀어져 있거나, 좋지 않은 일이 있거나, 대원들이 화가 나 있거나 해서 예민해져 있을 때이다. 이때는 어김없이 기합을 받을 때가 다가오고 있음을 감지할 수 있다. 폭풍 전야처럼 고요해도 그 느낌이 온다. 기합이 필요한 때가 왔다는 느낌이 들었다.

그즈음 나는 날마다 야간근무를 서고 있었다. 자진해서, 순번도 아닌데 야간근무를 섰다. 그러면서 정신이 맑아지기를 기대했다. 벙커에 들어가 봐야 좋을 게 하나도 없기 때문이다.

바로 그날 저녁, 밤 열시쯤 됐을까. 누군가가 나를 흔들어 깨웠다. 막사에는 정적이 감돌았다. 실내에는 무거운 침묵과 팽팽한 긴장감으로 곧 터질 것 같았다. 탄약고 앞에 집합이었다. 백초가 곡괭이 자루를 들고 있었고, 대원들이 일렬 횡대로 서 있었다. 나는 그 맨 오른쪽에 가서 섰다. 모두가 굳게 입을 다물고 긴장된 표정을 하고 부동자세다.

"해병병장 신상호 외 5명 집합 끝."

기수발이 백초 다음인 신 병장이 백초에게 경례를 하고는 외쳤다.

"번홋!"

"하나, 두울, 셋, 네엣..."

심장 뛰는 소리가 들릴 정도다. 백초는 눈을 감고 서 있다. 무얼 생각하는 걸까.

"보고자 열외"

모두 엄숙하고 비장한 표정으로 딱딱하게 굳어 있었다.

"너희들을 최강의 전사로 만들어서 모두 살아서 돌아가게끔 하는 것이 나의 의무다. 그것은 하늘로부터 위임 받은 고참의 권리라기보다는 의무다."

"박아!"

말이 떨어지기가 무섭게 모두들 후다닥 땅에 엎드려서 머리를 박고는 양손을 등 뒤로 돌려서 깍지를 꼈다. 사방은 고요했고 축축하게 습기 먹은 공기가 떠 다녔다.

"나왔!"

원산폭격을 하고 있다가 한 명씩 나가서 두 팔을 앞으로 내고 엉덩이를 내밀었다. 고참 기수 순으로 한 명씩 불러내어 스무대씩 맞았다. 앞에서 몽둥이로 맞는걸 보면 가만히 서 있기만 해도 온 몸에 소름이 돋고 저절로 떨린다. 빳다로 한번 때리기 시작하면, 매질은 좀처럼 멈추지 않을 것 같았다. 공포는 맞기 전에 최고조에 달한다. 앞선 사람의 맞는 소리를 들으면서, 그리고 눈으로 보면서⋯⋯.

한참 동안 매타작을 한 후 백초는 "아랫 기수들 잘 다스렸!" 하고는, 몽둥이를 신 병장에게 던져주고는 벙커 안으로 사라졌다. 그 뒤를 이어 신 병장이 오 파운드라 불리는 곡괭이 자루를 들고 고참 기수 순으로 돌아가면서 때렸다. 훈련을 받을 때나 어떤 일이 발생하면 고참이라고 빠지는 경우가 없다. 오히려 쫄병은 참지 못하고 요령을 피워도 고참은 말없이 버틴다. 고참은 자유와 군림이 있지만 그 이상 책임과 의무를 강요받는다.

그러나 바로 그때, 그 얻어터지는 순간, 빳다의 탄력과 함께 나의 두려움은 우주 멀리로 날아가 버렸다. 고참은 다치지 않게 때린다는 것을 알기 때문이다. 그건 일종의 신뢰이다.

세계의 소란스러움을 등지고 달빛 아래에서 빳다를 맞는 나의 모습은 처절하게 보일 수도 있었다. 그러나 빳다를 맞는 나의 머릿속에서 슬픔이나 아픔이 아닌 어떤 알 수 없는 힘, 어떤 정신이 나를 지배하고 있었다. 살아남아야 한다는⋯⋯.

앞에 맞는 사람의 비명소리가 들리면, 맞기도 전에 내 입에서도 비명소리가 난다. 기다릴 때의 심리적 부담감이 엄청나다. 처음 맞을 때에 아프지 세 대 정도 맞으면 그때부터 감각이 없다.

난 순간적으로 눈을 감았다. 무언가 '퍽' 하고 내 몸을 쳤다. 모든 것이 뿌옇게 보였다. 사정없이 오 파운드가 날아왔다. 빳다가 내려올 때 까지 숨을 멈추고 있었다. 오로지 버텨야한다는 생각뿐이다.

물론 군대에서의 기합은 필수다. 그러나 태어나서 처음으로 그렇게 무시무시하게 사람을 패는 것은 처음 봤다. 그리고 그렇게 엄청 두들겨 맞고도 사람이 멀쩡하게 살아 있는 것을 보고 놀라움에 입을 다물 수가 없었다.

얼마를 맞았는지 기억이 없었다. 한명이 스무 대씩 때렸으니깐 모두 120대를 맞은 셈이다. 나는 신기했다. 꼭 죽지 않을 정도로 때리고 기합을 줄 수 있다는 것이.

다치지 않을 정도로 때리는 것도 예술이지만 맞는 것도 예술이다. 겁에 질려 몸을 비틀거나 허리에 힘을 주지 않으면 치명상을 입을 수 있다.

빳다를 맞고 난 후의 느낌은 '고요함' 그 자체였다. 홀가분한 기분이외에 아무런 생각도 들지 않았다. 잠자리에 들면서 오늘도 하루가 무사히 끝났다는 안도감이 들었다.

아! 우리의 몸은 완벽하게 잘 만들어졌구나!

자고 일어나니 온몸이 시큰하고 일어나는 것조차 힘들었다. 다리를 절뚝거리거나 허리통증을 호소하는 대원들은 한 명도 없다. 며칠간 앉지도 못하고 엎드려 잤다. 나는 어기적어기적 걸어 다니다가도, 고참을 만나면 뛰어다녔다. '이런 기합 빠진 놈이 있냐. 아직 빳다를 옳게 맞지를 않았구먼.' 하면서 또 때릴까 봐.

다음날부터, 눈동자가 팍팍 돌아가면서 모두들 생기가 돌았다. 화끈하게 맞고 나면 어려운 일을 견뎌냈다는 자신감과 자부심이 생겼다.

얻어터진 자리는 까맣게 그리고 붉고 푸른빛이 났다. 누울 수가 없어서 바로 눕지 않고 엎드려서 잠을 잤다.

엉덩이가 아리다 못해 화끈거린다. 하지만 상태가 어떤지 확인할 시간이 없다. 소눈깔이 나를 불렀다. "야, 마리죠! 괜찮아?" 연고를 툭 던져주었다.

이상하게도 기합을 받고 나면 편안했다. 오늘은 지나갔구나 하는 안도감과 함께. 오히려 며칠 동안 기합이 없으면 불안했다. 침묵과 고요가 더욱 공포감을 자아내는 법이다.

모처럼 푸근하게, 기분 좋게 푹 잤다. 앞으로 며칠 동안은 긴장 없이 잘 지낼 수 있을 것이다. 반복을 견디는 것이 바로 삶이다. 섬에서 생활하는 대부분의 대원들은 단순, 또는 복잡한 일을 반복했다. 그러나 하루는 늘 새롭다. 수억 번의 태양이 떠올라도 똑같은 하루는 없다. 새로운 하루가 시작되고 또 새로운 하루가 열리고 닫혔다. 다만, 날마다 간절히 바라는 것은 배불리 먹고 잠을 자는 것이다. 영원히 반복되어도 좋은 잠.

엉덩이에 종기가 나거나 배가 아프면 역시 몽둥이가 특효약이다. 몽둥이로 때려주면, 종기는 터져 버리고 배가 아픈 것을 다 잊게 되니까. 아픈 것은 모두 매질 앞에서 말짱하게 된다. 역시 정신이 중요하다는 걸 느꼈다. 기합을 받으면서 체득한 바에 의하면, 고통의 순간이야말로 혁신의 기회이고 내게 주어진 기회의 순간이라는 것이다.

군기라는 측면에서 빳다 만큼 효과적인 것은 없다. 적절하게 사용하면 나태하고 해이해진 정신을 하나로 통일시킬 수가 있다. 기합을 받고 나면 다음날은 화기애애한 분위기 속에서 벙커에서 대원 모두가 모여 깔끔하게 단합대회를 가졌다. 간밤에 우리는 폭탄주를 마시고 문 상병의 첫 여자 이야기를 들었다.

그해 겨울, 그날 난, 실컷 얻어터졌다. 억수로 빳다를 맞은 날, 그날은 내 생일이었고, 내 스무 살이 이곳 서부전선 바다에서 시작되고 있었다.

눈물을 찔끔 삼키면서 중얼거렸다.

그래 쓰발! 얻어터지고 부딪치며 살자!

우주비행사 겨울 눈 속을 가다

어둠이 가시지 않은 새벽, 나는 벙커 안에 서 있었다. 어제부터 많은 눈이 내렸다. 바람도 거세게 불었다. 소나무가 흔들리고 참나무도 떨고 있었다. 나무들도 고생스럽게 견디고 있었다,

벙커는 외부로부터 철저히 고립되었다. 라면, 건빵 같은 비상식량도 바닥이 났다. 전기불도, 물도 없고, 춥고 배가 고팠다.

밖으로 통하는 문을 닫고, 벙커 안 유리창을 통해 바다를 내려다보았다. 폭풍주의보가 내린 바다를 바라봐도 아무런 감정의 동요가 일어나지 않았다. 이 기나긴 겨울을 어떻게 버틸까 하는 생각뿐이었다.

이런 겨울엔 눈과 바람으로 높은 파도, 안개, 폭풍으로 육지와의 교통이 자동으로 두절된다. 여객선은 보름 이상 전면 통제되고 있다. 폭설로 섬에 있는 도로가 통제되고 차량 운행이

중단되었다. 산간 도로는 치우지 못한 눈이 모두 추위로 얼어
붙어서 빙판 길이 되었고 식량을 배급하는 차량도 오지 못했
다. 바닷바람까지 불어서 체감온도는 급격히 떨어졌다.

두꺼운 솜이 들어 있는 방한복을 입었다. 무릎 위 허벅지까
지 올라오는 방한화를 신고 벙어리장갑을 꼈다. 방한모를 눌
러 쓰고 눈만 내놓았다. 너무 많은 것을 껴입어 뚱뚱해졌다.
몸을 움직이는 것도 만만치 않았다.

손전등을 들고 벙커 문을 나섰다. 산길은 눈이 쌓여 있다.
골짜기를 잘못 디디면 허벅지까지 빠진다. 발을 빼내어 걸음
을 옮길 때마다 몸을 주체하기 어렵다. 무릎까지 푹푹 빠지는
눈 속을 헤집고 걸었다. 쌓인 눈 속을 아폴로 우주 비행사처
럼 슬로우 모션으로 우아하게 하얀 눈 위를 천천히 한발 한발
내디뎠다.

어디선가 미경이의 웃음소리가 들리는 듯하다.

'너 아폴로 우주 비행사 같다.'

'그래?'

'지금 어디 가니?'

'나? 밥하러 간다.'

주계로 걸어갔다. 보리쌀과 쌀을 섞어서 씻어 솥에 안치고
아궁이에 불을 붙이려고 둘러보니 땔나무가 하나도 보이지
않았다.

'이거 어떻게 밥을 하지?'

순간 나는 막막했다. 주계 앞 야산에 흩어진 나뭇가지라도 주우려고 밖으로 나갔으나 보이는 건 흰 눈 뿐이었다. 두 손으로 산비탈에 쌓인 하얀 눈을 헤치고 나뭇가지들을 찾아보았으나 이건 보물찾기보다 어려웠다.

그래서 야산에 있는 소나무 가지를 꺾어 땔감으로 사용하기로 했다. 눈을 뒤집어쓰고 있는 소나무 가지를 두 손으로 흔들어서 눈을 털어냈다. 흰 눈이 머리 위로, 얼굴 위로 흩날렸다. 소나무 가지를 한 손으로 잡고 당겨서 한 손으로 나뭇가지를 꺾었다. 추위에 얼은 나뭇가지가 뚝뚝 소리를 내면서 잘 부러졌다.

주계 안에 나무를 부려놓고 나뭇가지를 아궁이에 가득 채웠다. 아궁이 앞에 앉아서 성냥불을 그었다. 작은 나뭇가지에 붙였으나 생나무라서 불이 잘 붙지 않았다. 이제 성냥 알도 얼마 남지 않았다.

'이거 어떡하지?'

나는 어떻게 해야 할지 몰라 주계 문 앞에서 망설였다. 그때 전차 연료로 쓰는 휘발유가 생각났다

'참! 전차 휘발유!'

바다 옆 산 속에 숨겨진 전차 옆에 연료저장소가 있었고, 철조망으로 쳐놓고 그 안에 전차에 사용할 휘발유 드럼통이 서

너 개 놓여 있었다.

나는 그 길로 빈 깡통을 손에 들고 눈길을 걸어서 전차가 있는 곳으로 향했다. 누가 나를 보고 있는 것 같아 깡통을 들고 전차 옆에서 황급히 주변을 둘러보았다. 다행히 아무도 보는 사람은 없었다. 드럼통이 놓여 있는 철조망 안으로 깡통을 던져놓고 허리를 굽혀 철조망 안으로 들어갔다.

가슴까지 올라오는 드럼통에서 휘발유를 따르려면 혼자서는 어렵다. 드럼통의 윗부분을 두 손으로 밀어서 쓰러드린 다음, 드럼통 뚜껑을 열고, 드럼통을 조금씩 굴리면서 깡통을 드럼통 주입구에 대고 휘발유를 채우고 난 뒤, 뚜껑을 원래대로 채우고 원 위치에 세워놓으면 되겠지만 그것도 혼자서는 쉬운 일이 아니었다.

궁하면 통한다고 살펴보니 드럼통 옆에 고무호스가 보였다. 고무호스의 한쪽을 드럼통 안에 집어넣고 다른 한쪽 끝을 입안에 물고 빨아 당겼다. 그러나 잘 빨리지가 않았다. 다시 한번 숨을 내뱉고는 두 손으로 고무호스를 입 안에 물고 힘차게 빨아 당겼다.

종이컵에 담긴 콜라가 빨대를 따라서 입 안으로 빨려들듯이 휘발유가 고무호스를 따라 입 안으로 '쫙' 빨려 들어왔다.

"앗, 차가워!"

순간 콜라가 목으로 넘어가는 것처럼, 나도 모르게 입안에

태양처럼 드립기

들어온 휘발유가 목으로 넘어갔다. 입에 물고 있던 고무호스를 얼른 꺼내어 갖고 온 빈 깡통에 갖다 댔다. 드럼통에 들어 있는 휘발유가 고무호스를 통해 깡통으로 채워지는 동안, 어깨를 움츠리고 입 안에 고인 침을 몇 번이나 뱉어 냈다.

벽난로에 불을 지피듯이, 아궁이 앞으로 다가가서 아궁이 속 소나무 가지 아래에 잔가지를 채우고 휘발유를 소나무 가지 위에 부었다. 그리고 휘발유가 조금 남아 있는 깡통을 주계문 밖에 내다 놓았다.

다시 아궁이 앞에 앉아 성냥불을 켰다. 아궁이를 들여다보면서 휘발유가 뿌려진 나뭇가지로 성냥불을 조심스럽게 가져갔다.

'펑!'

순간 펑 하고 수류탄 터지는 소리와 함께 불길이 치솟았다. 어둠 속에서 깜짝 놀랄 사이도 없이 갑자기 눈앞이 환해졌다. 털 그슬린 누린 냄새가 코를 찔렀다.

'수류탄이구나!'

얼굴로 뜨거운 불길이 확하고 달려들었다. 순간 나도 모르게 뒤로 벌러덩 넘어졌다. 불길이 나를 쫓아왔다. 왼손으로 얼굴을 가리고 오른손으로 주계 바닥을 짚으면서 잽싸게 오른쪽으로 몸을 뒤틀었다. 뒤로 나가떨어지면서 피했는데도 불길이 쫓아 나와서 콧구멍과 얼굴 전체를 새까맣게 만들어 놓았다.

'휴, 살았구나!'

그날, 나는 운이 아주 좋았다. 휘발유가 남아 있는 깡통을 주계 안에 두었더라면 어떻게 되었을까.

주계를 태워 먹지도 않았고, 나도 멀쩡했다. 단지, 왼쪽 눈썹이 삼분의 일 가량 타버렸고, 앞 머리카락이 파마머리처럼 곱슬곱슬하게 되어 있었다. 그리고 새까만 왼쪽 손등이 조금 쓰라렸고, 콧구멍이 다른 날보다 조금 더 새까매졌다. 얼굴은 화끈거렸으나 손으로 살살 만져 보았을 때 별 이상 없는 것 같았다.

그때 누군가 주계 안으로 들어왔다. 방한모를 뒤집어 쓴 문 상병이다.

"야, 수고가 많다. 내가 뭐 할 것 없나?"

"아니, 됐슴다."

운이 좋게도 평소처럼 내 얼굴을 살펴보는 사람은 없었고, 왜 그렇게 새카만지 묻는 사람도 없었다. 혹은 알면서도 일부러 모른 척하는지도 모르겠다. 아침을 먹으려던 백초가 내 손등을 바라보면서 말했다.

"야, 아무리 쫄병이지만 손 좀 씻고 다녀라."

난 손을 뒤로 감추면서 대답했다.

"얘, 알았심다."

그날 오후, 경계 근무자를 제외하고 나머지 대원들이 모두 눈 속을 헤치고 해안으로 내려갔다. 파도를 타고 해안으로 떠밀려온 뗏목을 주웠다. 나무들을 해안에서 벙커가 있는 산 위로 끌고 올라왔다. 당분간은 땔감 걱정이 없을 것이다. 흐뭇했다.

소눈깔이 옆으로 와서 어깨를 툭 치며 웃었다.

"야, 괜찮아? 주계 태워 먹고, 우리 굶길 뻔했잖아."

외부와의 유일한 통로이던 딸딸이 전화기도 어젯밤부터 불통이다. 이런 날은 순찰도 없다. 하루하루를 견디며 살아남는 것이 급선무다. 다음날 눈이 그치자 삽과 곡괭이로 제설 작업을 했다. 아침부터 도로에 쌓인 눈을 치우고 길을 열기 시작했다.

어디선가 미경이가 웃고 있는 것 같았다.

'너 장가도 못가보고 타 죽을 뻔 했잖아.' 하고

롬멜이 말했다. 위대한 군인은 적이 미리 대기하고 있는 전장에는 직접적으로 부대를 투입하지 않는다. 그 대신 적들이 예상치 못한 약하고 빈 틈이 있는 곳을 공격한다.

야간 작전

　　　　　내일 모레 토요일은 군장검열을 하는 날이다. 만약 있어야 할 보급품이 없거나 관리가 소홀하다고 지적받으면 그때는 반 죽는다.

점심을 먹은 후 주계에서 식기를 닦으면서 숫자를 확인해 보았다. 프라이팬이 두 개가 모자란다. 순간 주 상병의 목소리가 들리는 듯하다.

'뭐? 밥그릇이 두 개씩이나 모자라! 이 새끼들, 그건 국민의 세금이고, 국가 재산이다 잃어먹으면 어떡해? 물어내!'

나는 주계장인 강감찬 일병에게 보고했다.

"강 해병님, 프라이팬 두 개가 모자라는데요."

"뭐?"

주계장인 강 일병과 주계병인 나는 머리가 아프다.

"어떻게 하든 숫자를 맞추어 놓아야 한다."

"없는 걸 어디서 채워 놓지?"

둘은 어느 OP를 털어야 할까 머리를 굴렸다.

"오늘 밤 야간 작전 나간다."

강 일병과 굳이 의논을 하지 않았는데도 우리는 알고 있었다. 바로 옆의 OP는 피하는 쪽으로 합의를 보았다. 그건 상식이다. 서로 채워놓고 또 도둑맞고 하는 시소게임을 그들과 한두 번 벌인 것이 아니다. 그러므로 그들 물건 중에 무언가 없어졌다면 단박에 우리에게로 시선이 올 것이 틀림없다.

모자라면 다른 곳에서 훔쳐서라도 모자라지 않게 채워놓아야 하는 것이 우리의 임무다. 저녁 늦은 시간 강 일병을 따라 손전등을 들고 2킬로미터 가량 떨어진 202 OP로 갔다. 야간 근무자에게 들키지 않으려고 앞뒤를 살피면서 007작전을 방불케 하는 전략을 세운 후 실행에 옮기고 있는 중이었다.

"눈에 띄지 않게 은밀히 목표 지점으로 침투해 작전을 성공시켜야 한다."

일단 202 OP 주계근처에서부터 몸조심을 했다.

"쉿! 엎드렷."

일단 풀숲에 낮은 포복자세로 엎드렸다.

"혹시 누가 오줌을 누러 나오지는 않는지, 라면 끓여 먹으려고 주계로 들어오는 사람은 없는지 잘 살펴봐."

"야간 작전이라고 생각하니 왠지 우리가 좋은 일 하는 것 같네요."

"그럼, 넌 이게 '긴빠이'라고 생각했냐?"

"긴빠이라뇨! 그건 남의 물건 훔치는 거잖아요. 우린 야간 기습이죠!"

"쉿, 들키지 않게 조심."

강 일병이 입술에 손가락을 갖다 댔다. 둘은 숨바꼭질하듯 엎드려서 동태를 살폈다.

"설마 누가 우리를?"

사방은 쥐 죽은 듯이 고요하다. 귀뚜라미 소리가 들리고 파도소리도 들렸다. 안전함을 확인한 후, 강 일병은 소리를 죽이고 그림자처럼 주계로 잠입했다.

"밖에는 아무 이상 없어요."

밤이 깊었기 때문에 아무것도 보이지 않는다. 부뚜막에 포개어 엎어놓은 프라이팬 중에서 두 개를 집어 들고 나오려던 강 일병의 목소리가 들린다.

"야, 여기 봐!"

"왜요?"

"야, 목소리 낮춰!"

강 일병이 들고 있던 손전등 불빛에 두부와 김치가 눈에 확 들어왔다. 강 일병은 눈 깜짝할 사이에 두부와 김치를 프라이팬에 담아서 주계를 빠져나왔다. 이제부터는 시간을 낭비할 여유가 없다. 급하게 헐떡이며 뛰어야만 하는 것이다. 바다가 내려다보이는 오솔길에 다다르자 그제야 숨을 돌리고 섰다. 그리고 요의를 느꼈다. 우리는 밤하늘에 별들을 쳐다보며, 파도가 밀려오는 해안을 향해 시원하게 오줌을 갈겨댔다.

"형님, 오늘 작전은 대 성공이구만유."

"가장 확실한 기습은 적이 없는 곳에 하는 것이다."

농담을 하면서 강 일병과 나는 마냥 즐거웠다. 우리는 들판을 지나다가 평평한 곳에 앉았다. 그리고 두부를 김치에 싸서 먹어 치웠다. 몰래 먹는 음식은 기가 막히게 맛이 있는 법이다.

내일 아침에 일어나서 프라이팬을 도둑맞은 사실을 알면, 곧바로 물밑 작업이 진행되겠지. 202 OP 대원들은 혈안이 되어 있을 것이고, 프라이팬 탈환 특공대가 파견될 가능성이 높다. 내일은 저녁을 빨리 해먹고 프라이팬을 다른 곳으로 은닉시켜 두어야 안전하다. 주계에서 오륙 미터 떨어진 숲속, 그곳에는 식기뿐 아니라 남는 물건을 숨겨두는 곳이 있었다.

군장 검열 시, 지급해 준 장비가 모자라도 안 되지만 남아도 안 된다. 숫자가 딱 맞아야 한다. 아니, 맞추어 놓아야만 한다. 모자라거나 남으면 납득할 수 있는 합당한 사유가 있어야 한다. 숲속, 그곳에는 탄띠, 담요, 판초, 이불을 비롯해서 숟가락, 냄비, 솥 등 남아도는 물품들이 숨겨져 있었다.

여기 있는 녀석들은 프라이팬을 잃어버렸다고 소문을 낸다거나 소대장에게 보고하지 못 할 것이다. 도둑맞았다는 것이 알려지면 어디에서도 보충을 하고 싶어도 할 수가 없다. 얼마나 군기가 빠졌으면 밥그릇을 도둑맞느냐는 호통과 함께 졸나게 기합을 받게 된다.

"내일 밤이 고비다. 누군가가 프라이팬을 가져가기 위해 우리 주계를 공격 목표로 침투할 가능성이 매우 높다. 내일은 우리가 야간근무를 잘 서야 한다."

"밥그릇 잘 챙겨!"

벙커로 돌아오니 문 상병이 빙글빙글 웃으며 손가락으로 V자를 그려보였다.

"어이, 마리죠. 여기에서 제일 즐거운 일이 뭐라 생각하냐?"

"거야 뭐, 밥 먹는 거……."

"에라이! 이 밥통아! 편지다. 낮에 온건 데, 내가 잘 모셔놓았다."

"고마워유."

"참. 아까 전화 왔었는데."

"어디서요?"

"보안대라는데."

난, 깜짝 놀랐다. 벌써 우리가 야간작전을 다녀온 것을 알았단 말인가? 그럴 리가 없는데.

"야! 너 편지에 무슨 말 썼냐?"

"바다 이야기만 썼는데요?"

"이곳에 바다가 있다는 것도…… 우리가 이곳에 있다는 것
자체가 군사기밀이다."

"서해바다란 말은 안 했는데…….."

"조기 이야기를 했으면 서해바다지."

"세상에서 가장 맛있는 굴을 먹어볼 수 있는 곳이라고 했
는데요."

"넌, 거 봐라. 기밀을 누설했잖아. 넌 영창감이다!"

문 상병은 낄낄거렸다.

난 잠시 편지를 떠올렸다. 누구에게 썼는지 기억이 나지 않
았다. 다만, 자신의 감정에 취해서 느낀 대로 표현했을지도 모
른다. 바다는 때로는 지겨우면서도 위안이 되게 하는 마력을
가지고 있다고.

"해병대는 국가 비밀 병기로서…… 우리 존재가 노출되어
서는 안 되는…… 우리가 서해바다에 있다는 자체가 군사기
밀이다."

그날 나는 바다 이야기 때문에 불려가지 않았다. 후에 들은
이야기지만 장미라는 여자에게서 많은 양의 편지가 온다고 해
서, '그놈 결혼한 여자가 생긴 모양이지' 하고 편지가 거론되
었던 모양이다.

그 후, 강 일병은 삼 개월쯤 근무하다가 보안대로 차출되어서 마을로 내려갔다.

장미꽃 미애

　　　　　　　용산 역에 내렸다. 두 번째 휴가의 끝이다. 난 서러웠다. 미경이 생각에 눈물이 났다. 미경이를 찾아갔다가 허탕을 치고 돌아오는 길이다. 이번 휴가는 망쳤다는 생각이 들었다. 미경이를 만났던 그때가 좋은 시간이었다는 생각이 들었다. 미경이 생각으로 슬펐다. 미경의 집을 찾아갔다가 그냥 돌아섰다. 미경일 찾았으나 이미 그 집 식구들은 보이지 않았다. 누구도 미경이 소식은 모른다고 했다.

　　"작년에 이사를 왔는데 그런 아가씨는 모르겠는데요."

　　낯선 여자가 그렇게 말하는 소리를 들었을 뿐이다. 귀대하기 싫다. 또 무슨 일이 나를 기다리고 있을까.

인천행 열차시간이 조금 남아 있었다. 대합실에서 나와 역 근처를 걸었다. 휴가 중, 고향집에서 친구를 만나고 술도 마시고 밥도 배불리 먹었다. 그랬어도 고향 어디에다가 중요한 물건을 잃어버리고 온 것이 있는 것처럼 가슴이 허전하다. 파라솔 밑에 앉아 술을 마시는 아가씨가 나를 불렀다.

"군인아저씨, 술 한 잔 해요."

빨간 매니큐어, 빨간 발톱, 발목엔 발찌, 그녀의 모습이다. 나는 시계를 보며 시간이 없다는 듯이 고개를 저었다.

"딱 한 잔만 해. 안 건드려."

제법 예쁜 얼굴인데 커다란 눈이 슬퍼보였다.

나는 슬며시 그녀 옆으로 갔다. 그리고 소주잔을 받아들었다.

"이쁜 군인 아저씨, 누군가를 사랑해 보셨나요?"

그녀는 담배연기를 후 하고 뿜어내면서 푸른 아이섀도 칠한 눈을 가늘게 떴다. 나는 미경이 이야기를 적당히 꾸며서 이야기했다. 나 없는 사이에 고무신 거꾸로 신었다고.

"외로운 사람끼리 편지나 해요."

그녀는 고향으로 갈 것 같다면서 내 주소를 가르쳐 달라고 했다. 나는 부대 주소를 적어주었다. 그리고 그녀의 주소를 받아 적은 수첩을 가슴에 넣으며 일어섰다.

"답장은 꼭 해드릴게요."

다시 인천 앞 바다에 섰다. '해병도서 파견대' 막사가 보였다. 이 앞에만 서면 귀대하기 싫어진다. 돌아가지 않으면 좋겠다는 생각을 잠시 해 보았다. 술집에 앉아 지나가는 사람들을 보다가 10분 전에 들어갔다. 이겨내리라. I can do!

용산역에서 만났던 그녀가 주간지를 보내왔다. 어설프게 쓴 위문편지와 함께……. 나는 그녀의 편지를 동료들에게 보여주지 않았다. 어설픈 글씨가 별로 좋아 보이지 않아서다. 각종 주간지를 보내주는 그녀는 어느새 나의 연인이 되어 있었다. 나는 동료들의 부러움을 샀을 뿐 아니라 그녀도 덩달아 부대원 모두의 연인이 되어가고 있었다고 해도 과언이 아니다.

"조 해병은 휴가를 갔다 오면 한 건씩 해내고 온단 말이야."

"이야기해 봐라."

"이번엔 어떤 여자냐?"

나는 의기양양해서 시나리오를 작성하곤 했다. 최고의 여자를 만들어 내야 한다. 그런데 과연 어떤 여자가 최고의 여자일까. 굶주린 젊음에게 필요한 여자가……. 잠시 생각해 보았다.

"다녀와서 말씀드리겠습니다."

세 번째 휴가다 휴가가 시작되는 첫날이었다. 고향집으로 내려가기 전에 장미꽃 미애라는 여자를 찾아가는 중이다. 그녀와 만나기로 약속을 했다. 나는 8월 20일 경에 휴가를 갈 것

이라고 말했고, 그녀도 그때를 맞추어 휴가를 받아놓고 기다
린다고 했다. 그러면서 만날 장소와 주소를 알려왔다.

어떤 여자냐 하는 것이 문제가 아니었다. 여자를 만나러 가는
길은 무조건 행복했다. 억압된 세계에서 풀려난 휴가병에게는
더없는 즐거움이었다. 휴가병의 발길은 배를 따라 날고 있는 갈
매기처럼 자유로웠다. 나는 자유를 만끽하러 나온 휴가병.

아침 일찍 연평도에서 여객선을 타고 인천 연안부두에 도착
했다.

"조 해병, 밥이나 먹고 인천에서 좀 놀다가자."

같이 휴가를 나온 옆 OP에 근무하는 신 해병의 말이다.

"아니, 난 급한 일이 있어서 먼저 간다."

함께 휴가를 나온 일행과 함께 점심도 먹지 않고 혼자서 곧
바로 동인천역으로 달려갔다.

영등포역에서 내려 다시 성남 가는 시외버스를 탔다.

나는 그녀가 보내준 편지 속에 들어 있는 사진을 들여다보
았다. 사진 속에서 장미꽃을 배경으로 한 여자가 웃고 있었다.
용산역에서 만났던 여자와 조금 닮은 것 같기도 하고 다른 것
같기도 했다. 그녀가 기다리고 있다는 주소를 손에 들고, 설렘
을 안고 찾아가고 있었다. 성남에 있는 단대리라는 곳이다.

"다음은 단대리입니다."

차장 아가씨의 말에 서둘러 버스에서 내렸다.

그녀가 일러준 대로 동네 이름을 물어 물어서 오르막길로 이어지는 산동네를 향해 걸었다. 잠시 멈추어 서서 따가운 햇볕이 내리쬐는 하늘을 올려다보았다. 8월이 가고 있는데 더위는 물러설 기미가 없었다.

그녀가 편지로 알려준 주소를 들고 미로같이 구불구불한 길을 이리저리 헤매고 있었다. 편지와 함께 보내준 그녀의 사진을 수없이 들여다보면서. 사진 속의 그녀는 성숙해 보였다.

용산에서 만난 그녀, 나는 내 머릿속에서 이상형의 여자로 변신을 시키고 있었다. 그녀가 보내주는 주간지를 동료대원들과 돌려보았다. 신문사마다 나오는 주간지, 각종 월간지는 부대원들의 유일한 즐거움인 동시에 애인일 수도 있었고, 사회로 열려 있는 통로도 되었다.

나는 궁금해 하는 동료들에게 말했다.

"우리 이쁜이는 여기 이 여자와 비슷해."

그중 한 여배우와 비슷하다고 했고, 그러면 모두 부러운 눈치였다.

그녀는 휴가를 나오면 꼭 찾아오라는 말을 편지마다 했다. 기다린다고……. 나는 휴가증을 받아들고 그녀를 생각했다. 솔직히 그녀가 어떻게 생겼는지 기억이 나지 않았다. 어쩌면 못 알아볼 지도 모른다.

팔월 셋째 주 날씨는 연일 30°C를 넘었다. 뜨거운 여름 땀을 씻어내며 걸었다. 잘 다려 입은 군복 오른쪽 가슴에 빨간 명찰이 돋보인다. 땀으로 인해 꼿꼿이 세운 바지 주름도 펴지고 구겨져 버렸다.

길가 유리에 비친 내 모습을 보았다. 햇볕과 바닷바람에 새까만 해병대 용사, 여자들에게 인기는? 글쎄다. 어쨌든 그녀가 나를 기다린다고 하지 않았는가.

나는 기다린다는 말이 주는 따뜻함, 그것이 얼마나 귀한 것이며 나에게 필요한 것인지 알 것 같다. 무엇보다도 기다리는 사람이 있다는 것이 중요했다. 나를 기다린다는 그녀가 있는 곳을 찾는 일은 더위가 극성을 부려도 그렇게 괴롭지 않았다.

미로 같은 구불구불한 길을 헤매면서 손에 든 주소를 다시 한 번 내려다보았다.

'이 근방인데?'

골목길을 기웃거리고 있을 때 열린 대문 틈으로 어떤 여자와 눈이 마주쳤다. 그녀는 수돗가에서 빨래를 하고 있었던 것 같다. 그녀는 한달음에 뛰어나왔다.

"기다리고 있었어요. 여기까지 오라고 해서 미안해요."

"안녕하세요. 처음…… 뵙…….."

"잠깐만 기다리세요."

그녀는 잠깐 기다리라고 말하고 안으로 들어갔다. 나는 대문 밖에서 서성이고 있었다.

용산역에서 본 그녀가 아닌 것 같았다. 어떻게 보면 닮은 것 같기도 했다. 지워진 화장 때문인지도 모른다는 생각을 해 보았다.

용산역에서 본 그녀는 나보다 나이가 많아 보였다. 그녀는 담배연기를 후 하고 뿜어내면서 푸른 아이섀도 칠한 눈을 가늘게 뜨며 말했다. 동생 같다고. 그런대로 예쁜 얼굴이었고, 커다란 눈은 슬퍼 보인다는 생각을 했었다.

안으로 들어갔던 여자는 이내 밖으로 나왔다. 하얀 원피스를 입고, 손에는 작은 가방 하나와 파라솔이 들려 있다.

"오늘 무척 더운 날이죠."

"뭐, 조금."

"무얼 좋아하세요, 냉면? 삼계탕?"

"냉면은 별로……."

그녀는 앞장서서 씩씩하게 걸어갔다. 나는 그녀 뒤를 따라가면서 생각했다. 나를 아는 것을 보니 용산에서 만났던 그녀가 맞는 것 같다고.

그녀는 내 또래 같은데 누님같이 행동했다. 삼계탕 집으로 나를 데리고 들어갔다.

"여기, 삼계탕 한 그릇 만요."

자신은 괜찮다고 말하면서 한 그릇만 시키고 나에게 어서 먹으라고 재촉했다.

"같이 들어요."

"어서 식기 전에 들어요."

점심도 못 먹은 것을 그녀는 알아차린 것이다. 음식점을 나
와서 그녀를 따라 다시 걸었다.

"여기에는 별로 갈 데가 없어요. 남한산성에 한번 가 볼래
요?"

"남한산성……?"

내가 대답을 채 끝내기도 전에 그녀가 먼저 말했다.

"하긴, 이런 더운 날에는 시원한 곳이 제일이죠."

어디론가 갔다. 그녀가 걸음을 멈추고 나를 바라보았다. 나
도 그 자리에 선다. 내리막길이 끝나는 곳에 있는 어떤 여관
앞이었다.

"더운데, 우선 씻어야겠어요."

머뭇거리고 서 있는 나를 보며 어른처럼 말했다. 땀에 전 나
를 바라보았다. 난 아무 말도 못하고 그녀를 바라볼 뿐이다.

"털끝도 안 건드려요. 먼 데서 왔잖아요."

그녀는 나를 쉬게 하고 싶다고 했다. 나는 그녀가 앞서 가
는 대로 따라 들어갔다. 그녀가 시키는 대로 땀에 전 군복을
벗어 옷걸이에 걸었다. 그리고 목욕탕으로 들어가서 샤워기
로 머리부터 감았다. 어머니가 계시는 곳처럼 편안하다. 아니

태양처럼 뜨겁게

271

그것보다는 조금 다른 편안함과 어떤 설렘이 있는 그런 곳에
온 것 같았다.

"잠깐만 기다려요. 금방 돌아올게요."

여관 방, 한쪽에 놓여 있는 의자에 앉아서 미애라는 여자가
돌아오기를 기다리고 있었다. 내가 왜 여기 있지?

나는 미애라는 여자를 만나고 있으면서도 미경이 생각에 눈
물이 났다. 내 몸을 기억하고 있는 여자? 아니다. 내 몸이 미경
이 몸을 기억하고, 그 순간이 감미로웠다고 앙탈을 부리며 놓
아주지 않았다. 후회가 앞섰다. 그렇게 냉정하게 헤어질 건 뭐
였나. 어쩌면 순수를 가장한 나의 허세였는지도 모른다.

십여 분이 흘러서 발자국 소리가 나더니 문이 열렸다.

"많이 기다렸지요?"

그녀가 사온 맥주와 땅콩을 꺼내 놓았다. 맥주를 따라주며
그녀가 말했다.

"미리 말하지 못해서 미안해요."

나는 맥주를 마시면서 미애의 이야기를 듣고 있었다.

용산역에서 본 사람은 자신이 아니고 언니라고 했다. 언니
는 어디론가 떠났고 자신도 소식을 모른다고.

그녀는 잠시 내 얼굴을 바라보았다. 우린 처음 만난 것이다.
그런데 이상하게도 매우 오래 전부터 아는 사이처럼 자연스럽

게 느껴졌다. 그것은 아마 우리가 서로 주고받은 편지 때문일 것이다. 그녀는 아주머니들처럼 파마머리다.

"난 사랑을 해 본적이 없어요. 언니 앞으로 군인아저씨의 편지가 왔을 때 나는 사실을 말하기 싫었어요. 연애편지 한번 못 받아보고 일생을 산다는 것은 불행하잖아요. 비록 아무렇게나 살게 된 삶이지만……."

지금 그녀가 누구든 무슨 상관이란 말인가. 차츰 그녀가 내 안에 스며드는 것처럼 편안해졌다. 이 익숙한 것같이 느껴지는 것은 왜일까. 오래전부터 알던, 그동안 잠시 잊었던 그런 여자 같았다.

"싫음…… 그만두어도…… 괜찮아요. 보건증도 있어요."

"보건증?"

"아니, 그냥. 그쪽은 몰라도 돼……."

한여름의 긴 날도 저물어갔다. 형광등이 머리 위에서 달빛같이 느껴졌다. 나는 어느새 비닐이 들어 있는 버적거리는 요 위에 누워 있었다. 젊음은 모든 복잡한 생각을 단순하게 덮어버렸다. 다음은 내가 움직여야 하는 순서인 것이다.

그녀의 빈약한 가슴을 쓰다듬는다. 지금으로서는 어떤 선택도 가능하지 않은 오직 그녀가 같이 가자는 대로 갈 수밖에 없다는 생각을 했다. 차라리 선택이 필요하지 않은 상황이 더 편한 것이다. 그녀 위로 올라갔다. 나는 어디론가 떠나고 있었다. 그리고 아늑하고 편안했다.

　말없이 담배만 피우는 나를 보고 그녀가 조심스럽게 말했다.

　"어때요?"

　그녀는 나의 몸을 어루만지면서 웃었다.

　"뭐가요?"(군대생활이 어떤지 묻는가. 아니면 다른 얘긴가.)

　"재미…… 없……지요?"

　"……뭐가요?"(도대체 지금 무슨 말을 하는 거지?)

　그녀는 뭔지 모르게 복잡한, 울 것 같은 표정으로 얼굴을 돌
렸다.

　"미안해요."

　그녀가 목소리를 낮춰서인지 정말로 우는 것처럼 들렸다.
순간 나는 말문이 막혔다.

　"뭐가?"(너무 헐렁해서?)

　나는 똑바로 누워 천장을 바라보았다. 자꾸 뭐가 미안하다고
하는가. 난 그녀가 나보다 어리다는 게 눈물이 날려고 했다.

　아, 어쩌지. 늙어 보이는 이 여자는 아직 스무 살도 안 되었
다니…….

　착한 여자다. 그녀가 나에 대해 미안하다고 말한 이유가 무
엇일까. 밥을 먹여주고 더위에 지친 나를 씻겨서 쉬게 하고 있
으면서…….

　그러다 문득 뭐가 어떻고, 재미가 없고, 뭐가 미안하다는 건

지? 하고 생각하는 순간 갑자기 코끝이 찡해 왔다. 나는 그녀
가 누워 있는 쪽으로 몸을 돌리면서 미안해하는 그녀의 어깨
를 끌어안았다.

"지금 무슨 말을 하는 거예요?"

잠시 후 미애가 낮은 목소리로 말했다.

"나는 줄 수 있는 게 하나도 없는데, 미안해요. 그래도 같이
있어줘서 고마워요……."

그녀를 거쳐 간 많은 남자들이 그녀에게 절망을 안겨주고 간
모양이었다. 재미없다고 함으로써 화대를 깎으려 했는지, 아니
면 그녀에게 좀 더 나은 서비스를 받으려 했는지도 모른다. 그
러나 겸손한? 나머지 자신을 비하시키게 만든 남자들, 그들이
그녀에게 열등감을 갖게 한 짐을 대신 내가 지고 싶었다.

"군인 아저씨가 보낸 편지를 첨 보았을 때, 당신도 외로운
것 같다는 생각을 했어요."

"응, 나도 그래. 사람은 누구나 외로울 때가 있어."

"당신을 만나고 보니 제 생각이 맞는거…… 같아요?"

"나도…… 그래."

그녀의 손길을 받고 누워서 생각했다. 이 여자가 지금 정에
굶주려 있구나. 처음 본 나 같은 남자에게까지 정을 쏟으려고
하는 것을 보면 알 것도 같았다. 편지에 쓴 사랑의 말 몇 마디
때문에? 미애에게 그 편지를 쓸 때 나 자신이 외로워서였다.

한 번 본 어떤 여자를 향한 사랑은 아니었다. 그러고 보니 그 편지를 쓰던 때가 생각났다. 그날은 공연히 울적한 마음에 그녀에게 보낸 것이라기보다는 나 자신에게 쓴 편지였던 셈이다. 누구에게도 아닌 나 자신을 향한 감정을 담은 편지였다.

편지를 쓰면서 내가 상상 속에 부풀리고 아름답게 만들어 내고 싶어 한 상상 속의 여자다. 그럼에도 이 여자는 자신에게 보낸 사랑으로 받아들이고 싶어 하는 것이다. 무엇이 이 여자를 이렇게 사랑에 굶주리게 했을까. 내가 그랬듯이 이 여자도 자신을 확인하고 싶어 한 것 같았다.

"편지 고마웠어요."

그녀는 핸드백에서 내가 보낸 편지를 꺼내 보였다.

그 편지를 썼던 때는, 보초를 서다가 졸았다는 이유로 궁둥이가 시꺼면 멍으로 뒤범벅이 되어서 앉아 있기도 힘든 상황이었다. 가장 열악한, 힘든 때일수록 아름다운 추억을 상상해 보는 것 또한 삶을 견디게 하는 힘이었다.

보고 싶은 여인에게

바다라면 촉촉한 물가, 발목을 휘감는 잔물결, 영화에서처럼 연인들이 사랑을 키우는 곳으로 기억 될 겁니다. 그러나 이곳은 영화 장면처럼은 아닙니다. 그래도 짭짤한 소금기가 묻은 바닷바람이 여인의 애무처럼 부드러울 때도 있습니다. 희미한 미역 냄새 어릴 때 바닷가에서 놀던 기억이 납니다. 전선이 아니라, '연인과 놀러온 바닷가라면?' 하는 상상을 해보면 행복하고 편안한 바다입니다.

바닷가 모래로 두꺼비집을 지으며 놀던 어린 때가 생각나기도 합니다. 다시금 어린 시절로 돌아가 다시 '두껍아, 두껍아, 헌 집 주께 새집 다오.' 하는 모래집을 만들고 싶어집니다. 나는 지금 누군가가 너무 그립습니다. 그 누군가는 바로 장미애라는 여자일지도, 아니 그런 것 같습니다. (하략)

서부전선에서 당신을 그리워하는 병사가.

자 이제부터 생각을 바꾸기로 하자!

지금 내 옆에 있는 이 여자를 이 세상에서 가장 아름답고 소중한 사람으로 만들어 주자! 만들어 준다는 말 자체가 교만일지도 모른다. 내가 누구를 어떻게 해 준다는 것 자체가, 사람을 비하시키는 말일 수도 있어서다. 그러나 이 여자가 그동안 받았던 마음의 상처를 줄여줄 수 있다면 그렇게 해 주고 싶었다. 그녀에게 자신감을 되찾아주었으면 좋겠다.

"이리 와 봐요."

목욕물을 받았다. 여름이라도 물이 차면 안 되겠지? 너무 뜨겁다. 찬물을 틀어 섞으면서 나는 그녀에게 말했다.

"이제 발을 넣어도 되겠네."

쑥스러워하며 한사코 거절하는 그녀를 물속에 앉혔다. 그리고 천천히 그녀의 몸을 씻겨주었다. 목에서부터 가슴으로 이어지는 내 손길을 그녀는 눈을 감고 받아들였다. 한 여자를 향한 마음이라기보다는, 내 누이처럼 느껴지는 마음이다. 그녀에 대한 연민, 그동안 나에게 보낸 사랑? 어떤 의미든 상관없었다. 지금 이 순간만큼은 진심으로 그녀에게 정성을 기울이고 싶었다.

그녀의 착한 마음을 어루만져주는 의식을 치르고 있는 셈이었다. 경건하기 까지 했다.

"당신이 내게 얼마나 많은 기쁨을 주었는지 알아주었으면 해요."

내가 그렇게 말했다.

잠시 후, 그녀는 낮은 목소리로 대답했다.

"미안해요."

이번에는 그녀의 목소리가 즐거운 듯 방 안 가득 울려 퍼지고 있었다.

휴가를 끝내고 돌아가서 동료들에게 들려 줄 근사한 시나리오를 써야겠다. 내 자존심을 위해서다. 세상에서 버림받고 사랑에 떨고 있는 여자가 아닌, 당당한 여자, 그 누구도 그녀를 정복할 수 없을 것 같은 여자와 뜨거운 사랑을 했다고 할 참이다.

모두들 '소설 같은 얘기'라고 감탄할 정도로 '완벽한 사랑'을 만들어 내고 싶었다. 짧은 휴가동안에 경험한 '최고의 로맨

스'는 동료들에게도 내게도 선물이 될 것이다.

축제를 만들기로 했다. 그렇지 않으면 행복하지 않으니까……. 그것도 고참 동료들 앞에서 사랑의 정석을 읊을 참이다. 모두 침을 삼키고 앉아서 내 이야기로 몸을 달구고 있는 사이 나는 그들의 부러움을 한 몸에 받고 싶었다.

나는 장미꽃 미애에게 또 다른 잘못을 저지르고 있다는 것을 모르고 있었다. 마치 자신이 지금 하고 있는 행동이 그녀로 하여금 영원한 사랑처럼 느끼게 했는지도……. 그녀에게 쓸데없는 희망을 안겨주었는지 모른다. 아니다. 착한 장미는 그것으로 만족해하며 행복해할 것이다. 부디 자신이 매력 있고, 괜찮은 여자라는 자부심을 가질 수 있었으면 하고 바랄 뿐이다.

여관에서의 세 시간은 눈 깜짝할 사이에 지나갔다. 미애는 다급하게 악수를 하고 나를 끌어안았다. 버스를 향해 걸었다.

"와 줘서, 고마워요. 너무나…… 정말로."

미애는 나에게 말하면서 눈가의 물기를 닦았다. 그녀의 눈은 많은 말을 하고 있다. '사랑했다'가 아니라, '변함없이 사랑한다'는 말을 하고 싶어 했다.

"제대하고 고향으로 내려가는 길에 꼭 한번 제게 들려주세요. 부담 갖지 말고, 한 번쯤 더 만나고 싶어요. 혹시 바빠서 제게 들르지 못하고 곧바로 고향으로 가게 되더라도, 나중에라도 꼭 놀러오세요. 제가 싫음 예쁜 제 친구 소개해 줄게요.

한 번 더 보고 싶어요. 기다릴게요."

그런데 나는 그녀에게 가지 못했고, 찾아 갈 수 없다는 연락도 하지 못했다. 그녀의 주소와 연락처를 적어둔 수첩을 잃어버렸기 때문이었다. 굳이 찾아 나섰다면 찾을 수도 있었을까. 그런데 그렇게 하지 못하고 말았다. 무작정 기다리겠다던 그녀에게 못 찾아가게 된 변명이나 이유라도 설명했더라면 덜 미안했을 것이다.

"기다릴게요. 한 번 만이라도 보고 싶어요."

그렇게 말하던 그녀를 생각하면 지금도 때때로 가슴이 시리다.

딸딸이 감전

취사를 담당한 쫄병은 어디서나 괴롭다. 낮에는 근무서고 세 끼 밥도 해야 하고, 틈틈이 고참들 빨래는 물론이고 밤에는 해안 경비를 서야 하는 일은 필수다. 쉴 틈 없이 빡빡하게 돌아가는 군 생활이다. 그러면서 야간 근무를 서면서 졸지 않고는 살 수가 없었다.

　그렇다고 언제 적이 침투할지도 모르는 해안 경비를 소홀히 할 수도 없는 일이었다. 대한민국의 서부전선, 국방을 지켜야 하는 막중한 임무를 떠맡은 해병으로서의 역할을 완수해야 한다.

　달빛이 비치는 밤, 주 상병과 나는 야간 매복을 나갔다. 나는 '딸딸이 전화기'를 한 손에 들고 총을 어깨에 메고 달빛을 받으며 해안으로 내려갔다. 총을 어깨에 메고 앞서가던 주 상병이 말했다.

　"야! 니는 오늘 나와 근무서는 게 운 좋은 줄 알아라. 을마나 좋으냐!"

　'왜? 운이 좋다는 거지? 뭐가 좋은데? 이상하다. 아마 밑에 내려가자마자 꼴아 박혀 자겠다는 말 같은데…….'

　30분 정도 걸어서 해안에 있는 콘크리트 참호에 도착했다. 참호 입구에 어깨에 멘 총과 딸딸이 전화기를 내려놓고, 앉아서 담배를 한 대씩 피웠다. 해안 매복참호는 콘크리트로 견고하게 만들어졌는데 4명 정도 들어가서 앉으면 적당한 크기다. 바로 몇 발자국 앞에는 해안선이 펼쳐져 있고, 바닷물이 출렁거린다. 왼쪽 옆에 바라보이는 해안 절벽에 파도가 철썩이며 바위에 부딪쳐 하얗게 부서지고 있었다.

주 상병은 담배를 입에 물고, 참호에서 뒤쪽으로 서너 걸음 떨어져 서 있는 소나무로 가서 오줌을 갈겼다.

"어, 시원해."

몸을 한번 부르르 떨고는 바지를 올렸다. 옆에 놓인 큰 돌 하나를 집어 들었다. 그리고 전화 삐삐 선을 찾는다.

전화 삐삐 선을 손에 들고 위에서 가져온 딸딸이 전화기에 연결했다.

"어디, 한 번⋯⋯."

주 상병은 딸딸이 전화기를 집어 들고 재빠르게 손잡이를 돌렸다. 손잡이를 돌릴 때마다 전기 충격으로 따르륵, 따르륵. 따르륵 소리가 나는 전화기. 우리는 '딸딸이'라고 불렀다.

시범으로 딸딸이를 돌렸다. 그러자 전화선을 타고 강 일병의 목소리가 흘러나왔다.

"여기는 101 OP. 말하라. 오버."

"야! 밑에 잘 도착. 떴다 하면 즉각 신호 보낼 것. 감도 양호. 이상."

"알았심다. 무신 일 있음 즉각 열락 하겠심다."

"야, 전화 연락 잘 해!"

야간투입보고를 마친 주 상병은 참호 속으로 들어가서 워커까지 벗어 던지고 쭉 뻗고 누워버린다. 그리고 나에게 말했다.

"야, 니도 들어와서 자거라. 이런 달 밝은 날 오기는 누가 오냐? 참! 워커는 벗어놓고 자거라."

난 괜찮다고 몇 번 사양했다. 잠깐씩 졸기도 했고, 잠깐 존다는 것이 그대로 잠이 들기도 했지만 발 벗고 자는 것만큼은 내키지 않았다. 뭔가 찜찜한 일이 생길 것 같았다. 그래도 고참이 권하는데 자꾸 사양할 수는 없었다.

참호 속으로 들어갔다. 바닥에는 햇빛에 마른풀들이 깔려 있어서 폭신했다. 풀 더미에서는 향긋한 풀 냄새가 났다. 총을 벽에 세워두고 워커를 벗었다. 발이 시원하다. 몸이 가벼워진 것 같았다. 바닥에 누웠다. 이런 배려를 해 주는 주 상병이 고마웠다.

"아참, 그래도 모르니깐 전화는 잘 받아야지…… 깊이 잠들면 전화소리를 못 들을 수도 있는데……."

"예, 전화는 제가 책임지고 받겠습다."

"아, 참! 깜빡했네. 니 발 이리 내봐라."

순간 난 주 상병에게 감격했다. 전화 잘 받으라고 쫄병 발바닥까지 주물러 주겠다니.

"발은 괜찮심더!"

"임마! 손가락에 하면 빠질 수도 있어. 발 이리 내!"

나는 일어나서 한 손으로 양말을 벗어 워커 속에다 넣으면서 생각했다. 뭘 주겠다는 걸까? 웬 반지?

그때 갑자기 백초 형님의 말이 머리를 스쳤다.

"야! 오늘 달이 너무 밝아. 오늘, 뭔가 뜰 것 같다. 잘 해!"

내 어깨를 툭 치면서 던진 말이었다.

"발가락이 제일 안전해! 손가락은 위험해. 자다가 거북하면 자신도 모르게 삐삐선을 빼버리기 쉽거든."

조금 꺼림칙했지만, 내 손으로 삐삐선을 엄지발가락에 한번 살짝 감았다. 담배를 물고 옆에 앉아 있던 주 상병이 내 발가락을 한번 보더니 픽하고 웃었다.

"이리 내 봐!"

주 상병은 내 발을 당겨서 발가락에 감긴 삐삐선을 한 손으로 휙 당겼다. 삐삐선이 발가락에서 홀라당 빠져버렸다. 삐삐선을 한 손에 들고는 담배연기를 훅 하고 내 발가락을 향해 불었다.

"이렇게 느슨해서야 되겠냐?"

그러면서 왼손으로 내 왼발을 움켜잡더니, 오른손에 쥔 삐삐선을 내 엄지발가락에 서너 바퀴 감았다. 몸부림을 치더라도 잘 풀어지지 않게 끝 부분을 손가락으로 꼬아서 동여매었다. 작업을 마친 주 상병은 흡족한 듯 손가락으로 내 발가락으로 툭 치고는 삐삐선을 한번 당겨보았다.

"아야아!"

"엄살은, 이젠 안전 하구만. 지금부터 푹 자고 내일 아침 위로 올라가자."

총을 가슴에 안고 건초더미 위에 누웠으나 발가락에 신경이 쓰여서 잠이 오지 않았다. 엄지발가락에 전화선을 묶고 있으려니, 시간이 갈수록 발가락에 통증이 가해져 왔다. 발가락을 이리저리 움직여보아도 피가 통하지 않아서 감각이 없어지는 것 같았다. 몸을 조금씩 움직일 적마다 엄지발가락이 조여 와서 잠을 잘 수가 없었다.

"이노무 쓰끼! 얼마나 세게 묶었길래…… 쥑일 작정을 했나? 아이고……."

순간 고참이고 뭐고 없었다. 그냥 욕이 튀어 나왔다.

주 상병은 딸딸이를 머리에 베고 총은 가슴에 안고서 옆에서 쿨쿨 자고 있었다. 코까지 골면서…….

그래도 만약 나 혼자 여기 누워 있다면 얼마나 외로울까 하고 생각하니 옆에 잠자고 있는 주 상병이 그렇게 밉지 않았다.

그때 갑자기 온몸이 따르르 아니, 찌르르 떨렸다.

"으윽! 이게 뭐야?"

정신이 번쩍 드는 것 같았다. 첫 번째 떨림은 곧 멈추었다. 아무래도 위에서 누가 전화를 하는 모양이었다. 발가락에 묶인 삐삐선을 풀려고 벌떡 일어나 앉는데, 두 번째로 온몸이 따르르 떨려왔다.

"윽! 큰일났…… 어요…… 주 해병님!"

전기가 찌릿찌릿하게 내 온몸을 관통했다. 나도 모르게 주 상병의 등짝을 오른발로 걷어찼다. 부스스 눈을 뜬 주 상병이, 이 새끼 뭐 하는 거야? 하는 눈빛으로 바라보면서 눈을 비볐다.

"뭐야! 누가 왔냐?"

"발가락이…… 좀…… 풀…… 전화왔어……."

"윽! 또……."

또 세 번째 온몸이 떨려왔다. 이번엔 아까보다 더 오랫동안.

"발가락? 발가락이 왜? 무좀 있냐?"

"무좀이 아니고…… 전화 왔어요!"

"뭐! 전화 왔다고? 떳어! 빨리 정위치 햇!"

주 상병은 떨고 있는 나를 그대로 놓아두고, 잽싸게 워커를 발에 끼우고는 총을 들고 밖으로 뛰쳐나갔다. 바위 뒤에 납작 엎드린 주 상병은 참호 속에서 떨고 있는 나를 향해 빨리 나오라는 손짓과 함께 다급히 말했다.

"지금 오고 있냐? 빨리빨리! 언제부터 전화가 왔어?"

"윽! 윽! 또…… 전화…… 여러 번……."

또 네 번째로 온몸이 떨려왔다. 이번엔 더 오랫동안. 떨리는 시간이 점점 더 길어졌다. 주 상병은 다급하게 워커 끈을 묶으면서, 삐삐선에 묶여서 참호 속에 그대로 있는 나를 향해 재촉했다.

"야, 임마! 뭐 해? 빨리 나오지 않구! 여러 번 전화왔음 빨리

깨워야지."

"발가락…… 삐삐선 풀어줘요. 빨리……."

나도 모르게 왼쪽 발가락에 감겨있는 삐삐선을 잡고는 마구
흔들었다. 워낙 단단하게 묶여 있어서 쉽게 풀리지 않았다.

약 5분 정도 시간이 흘렀다. 바위 뒤에 숨죽여 있던 주 상병
의 목소리가 들렸다.

"쓰발! 왜 아직 아무것도 나타나지 않는 거야."

"이쪽으로 누가 내려오는 것 같아요."

"손 들엇! 뒤로 돌앗!"

노리쇠를 후퇴시켜서 실탄을 장전하는 소리가 났다. 엎드려
있던 주 상병이 앞으로 튀어 나갔다. 철모를 쓰고 탄띠를 메고
M-16 소총으로 '받들어 총'을 하면서 캄캄한 곳에다 무조건
경례를 올려붙였다.

"근무 중 이싸앙 무우."

"……."

"뭐야! 아무도 없잖아!"

내가 왼쪽 발가락을 만지면서 삐삐선을 가까스로 벗겼다.
바로 그때 딸딸이 전화기가 울렸다. 전화선에서 강 일병의 목
소리가 들렸다.

"여기는 솔개. 살아 있음 대답하라, 오버!"

"여기는 올빼미. 건재하다, 오버!"

"지금 뭐 하는 거예요? 전화 안 받고…… 여러 번 했는데…… 하도 전화를 안 받아서 또 해 보는 거예요. 별일 없죠?"

난 죽을 뻔했는데 별일 없다니 화가 났다.

"오늘은 아무 일 없다고 전화했어요. 푹 주무시라고 전화했어요."

나는 갑자기 발가락이 떨렸다.

"별일 없다고? 이 조까튼 새끼가?"

"주 상병님 푹 주무시랍니다. 강 일병이."

"아무 일 없음 전화를 하지 말았어야지!"

투덜거리는 나에게 주 상병이 말했다.

"왜 전화를 안 받아서 사골 치냐?"

"삐삐선으로 사람 죽일 일 있어요?"

"그래도 발가락인 게 다행이야. 임마, 좆 대가리에 그랬어봐!"

순간 대가리가 놀라서 꿈틀하는 듯 했다.

"니 밑에 쫄병이 들어오더라도, 삐삐선을 대가리에는 묶지말 거라."

"하마터면 죽는 줄 알았어요."

"야! 사람이 그렇게 해서 죽는 게 아냐. 약간 짜릿할 뿐이지."

"넘 쎄게 묶어서 씨껍을 했잖아요."

288

"우리 모두 살려고 하는 짓인데, 만약에 진짜 순찰이었어

봐. 둘 다 영창이야."

주 상병은 당연하다는 듯이 말하고는 밖에 숨겨놓은 모포를 다시 갖고 왔다. 내일 아침까지 안심하고 푹 주무시라는 강 일병의 말은 자장가처럼 포근하게 들렸다. 주 상병은 모포를 뒤집어썼다. 그리고 강 일병의 충성심에 감동하면서 단잠을 잤다.

주 상병의 운은 그것으로 끝이었다. 군대에서 늘 운이 좋기만 한 것은 아니었다. 운이 나쁘면 좌충우돌 만신창이가 된다. 재수 없는 군인이라고 '재수'를 입에 달고 사는 주 상병은 그날따라 왕 재수였다.

주 상병과 장 일병이 한 조가 되어 야간 매복 근무를 하게 되었다. 두 사람은 비밀 협상이 이루어졌는지 싱글벙글 웃고 있었다. 설거지를 마친 나는 그들이 군복 속에 숨겨둔 것이 무엇인지 알고 있었다.

새벽 세시, 언덕 너머에서 하늘로 자동차 헤드라이트 불빛이 비추더니 느닷없이 지프차 한 대가 나타났다. 잠시 후 벙커에서 몇 미터 떨어진 길가에 정차했다. 지프차 문이 열리더니 누군가가 내려서 벙커를 향해 빠른 걸음으로 걸어온다. 중대장이었다.

"근무 중 이쌍무우."

중대장의 계급은 원래가 대위이지만 이곳은 중대라고 하기엔 크고 대대라고 하기엔 또 작아서…… 여하튼 중대장이지만 계급이 소령이다. 중대장이라면 이 지역에서는 총사령관 격이다. 더구나 해병소령이면 하늘보다 더 높은 하늘나라 계급이다.

순찰조가 매복 근무자를 불러도 대답이 없어서 이리저리 찾다가 해안가 바위에서 술을 먹다가 잠이든 주 상병을 발견한 것이다. 마침 그때 중대에 갔다가 오는 중대장에게 직통으로 걸린 것이다. 주 상병은 장 일병에게 안주를 해 오라고 시켜놓고 잠시 잠이 들었던 것이다.

"뭐야? 이 새끼, 뭐 하는 새끼야! 영창에 집어넣어!"

그때 아무것도 모르고 숨겨두었던 돼지고기에 김치를 넣고 찌개를 끓여 들고 오던 장 일병이 들이닥쳤다.

"김치찌개……."

돼지고기찌개 냄새가 밤하늘에 진동을 했다. 냄비를 들고 서 있던 장 일병은 그 자리에서 얼어붙고 말았다. 김치찌개 냄비를 감추고 싶었지만, 눈치도 없이 끓어 넘친 김치찌개는 나 여기 있다고 소리치고 있었다. 아! 방법이 없었다. 방금 전까지 찌그러진 양은 냄비는 보물단지보다 더 귀중했다. 맛있게 끓인 김치찌개는 이 세상에서 제일 맛있는 요리였다. 그리고 무엇보다도 주 상병의 애정 어린 칭찬을 들을 유일한 기회였다. 고참인 주 상병의 사랑을 확인할 황홀한 순간이었다. 장 일병은 어쩌면 장 일병 너는 내 유일한 친구라는 말을 들을 것 같았다. 너를 사랑한다는 여자 친구의 말보다도 더 달콤한 말을 기대하며 입가의 미소가 번졌을 것이다.

보물단지였던 손잡이가 시꺼먼 양은 냄비는 한순간 애물단지가 되어 있었다. 이 김치찌개 때문에 고통이 기다리고 있을 줄은, 이게 바로 사형수의 단두대 올가미가 될지도 모른다. 그는 블랙홀로 빠져 사라지고 싶었을 것이다. 오도 가도 못하고 그대로 얼어 붙어버린 것은 당연한 결과였다.

장 일병은 사사건건 트집을 잡는 주 상병의 눈에 들어보려고 했을 것이다. 나도 주 상병에게 잘해보려고 했다. 장 일병이 돼지고기를 짱 박아놨다가 야간 근무시간에 주계에 올라와서 찌개를 끓여 해안초소로 내려가다가 중대장에게 걸린 것이다.

"이 새낀 또 뭐야! 한심한 새끼들, 여기가 느이 집 안방인 줄 아나? 이 새끼도."

어이없어하던 중대장은 옆에 차려 자세로 서 있는 장 일병을 보고 소리쳤다. 주 상병과 장 일병은 그 자리에서 양손이 뒤로 묶인 채, 지프차 뒷자리에 태워져서 언덕 너머로 사라졌다.

다음날 오후, 쫄병인 내가 헌병대 영창에 갇혀 있는 주 상병에게 면회를 갔다. 나는 PX에서 산 초코파이 두 통과 콜라 두 병을 전해 주었다.

"모두 걱정하고 있어요. 힘내요!"

아무 말 없이 나를 바라보며 주 상병은 씩 웃었다. 한쪽 입꼬리가 올라가며 웃는 것으로 보아 자조적인 웃음이었다. 말은 안 했지만 주 상병의 입은 말해 주고 있었다.

'나처럼 재수 없는 군인은 되지 말거라.'

근무 중 자다가 걸려서, 양손이 뒤로 묶인 채 헌병대 영창에 갔다 온 후부터 주 상병은 근무를 아주 잘 섰다. 특히 야간매복 근무는 철저히 잘 섰다. 그런데 그때부터 쫄병들은 주 상병과 야간 매복 근무 나가길 꺼렸다. 요주의 인물로 찍힌 주 상병에게 언제 검문이 걸릴지 모르기 때문이다.

그리고 언제부터인지 몰라도 장 일병은 주 상병을 멀리하고 나를 따르기 시작했다.

죽지 않는다

　　일요일 낮, 점심 식사를 마치고 주계 앞에 있는 간이 식탁에 둘러앉아 이야기를 하고 있었다. 소눈깔 상병, 문 상병 그리고 나 셋이서 마치 소풍 나온 것처럼 가벼운 기분으로 휴식을 즐기고 있었다.

　"야, 쓰발! 날씨 좋다. 누구는 좋컸다."

　소눈깔이 해안을 내려다보면서 투덜거렸다.

　"무슨 좋은 일이라도 있어요?"

　나는 소눈깔을 보며 물었다.

　"우리 문 해병님이 다음 주에 휴가 나가신단다."

　"그래요? 잘 됐네요."

　"이눔, 몸보신이라도 시켜서 내보내야 될 텐데."

　"몸보신은 무슨!"

　그러고 보니 바위에 엉덩이를 붙이고 있는 문 상병이 아까부터 싱글거리고 있었다. 여기 최전방은 외박이 없었다. 초소

를 벗어나 마을로 내려가는 외출도 특별한 경우 이외엔 힘들
다. 수개월, 아니 근 일 년에 한 번 있는 휴가도 불규칙했다.

"우리 개구리 잡으러 가자. 연못에 내려가 보자."

문 상병이 내려가기 싫다는 듯 고개를 옆으로 돌렸다.

"아냐? 너 얼굴 꺼칠해진 거. 밤에 잠도 잘 못자는 거 같
던데."

난 소눈깔의 말을 듣고는 얼굴을 들지 못하고 픽 웃었다. 잠
못 이룬다는 말은 괜히 해 보는 소리다. 요즘 들어서 더 많이
먹고 잠도 잘 잤다. 어젯밤에도 교대시간이라고 깨우자 '고참
을 깨우다니' 하는 눈으로 한번 힐끗 보고는 뒤돌아 누웠다.
'쫄병은 잘 해주면 안 된다니깐, 요즘 쫄병은 빠져 가지고.' 잠
꼬대처럼 중얼거렸다. 얼굴도 우리 셋 중에서 제일 혈색이 좋
았다.

소눈깔이 일어섰다. 싫다던 문 상병도 웃으며 뒤따라갔다.
소눈깔과 문 상병은 군 입대 동기라서 친하면서도 다투기도
잘했다.

얼마 후 소눈깔 혼자서 뱀 두 마리를 들고 나타났다. 나는
뱀을 보고 얼굴을 찡그리며 주계 안으로 들어갔다. 파충류 특
히 뱀을 보면 도망가고 싶기 때문이다. 그래서 그런지 뱀띠여
자만 봐도 놀랄 것 같다. 물론 맘에 드는 뱀띠 여자를 못 만나
서일지도 모른다.

"조 해병! 넌 뱀을 무서워하나?"

"무서워하기보다 싫어해요."

소눈깔은 이상한 상상을 하는 모양이었다. 좇 대가리라도 물린 적 있냐? 라는 눈으로 본다.

"그건 아니고요. 다음에 이야기하지요."

"그래 그 얘기 다음에 듣지."

"그런데 문 해병님은?"

"응, 그놈은 연못에서 목욕한다. 개구리 잡으면서."

"휴가 간다니깐 좋은 모양이야. 씻기 싫어하는 놈이 목욕까지 하는 걸 보면. 이놈을 모닥불에 구워서 몸보신 시켜야지."

소눈깔 상병은 손에 들고 있던 뱀 두 마리 중 한 마리를 소나무에 매달고 있었다.

"참, 양초가 어디 있지?"

주계 안에서 얼굴만 절반쯤 내놓고 기웃거리고 있던 나는 왜, 하는 눈으로 소눈깔을 바라보았다.

"양초는 왜?"

"다른 한 놈은 뱀술 담그게."

소눈깔은 뱀술을 담그고 있었다. 살아 있는 뱀을 병 속에 넣고 그 위에 소주를 가득히 채우고 양초로 밀봉하면 되는 것이다. 나는 벙커에서 양초를 가져다가 소눈깔에게 전해주고 저녁 준비를 위해서 곧장 주계로 내려갔다.

소눈깔은 뱀을 잡을 때마다 뱀술을 담가 땅속에 묻어두었다. 그 장소는 소눈깔 외에는 아무도 모른다. 백초 병장도 모른다. 어디에 묻었는지 묻지 않았다. 필요할 때마다 땅속에 묻어둔 뱀술을 소눈깔이 알아서 가져오기 때문이다. 병 속에는 산삼처럼 생긴 약초도 함께 들어 있었다.

산 아래 내려갔던 문 상병이 언제 올라왔는지 주계 앞에 있는 바위에 걸터앉아 있었다. 손에는 꽁치 깡통을 들고 있었다. 문 상병은 내가 빨리 나타나기를 기다렸다는 듯이 말했다.

"담배 갖고 있음 하나만."

담배 한 가치를 건네주면서 성냥불을 붙여주었다. 꽁치 깡통에 무엇이 들었는지 궁금했다.

"그 꽁치 통은 뭡니까."

깡통 안에는 산 아래 연못주위에서 잡았다는 개구리가 가득 담겨 있었다. 문 상병은 신이 나서 개구리가 담긴 깡통을 내밀면서 말했다.

"야, 이거 좀 끓여! 몸보신하게."

다시 바위에 앉아 담배를 피우려던 문 상병은 깜짝 놀랐다. 바위 옆에 있는 소나무에 뱀이 한 마리만 매달려 있었다.

"응? 두 마리인데, 한 마리는 어디 갔지?"

"소 해병님이⋯⋯."

말할 새도 없이 화부터 냈다.

"그래? 쓰발. 조까튼 새끼. 두 놈 모두 내가 잡은 건데."

"한 마리는 소 해병님이 잡았다던데요"

"뭐? 웃기는 새끼! 소눈깔이 잡으려다 놓친 걸 내가 손으로 잡아서 소눈깔이 들고 있는 막대기에 걸쳐놓았지. 들고 있으라고."

뱀 한 마리를 소눈깔이 가져갔다고 씩씩거리던 문 상병이 피우던 담배를 머리위로 휙 하고 던져버렸다. 소나무에 매달려 있는 뱀 있는 쪽으로 다가가서 나무토막으로 툭 건드렸다.

"이놈, 이리와!"

재빨리 뱀의 머리를 한 손으로 꽉 잡았다. 다른 한 손 손톱으로는 뱀의 목 부분 껍질을 뜯어내더니 밑으로 확 잡아당겨서 껍질을 완전히 벗긴 다음, 창자와 함께 뱀 꼬리부터 입에 넣고 천천히 씹어 먹었다.

"이럴 땐 쏘주가 최곤데."

"어, 잘 먹었다."

한 손으로 입 주위를 닦으면서 주계 아래로 내려가던 문 상병이 뒤돌아보며 말했다.

"깡통에 든 개구리는 탕으로 끓여! 소눈깔 주면 안 돼!"

문 상병이 뱀을 해치우고 있을 때, 소눈깔 상병은 소나무에 매달아 놓은 뱀을 문 상병에게 구워주려고 마른 나무를 주우러 갔었다. 모닥불을 피워놓고 뱀을 찾으러 왔을 때 뱀이 보이지 않았다.

"어라! 이상하네. 어딜 갔지?"

"문 해병님이 먹었는데요."

"껍질을 확 벗기더니 날걸로 그냥 씹어 먹었어요."

소눈깔은 문 상병이 혼자 먹었다는 사실을 알고 화가 나서
얼굴이 붉으락푸르락 씩씩거렸다. 씨팔, 좆팔 하는 막말까지
했다.

나중에 뱀술 담근 것을 안 문 상병이 미안했는지 벙커 안으
로 들어가 버렸다.

문 상병이 잡아온 꽁치 깡통에는 통통하게 살이 오른 개구
리 뒷다리가 가득 담겨 있었다.

"이놈이 휴가 간다니깐 몸에 좋다는 건 뭐든 먹으려고 설친
다니깐."

소눈깔은 큰 돌을 두 개 들고 와서 모닥불 좌우에 하나씩 놓
는다. 살찐 개구리 뒷다리를 석쇠위에 가득히 얹는다. 굵은 막
소금을 확 뿌리자 뿌지직하고 파란불 꽃이 피어올랐다. 고소
한 고기냄새가 해안으로 퍼지고 있었다.

소눈깔의 커다란 눈이 반쯤 감기면서 웃었다.

"백초 형님께도 갔다드려라."

그때 난 주계에서 설거지를 하고 있었는데 소눈깔에게 개구
리 세 마리를 얻어먹었다.

잠수함 내부 같은 벙커 안에서 병기를 분해해서 닦고 있던 문 상병이 갑자기 얼굴이 창백해지더니 배를 안고는 침상 바닥에 새우처럼 웅크렸다.

"야, 살살아! 배가 살~살 아프냐?"

"아, 아파."

옆에 있던 소눈깔이 미심쩍다는 듯 문 상병을 바라보았다.

"어디가, 어떻게? 아파?"

"배가…… 배가 아파."

"정말? 언제부터?"

"모르겠어. 며칠 된 것 같아."

"야, 정말 아픈 거냐? 식은땀까지 흘리는 걸 보니 정말이네."

"야, 네 눈엔 내가 쑈하는 것 같냐?"

문 상병이 벙커 안에서 병든 짐승처럼 끙끙거릴 때, 백초는 침상 이층에서 작업 중이었다. 백초가 고개를 숙여 아래층을 내려다보았다. 요즈음 시간만 나면 침상 이층에서 조각배를 만들고 있었다. 문 상병이 휴가 갈 때 주려고 열심히 조각배 작업을 하고 있는 것이다.

백초가 시끄러워서 작업을 못하겠다는 듯, 나무사다리를 타고 아래로 내려왔다. 아래로 내려온 백초는 상체를 구부리고 문 상병의 얼굴을 한 번 바라보고는 고개를 갸웃거리면서 물었다.

"문 상병, 이거 정말인데, 어때?"

문 상병이 원망스런 눈길로 백초를 쳐다보면서 대답했다.

"열이 나고, 머리가 아프고, 배도 아프고요."

"이거 좀 심한데? 눈을 한번 천천히 떠 봐."

백초는 미간을 찌푸린 채 눈을 조금 뜨고 누워있는 문 상병에게 다시 물어보았다.

"야, 뭘 먹었지?"

"하루 종일 아무것도 먹지 않았슈."

옆에 있던 소눈깔이 잽싸게 입을 열었다.

"야! 너한테 묻는 게 아냐?"

백초는 손가락으로 문 상병의 배를 이리저리 퉁겨 보고는, 고개를 끄덕였다.

"열어봐야겠다. 가만있어. 잠깐이면 돼."

외딴 바다에 오래 있다 보면 반쯤은 의사가 된다. 실제로 병장정도의 계급이 되면 전문 의사 수준이다. 실과 바늘만 있으면 살갖 정도는 간단하게 꿰맸다.

열어봐야겠다는 말이 백초의 입에서 나오자마자 옆에 있던 소눈깔이 바람같이 바깥으로 달려 나갔다. 잠시 후, 소눈깔이 손에 뭔가를 들고 숨을 헐떡이며 들어왔다.

"너 우리 형님 만나서 살았다. 복도 많은 놈! 백초 형님은 실과 바늘만 있음 살갗 정도는 간단하게 꿰매는 거 너도 봤지!"

"이 새끼야! 그건 개잖아! 묶어 놓고 아프다고 우는 '파트라'
(박 하사가 가르던 애완견)를 쏘주 먹이고 몽둥이로 때려서 기절
시켜서 배 가른 거잖아."

클레오파트라가 철조망에 걸려 넘어져서 배 가죽이 찢어져
서 피를 흘린 적이 있었다. 그때 백초 형님이 꿰매서, 소위 수
술해서 나은 것을 두고 하는 말이었다.

"형님, 이놈에게 쏘주 먹일까요? 아니면 몽둥이로 기절시킬
까요?"

백초가 너 입 다물어 하는 표정으로 소눈깔을 쳐다보았다.

"정신 차려! 해병에겐 불가능이 없다."

소눈깔이 위로랍시고 한마디 지껄였다.

"역시 열어봐야 되겠쥬."

소눈깔이 백초를 보면서 말하자, 백초는 고개를 들고 소눈
깔을 쳐다보았다. 그리고 손에 들려 있는 것을 보고는 한심하
다는 듯이 한숨을 푹 쉬었다. 소눈깔의 손에는 주계에서 가져
온 식칼이 들려 있었다.

"야, 소눈깔! 돼지라도 잡을 일 있냐?"

백초가 말했다.

"야, 수술용 조각칼! 이층에 있는."

소눈깔은 사다리를 타고 이층으로 올라가서 백초가 매일 배

를 만들 때 사용하는 조각칼을 서너 개 들고 내려왔다.

"수술 칼 여깃슈. 머리유? 배유?"

"뭐가?"

"열어봐야 될 곳유."

문 상병은 여전히 눈을 감은 채 꼼짝 않고 침상에 누워 있다. 이따금씩 눈을 뜨는 문 상병의 눈엔 핏발이 조금 어려 있다. 문 상병은 말할 힘도 없어 보였다.

백초는 한 손에 수술 칼을 들고 환자의 머리를 만져보았다. 그리고 이마에 손을 얹었다.

"안 되겠어. 열이 넘 많아."

그러고는 조각칼날이 천천히 얼굴을 지나고 목 위를 미끄러져 나갔다. 백초의 손이 문 상병의 가슴에서 멈추었다.

"자, 이제 마음에 준비해라!"

"형님! 이대로 두면, 이눔은 손 한번 못쓰고, 약한 첩 못 먹고 죽어유."

"알고 있어. 이대로 두면 죽는다는 거."

"큰형님. 이 불쌍한 놈이 얼마나 배가 고팠으면 뱀 한 마리를 한 입에 삼켜 버렸겠슈."

백초는 소눈깔 상병이 한 말을 들었는지 안 들었는지 진찰만 했다.

"그런데 문제가 발생했다! 어떡하지?"

백초는 말없이 담배만 피워댔다.

"배는 괜찮아. 배는 아무런 문제없어."

문 상병이 한숨을 내쉬는데 백초는 이어서 말했다.

"이눔을 잘라야 돼. 뱀을 먹어서 죽질 않아."

고추를 손으로 가리켰다.

"필요 없는 것은 잘라야 된단 말이쥬."

"소눈깔이 잘 봤다. 이눔이 빨리 죽어야할 텐데……."

문 상병은 숨도 쉬지 않고 여차하면 용수철처럼 튕기려는지 허리를 구부리면서 조각칼이 들리어진 백초의 왼손만을 쳐다보았다. 백초는 조각칼이 들린 왼손을 배꼽 아래로 내리면서 말했다.

"이눔이 뱀을 먹어서 죽질 않아. 어차피 여자도 없는데. 필요 없는 놈은 빨리 버려야 해."

"이놈을 잘라야 겠지유."

소눈깔도 거들었다.

소눈깔의 말이 끝나기도 전에 백초는 왼손을 쳐들고 정말로 위에서 아래로 쫙 내리그을 자세이다. 깜짝 놀란 문 상병이 두 다리사이를 양손으로 가리면서 획 하고 엉덩이를 용수철처럼 뒤로 뺐다.

"큰형님! 이젠 됐슈. 안 아파유. 다 나았슈."

다 나았다던 문 상병의 배는 하룻밤이 지나도 낳지 않았다.

백초가 딸딸이 전화로 중대본부에 있는 의무실로 연락을 했다.

"긴급환자가 발생했으니 응급처치 바람."

잠시 후 문 상병은 새우처럼 웅크린 채로 의무실로 실려 갔다. 소눈깔은 위생병에게 부탁했다.

"우리 문 해병을 잘 부탁해유."

그날 밤 늦게 딸딸이 전화기가 울렸다. 의무실에서 온 전화다. 급성 맹장염이 발생했던 것이라고, 일찍 발견해서 다행이라고, 생명엔 지장이 없다는 연락이 온 것이다. 부대원들은 모두 안도의 한숨을 쉬었다. 놀려대긴 했지만 걱정이 되었던 것이다.

'문 상병의 고놈도 죽지 않았고 해병도 죽지 않는다.'

뱀의 살코기뿐 아니라 쓸개를 날것으로 먹은 것이 탈이 난 것이다. 귀신 잡는 해병이 뱀 때문에 체면을 구기고 말았다. 문 상병은 육지 병원에 실려간지 삼일 만에 초췌한 얼굴로 벙커로 돌아왔다.

조금만 참고 기다렸으면 좋았을 것을. 소눈깔이 준비한 뱀술을 먹여 휴가 파티를 해 보낼 예정이었는데. 되게 재수 없는 놈……. 쯧쯧, 백초가 그토록 정성으로 만든 조각배 들고 보무도 당당하게 휴가를 나갔을 것이다. 예쁜 계집도 쓰러뜨리고.

......내가 고통 받고 있을 때 세상은 무관심했고 그것이 더러는 편안했다. 내가 즐거울 때 타인의 고통을 모르는 것, 그 또한 당연한 일일지도 모른다.

A Few Good Men!

"타타타탕!"

총소리가 밤하늘의 공기를 예리하게 갈랐다. 난 오싹한 한 기를 느꼈다. 기어이 장열하게 전사할, 멋진 무용담을 펼칠 기회가 온 것이면 어쩌지? 이북 놈들이 겁 대가리 없이 총질을 한 것은 아닐까?

총소리가 나는 쪽은 101 OP 뒤 벙커 쪽에서 났다. 잠시 무거운 정적이 돌고 있었다. 어디로 달려가야 할지 총을 쥔 팔에 힘이 들어갔다. 내 눈망울은 호기심으로 두리번거렸다. 느낌으로 심상치 않은 사건이 터졌다는 사실을 감지했다.

총기사건이 났다고 한다. 장 순창 일병 그놈이 기어코 일을 저지른 것이다. 고참인 주 병장을 총기로 난사하고 자신도 총으로 머리를 쏴 자살해 버렸다는 것이다. 아직은 왜 그가 고참을 향해 총질을 하고 자신도 죽었는지 모른다. 장 일병은 불만은 많았지만 선량한 사람이어서 믿기지 않았다. 특히 장 일병은 유일하게 나와 가슴을 터놓을 수 있는 사이였다. 그런데도 그가 왜 그런 일을 저질렀는지 얼른 감히 잡히지 않는다.

부대 내에선 초비상이 걸렸다. 물론 비밀리에 사건을 해결해야 하고, 사고사로 처리하는 과정에서 비밀이 외부로 새어 나갈 것 같아 고참 이하 부대장 모두 긴장하고 있었다. 그런 와중에 가족에게 믿을 만한 이유를 만들어 시신을 넘겨주어야 한다. 부작용을 최소한으로 줄이고 사건을 빨리 마무리해야 하는 일이 중요했다.

총기사건의 주역인 장 일병의 어머니가 비틀거리며 서 있었다. 허연 버캐가 쓸어 있는 입술을 축일 힘도 잃은 여인. 사십대 후반이라고 알고 있는데 쉰은 훨씬 넘어 보이는 몹시 초췌한 모습이었다. 그 옆에는 스물두어 살 먹은 처녀가 긴 머리를 묶지도 못한 채 노인을 부축하고 있었다. 꾸룩꾸룩하며 목울대로 눈물인지 콧물인지 모를 무엇인가를 넘기는 소리가 가끔 들렸다. 사람이란 극한의 슬픔에 있어서는 아무것도 느끼지 못하는 것 같았다. 그들은 발을 헛디뎌 넘어지기도 하면서 이상한 소리를 내서 아직은 살아 있다는 것을 알 수 있을 뿐이다.

나는 장 일병의 어머니를 똑바로 바라볼 수가 없다. 가슴이 미어질 것 같았다. 집에서 아들이 건강하게 다시 볼 수 있게 해 달라고 하느님께 기도하고 있을 우리 어머니 생각이 났다. 무사히 제대할 날짜만 기다리고 있을 내 어머니, 그 모습이 눈앞에 어른거렸다.

고참은 싸늘한 눈길로, 대대장은 눈길도 주지 않은 채 흉악한 살인범처럼 아니, 그보다 더 죽은 장 일병과 그의 어머니를 죄인 취급을 하는 것 같았다. 누군가 하얀 보자기에 싸인 유골을 그녀들에게 건네주었다. 무거운 공기를 몰아내듯 쉬쉬하며 그들을 피했다.

장 일병은 죽어서도 국군묘지에 가지도, 땅에 묻히지도 못했다. 태워져서 뼈만 가족에게 돌아간다고 한다. 그의 어머니 가슴에 뼈로 안기게 된 녀석. 부대원들 모두 할말을 잃고 있었다. 다만, 내 머릿속에는 달빛 아래서 기타를 치면서 노래를 부르던 녀석의 잔상만이 남아 있을 뿐이다.

내 후임인 장순창 일병은 나보다 육 개월을 늦게 들어온 신참이다. 그래서 나는 주계 일을 가르쳐 주었다. 장 일병 후임으로 김 이병이 들어오기 전까지 주계에서 같이 일하는 동안 장 일병과 나는 허심탄회하게는 아니라고 해도 어느 정도 마음을 주고받는 관계가 되었다.

"장 해병, 여기 오기 전에 뭘 했나?"

"태권도 사범을 했습니다."

장 일병 밑으로 김 이병이 들어오고 나서 나는 주계 일에서 완전히 해방되었다. 그랬어도 간간히 서로 불만이나 고민을 털어놓기도 하고 그런대로 가까이 지낸 셈이었다.

"요즘 지내기가 어때?"

"괜찮습니다."

"힘든 일 있으면 말해"

"……네에."

장 일병은 대답대신 씩 웃고 말았다. 장 일병은 잘생긴 외모는 물론이고 바디빌딩으로 아름답게 가꾸어온 몸도 조각처럼 근사했다. 아직도 몸의 근육이 풀리지 않은 모습이었다. 원칙대로 한다면 장 일병은 내 후임, 내 따가리 위치였다. 그런데 내 고참인 주 상병이 장 일병을 옆에 두고 있었다.

심심하든 아니면 심기가 불편하든 또는 즐겁든, 늘 주 상병은 장 일병 옆에 붙어 다녔다. 사소한 일에도 늘 관심을 가지고 있던 것이다.

해병대에서 입대순서를 따지는 기수발은 대단하다. '미제 철조망은 녹슬어도 해병대 기수발은 녹슬지 않는다' 그 힘은 하느님도 알 정도였다. 고참의 명령을 거역할 수 없는 것이다. 쫄병의 입장에서는 그런 고참이 필요 이상으로 관심을 가지는 일은 그야말로 고역이었다.

밥을 먹을 때 불러 세우고, 흰 장갑 끼고 주계에 나타나서는 문틈을 쓸어서 먼지를 묻히고, 검은 얼룩이 보이면 사정없이 때렸다. 식기에 꼽테가 낀 것은 물론 용납이 안 되는 일이다. 하지만 그런 일은 노력하면 해결할 수 있다. 늘 닦아 놓으면 되는 것이니까.

늘 완벽하게 해놓으려 애를 쓰는데도 트집을 잡으려는 고참을 당해내지 못한다. 일부러 다른 곳에서 가져온 장갑을 내보이면서 먼지가 있다고 하기도 했고, 자신이 변기 옆으로 소변을 삐뚜로 보고 나서 변기청소가 제대로 되지 않았다고 기합을 주기도 했다.

나도 이유 없이 여러 번 당했다. 고참의 심기를 건드리지 않으려고 고심했다. 고참의 심기가 심상치 않을 때 가라앉힐 방법을 생각해 보아도 뾰족한 수가 생각나지 않았다. 이럴 줄 알았으면 X누나나, X동생을 많이 새겨두어서 마음에 드는 여자를 골라 잡으라고 미끼로 사용했으면 하고 생각한 적도 있었다. 채홍사라도 되어서 그때그때 마음에 맞는 여자를 대령한다? 그 방법도 괜찮을 것 같다. 그러나 가장 이상적인 것은 실현 가능성이 없다. 자신도 여자 하나 꾀지 못해 절망해 놓고서 무슨 가당치 않은 발상인가. 쓴웃음이 나온다. 다만 희망사항이었을 뿐이다.

"어이, 너 이리 와."

급히 뛰어가서 차려 자세로 선다. 그러면 명찰에 손가락을 넣어 떼어지면 기합을 받는다.

"복창해. 복장 불량."

"복장 불량"

"어떻게 해야 하는지 알지. 꼴아박아!"

난 그때 이후 명찰을 어떻게 하면 고참의 손가락이 들어가지 않게, 거스름이 없이 손가락에 잡히지 않게 단단히 꿰매는가를 연구했다. 군복상의에 명찰을 달려면 질긴 실을 골라 겹으로 해서 아주 촘촘히 꿰맸다.

"야, 임마 불만 있어?"

"불만 없음다!"

복창을 하면서 아무렇지도 않은 척 아니면 행복한 척해야 하는 것도 잘 알고 있었다. 얼굴 표정도 관리해야 할 대상이다. 관리라기보다는 마음속에서부터 이 정도는 고참의 권리라고 인정하면 되는 것이다. 고참들은 쫄병의 심리까지 꿰뚫어 보는 능력을 가지고 있었다.

나는 고참에게 잘못 맞아서 앞니가 두 개나 나가버린 적이 있었다. 어금니를 물고, 배에 힘을 주고, 부동자세로 맞았으면 되는 일을 겁에 질려 고개를 돌린 것이다.

히히 웃고 있는 나를 보고 다들 웃었다. 갑자기 오락시간이라도 된 것처럼 나의 웃는 모습이 맹구 같았던 것이다. 모두 뒤집어지게 웃기만 했다. 앞니에 김을 끼우고 바보 흉내를 내던 생각이 난 것이다. 왜 이가 빠졌는지, 얼마나 아픈지 나에게 물어보는 사람은 아무도 없었다. 그런 건 물을 필요가 없었던 것이다.

"이는 왜 그랬냐?"

지나가던 고참이 무심코 물었다.

"넘어졌습니다."

"조심해라."

"넷, 알았습다."

장 일병도 그 정도는 알고 있었을 것이다. 찜빠를 한두 번 당하는 것도 아니고 일상사인 것을 모를 리가 없다. 오히려 기합을 받을 때가 편안했다. 기합을 받고 나면 하루 일과가 끝이 나고 이젠 안심하고 잘 수 있겠다는 안도감이 들었기 때문이다.

폭풍전야라는 말을 실감할 수 있었다. 기압을 받을 때가 되었는데 조용하면 겁이 났다. 공포감이 몰아쳤다. 동료가 틀림없이 고참의 심기를 건드릴 일을 했는데도 아무 일없이 지나갔다고 하면 그때부터는 공포 그 자체가 된다. 싸늘한 공포분위기가 고조되면서 언제 터질지 모르는 시한폭탄을 안고 있는 것 같았다.

장 일병과 보초를 서면서 그의 어머니 이야기를 들었다. 그의 어머니는 하나밖에 없는 아들, 장 일병을 반듯하게 키우려 노력했다고 한다. 아버지 없이 자란 아들에게 남편을 대신해서 의지한 어머니는 집안의 기둥이 될 것을 기대했다. 장 일병은 그런 어머니를 지극히 사랑했다.

그런 어머니를 버릴 만큼 자기모멸감이 컸던 이유는 무엇일까. 장 일병도 세상을 등질 만큼 염세주의자로 몰아간 원인이 있었을 것이다. 어머니를 지극히 사랑한 아들, 그러나 자신을 더 사랑했거나 아니면 더 미워했는지 모른다.

그의 어머니는 아들이 자부심을 갖도록 키웠다고 했다. 비록 열악한 환경이지만, 하나밖에 없는 아들을 자신의 희망으로 삼고 귀하게 키웠을 것이다. 나는 그런 장 일병이 겪었을 자존심에 대한 상처가 어떠했으리란 짐작이 갔다.

그럼에도 나 또한 삶에 대한 회의가 없는 것은 아니다. 그런 일은 대한민국 군인이라면 누구나 겪는 일이다. 참을 수 있는 인내의 차이일까. 받아들이는 사람의 탓이든, 누구의 탓이든 간에 어쩜 그것은 그의 타고난 운명일지도 모른다.

나와 장 일병 단둘이 해안에 내려가서 야간 잠복근무를 선 적이 있었다. 그와 나는 마음을 털어놓고 이야기를 했다.

"난 열정과 순수함이 좋아서 지원했어요. 난, 조국과 민족을 위해서라면 내 한 몸 바칠 각오가 되어 있어요. 쪼잔한 새끼들. 비겁하게 군대생활 하기는 싫어요."

"산다는 게 뭔가. 다 그렇지. 참는 거지."

"잔대가리만 굴리는 새끼들 진저리가 나요."

주 상병을 두고 하는 말인 것 같았다. 주 상병은 요령꾼이다. 일주일에 한 번씩 소대장이 나타나면 멀리서도 달려간다.

열심인 척하면서 윗사람 비위를 맞추는 것을 나도 안다.

장 일병은 말했다. 원해서 왔지만, 이곳에 와서야 자신이 이렇게 하찮은 존재인 줄 비로소 알았다고. 세상은 개인의 존재와는 상관없이 저 혼자 돌아가고 있다는 것을. 개인의 생각과 무관하게 아니, 상관없이 아무도 자신의 입장을 이해하지 못한다는 것이 힘이 든다고 했다.

"세상은 비겁하게 살라고 강요하고 있고……."

혼잣말을 했다.

"누구나 그렇지. 철저히 혼자지. 삶은…… 이 터널을 조금만 지나면, 버텨내기만 하면 좋은 추억이 될 거야. 안 그래 장일병?"

"추억? 악몽이겠지요."

"좆통수는 불어도 국방부 시계는 돌아간다는 말이 있잖아."

나는 되도록 가벼운 투로 말했다.

"휙 갈겨버리면 간단하게 끝나는데……."

"순간적으로 그런 생각은 누구나 다하지. 생각할 수도 있어."

"조 해병님은 몰라요."

"막가는 행동은……. 안 돼!"(모르긴 뭘 몰라.)

"힘든 훈련이나 기합은 견딜 수 있어요. 뒤…… 에…… 다…… 귀찮게 해요."

"누가?"

난 그제야 장 일병의 고민이 어렴풋이 짐작이 갔다. 그냥 나한테 한 것처럼 주 상병이 까다롭게 군다고만 생각했다.

"그렇담 한 번 받아버려!"

말은 그렇게 했지만 그 후에 어떻게 되리란 것은 뻔했다. 장 일병으로서는 어쩔 수 없는 상황인 것 같았다.

"요즈음은 자주 어머니 생각이 나요."

그는 자신의 존재도 수용할 수가 없다고 했다. 그것은 어머니의 희망을 꺾는 일, 그 좌절을 견디기 어렵고 모든 것이 무의미해 진다는 것이다.

"나를 기억해 주십시오."

장 일병의 굳은 입매를 보았다. 그때 나는 해야 할 말을 찾지 못했다. 조금만 참자고 말해야 했을까. 각자에게 주어진 짐을 어느 누구도 나누어질 수 없다. 자신이 감당해야 할 무게는 자신의 의지 여하에 따라 달라진다. 죽을 것 같이 무겁거나, 견딜 수 있을 것 같거나 하는 것은 순전히 자신에게 달려 있으니까. 솔직히 그때 나는 나 자신만 생각했다. 보초를 설 때 졸지 말아야 했고, 졸더라도 들키지 않아야 하는 현실이 더 급했다.

장 일병에게 아직도 분노가 남아 있다는 것은 그가 아직 순수했기 때문일 것이다. 나는 고된 훈련과 불합리한 기합에 점차 비굴해져 가고 있었다. 무서운 고참 앞에서 비위를 맞추고 아부할 줄도 알게 되었다.

조각처럼 아름다운 몸과 세상의 어떤 여자의 가슴도 녹일 것
같은 미소를 가진 그가 자살을 하다니……. 내가 좀 더 주의력
이 있는 놈이라면 장 일병의 자살을 막을 수 있지 않았을까.

지금 생각하면 그때 그렇게 말하지 말았어야 했다. 그냥 한
번 나도 장 일병 편에서 화가 난다는 뜻이었다. 주 상병의 행
동에 제동을 걸어야 한다고 생각한 것이다. 실제로 하극상을
하라는 이야기는 아니었다. 위로라고 한 말이었다.

달빛 아래서 바다가 보이는 언덕에 홀로 서 있는 장 일병을
보았다. 그때 왜 그렇게 서 있는 장 일병의 모습이 왜 그렇게
적막하게 느껴졌는지 몰랐다. 외롭고 고독하게 서 있는 장 일
병을 좀 더 따듯하게 감싸지 못했을까.

지금 생각해 보면 장 일병이 거기 서 있다는 게, 낯선 풍경
이라고는 생각되지 않는다. 누구나 마음 한가운데 외로움은
갖고 있기 마련이다. 군대는 외로움을 이기지 못할 정도로 약
한 모습은 용납되지 않는 곳이다. 하지만 사람이 죽는 이유는
결국 그런 작은 것들 때문인지도 모른다.

나는 장 일병에게 늘 관심을 갖기는 했었다. 아무 일없이 지
내는 장 일병이 다행스럽기도 하고 한편 염려스럽기도 했다.

"잘 지내냐?"

어깨를 툭 치며 말을 건네기도 했다.

"걱정 말아요. 알아서 하고 있어요."

"응. 그래, 됐어. 어 퓨 굿 맨!"

나는 장 일병을 향해 엄지손가락을 들어보였다.

그의 말대로 장 일병이 알아서 하겠지. 딜레마에서 아무도 다치지 않게 빠져나갈 방법을 찾았을 것으로 믿었다. 그와 나는 '어 퓨 굿 맨' 영화 이야기를 한 적이 있었다.

해병에게 불명예란 죽음과도 같다.

로브 라이너 감독의〈A Few Good Men〉이란 영화가 있다. 어떤 잡지에 영화제목을 '좋은 남자 몇 사람' 으로 번역해 놓은 것을 보았다. 오역이다.

미 해병대 모집광고 가운데 다음과 같은 카피가 있다.

'The Marines Need A Few Good Men.'

'We Are Looking For A Few Good Men.'

'해병은 소수정예를 찾습니다.' 라는 뜻이다. 해병은 최고를 원한다.

영화의 첫 장면은 완전 군장 한 상태에서 군가를 부르며 먼지가 날리는 도로를 구보하는 장면이 등장한다. 만약 여기서 낙오하면 가혹한 징계가 가해진다. 군기가 빠졌다고 선임들의 기합을 받게 된다. 훈련 중 총을 떨어뜨리면 손에 접착제를 바르기도 한다.

영화를 보고 있으면 한국해병대가 떠오른다. 한국과 미국 해병대는 닮은꼴이다. 하지만 한국해병대는 거기에 머물지 않고 한국의 끈끈한 정의 문화를 접목시켜 한국해병대의 전통과 정신세계를 새롭게 창조해 냈다. '귀신 잡는 해병', '신화를 남긴 해병' 그래서 미 해병은 한국해병대를 최고로 뽑는다.

이 영화는 미 해군기지에서 경비를 맡은 해병대 경비중대에서 병사하나가 다른 두 명의 해병에게 코드레드(code red)라 불리는 기합을 받다가 숨지는 것으로 시작된다.

기합을 준 두 해병은 살인혐의로 기소된다. 그들의 변호를 맡은 법무관 케피 중위(톰 크루즈)는 위에서 지시가 있었다는 사실을 알아낸다. 법무관은 유일한 증인인 작전참모를 증인으로 내세우려 한다. 하지만 해병의 명예를 위해 고심하던 작전참모는 권총으로 머리를 쏘아 자살한다. 말할 수도 덮어둘 수도 없는 딜레마에서 명예롭게 빠져나갈 방법을 찾은 것이다. 기합을 내리라고 지시한 사람은 기지사령관인(잭 니콜슨) 해병대 대령이었다.

죽은 산티아고 일병이 기합을 받은 이유는 명령계통을 위반했다는 점이다. 선임의 약점을 잡아 여기저기 편지를 써서 전출하고자한다. 사실을 안 해병대원들은 분개한다. 이에 따라 산티아고 일병의 기합이 지시되고 명령을 받은 도슨 상병과 다우니 일병은 한밤중에 산티아고 방에 들어가 테이프를 입에 물린 채 폭행한다. 그 와중에 산티아고 일병이 숨을 거둔다.

　도슨 상병과 다우니 일병은 자신들은 명령에 복종했을 뿐 아무런 잘못이 없다고 주장한다. 군기란 명령에 복종하는 것이다. 명령에 복종했던 두 해병은 살인 혐의에 대해 무죄를 선고 받는다. 하지만 해병의 품위를 손상한 부분에 대해서는 유죄로 인정 불명예제대 판결을 받는다.

　해병대원은 무죄 선고보다는, 불명예 제대로 해병을 떠나야 한다는 것이 수치스러워 눈물을 닦는다. 받아들일 수 없다고 소리치는 다우니 일병에게 도슨 상병은 "산티아고 같은 약자를 보호하지 않은 게 유죄"라면서 조용히 돌아선다.

　영화에서 캐피 중위가 타협안을 제시 했을 때 도슨 상병은 "신념에 따라 살고 싶어 해병에 지원했다. 명예와 해병은 팔지 않겠다며" 단호히 타협안을 거부한다.

　이 영화는 제셉 대령의 오도된 해병대 정신에 맞서 진실을 파헤치는 과정을 그리고 있다.

　로브 라이너 감독은 이 영화에서 무엇을 말하고 싶었을까. 군인의 명예였을까? 불명예보다는 차라리 죽음을 선택하겠다는 해병대원을 돌아보며 교관은 이렇게 소리 질렀다.

　"우리는 장소를 가리지 않고 싸운다. 명예와 전우를 위해서"

물론 장 일병의 경우 영화와는 사정이 사뭇 다르다. 그러나 명령이 정당한 것이냐 아니냐가 중요하다? 그렇다면 어떤 명령은 지켜도 되고 불합리한 명령은 지키지 않아도 되는 것? 이 존재한다면 그것도 문제가 될 수 있는 일이다. 이번 일과는 다르지만……

장 일병이 내가 말한 뜻을 모를 리가 없었다. 그렇게 편안한 쪽으로 생각을 했다. 그랬었는데, 그는 고통을 그런 방법으로밖에 해결할 수 없었단 말인가? 그는 해병으로서 불명예보다 죽음을 선택한 것일까?

김 이병이 말했다. 그날도 주 상병이 장 일병의 엉덩이를 이쁘다고 쓰다듬었다는 것이다.

"죽여 버리고 말겠어!"

"장 해병님이 그렇게 화를 내는 것을 첨 봤습니다."

듣고 보니 나도 그가 화를 내는 것을 본 적이 없었다.

주 상병이 장 일병의 총을 맞고 달아나려다 철조망을 넘지 못하고 철조망에 허리가 반쯤 걸친 채 멈췄다는 것이다. 누군가 소리를 지르며 달려갔다. 대원들이 철조망으로 갔는지 해안가 빠삐용 절벽 위에서 죽은 장 일병에게 갔는지 기억할 수가 없었다. 두 패로 갈리어 뛰었을 것 같다. 나는 움직일 수가 없었다.

총기를 난사한 범인이 장 일병이 아니라 달빛이었을지도 모른다. 조그만 창문으로 푸른 달빛이 스며들던 벙커가 적막하게 느껴졌다. 추석 전날, 우리는 모두 고향을 그리워했다. 그런데 일은 그날 발생한 것이다. 고되게 기합을 받은 날, 달빛은 푸르고, 어머니가 생각나서 저절로 슬퍼지는 그런 날이 있는 것이다. 이상 세계를 꿈꾸는 젊음일수록, 꿈이 클수록 절망도 더 크게 부추겼다.

그것도 그 혼자만 죽은 것이 아니고 주 상병을 총기로 난사하고 자신도 죽음을 선택한 것이다. 믿을 수가 없었다. 그날의 일을 장 일병의 후임병인 김 이병에게 물어보기로 했다. 그들은 주계 일을 같이 보았기 때문에 늘 함께 있었다.

주 상병은 장 일병을 좋아했다. 주 상병 나름대로의 사랑 방법이기는 했지만 그럴수록 장 일병은 죽고 싶을 만큼 모멸감으로 치를 떨었다고 한다. 늘 괴롭히면서도 한시도 떨어져 있게 하지 않았다. 밤이 되면 언제나 옆에 재우지 못해 안달을 하고, 잠결인지는 몰라도 끌어안고, 장 일병이 뿌리치는 날이면 아침에 일어나서 평소보다 더 심하게 화를 내곤 했다는 것이다. 주 상병 마음대로 고분고분 하지 않으면 장 일병을 괴롭혔던 것이다.

밤이면 주 상병과 장 일병의 갈등을 옆에서 지켜본 김 이병이 하는 말이었다. 주 상병이 자신의 옆으로 오면 어떡하나,

하고 자신도 겁이 났다고 했다.

　김 이병이 잠든 척하고 있으면 주 상병이 장 일병에게 접근한다는 것이다. 숨죽이고 있으면 주 상병의 숨소리가 커지고 장 일병의 한숨소리가 들렸다고 한다. 가끔 장 일병의 울음을 삼키는 소리도 들리고……

　사고 며칠 전이었다. 주계 앞에 주 상병이 나타났고, 문 앞에서 담배를 피우던 장 일병이 화들짝 놀라면서 담뱃불을 껐다.

　장 일병이 계속 거절을 했는지 그날따라 주 상병이 단단히 화가 나 있었다.

　"야, 장 해병! 이리 와서 빨아 봐."

　"다음에 하겠습니다!"

　"어쭈, 이것 봐라!"

　장 일병의 사타구니를 주 상병이 쿡쿡 찌르기 시작했다.

　"하기 싫다 이거지. 좋아 내가 시범을 보이겠다."

　주계 안에서 식기를 챙기고 있던 김 이병은 분위기가 심상치 않음을 직감했다. 주계 밖에서는 긴장감이 감돌았다. 김 이병은 옴짝 못하고 문 밖의 상황에 난처했지만 어쩔 수 없었다. 주 상병은 주계 안에 김 이병이 있는 줄 몰랐던 모양이었다. 살며시 밖을 내다보았다.

　주계 문 쪽에 서 있던 장 일병은 바지를 벗었고, 바짝 오그

라든 성기를 두 손으로 부여잡고 있었다.

"손 치워, 이 새끼. 차렷!"

장 일병이 차려 자세를 취하자 주 상병은 장 일병의 알몸을 가리키며 말했다는 것이다.

"오늘은 영 기분이 더럽다. 본 귀관은 명물 아니면 상대를 안 한다. 알았나!"

그러고는 나무젓가락으로 장 해병의 성기를 툭툭 치면서 한 마디 했다.

"조카튼 새끼, 그걸 물건이라고. 계집애 같은……."

장 일병은 아무 일 없었다는 듯이 바지를 올리고 주계 안으로 들어왔다. 장 일병은 김 이병을 보자 멈칫했다. 두 사람 사이에 침묵이 흘렀다. 김 이병은 그곳에 자신이 있었다는 것이 괴로웠다고 한다. 김 이병이 알았다는 것이, 보고 있었다는 것이 더욱 수치스러웠을 것 같았다. 주 상병과의 일을 아무도 본 사람이 없었다면 장 일병이 그렇게까지 모욕으로 느끼지는 않았을 지도 모른다. 사람에 따라 다르지만.

그때는 그것으로 끝이 났다.

며칠 후였다. 함께 보초를 서고 있던 김 이병이 조는 사이 장 일병이 보이지 않았다. 해안가 어디선가 장 일병의 노래 소리가 들렸다고 했다.

가아랑 잎이 휘이나알리는 저언선의 달밤
소리없이 내에리는 이이슬도 차아가운데
단안잠을 모옷이루고 돌아눕는 귓가에
자앙부의 길 일러주신 어머님의 모옥소리 아아
그 모옥소리 그리워

'전선야곡' 이라는 노래였는데 그가 늘 어머니를 생각하면서 부른다는 십팔번이었다. 노래를 부르고 난 후, 바다를 향해서 외쳤지요."

"어머니이!"

그의 절규가 밤하늘을 울려 퍼졌고, 달은 밝아서 눈이 부셨다고 한다. 옆에서 이야기를 하던 김 이병이 눈물이 나는지 손이 자꾸 얼굴을 가리고 있었다.

모두 어! 하는 사이 장 일병이 고참인 주 상병을 향해 총을 난사하고 있었다. 어깨를 맞은 주 상병은 도망을 쳤다. 장 일병은 그를 따라가며 소리쳤다. 급히 원형 철조망을 넘어가려는 주 상병은 끝내 철조망을 넘지 못했다. 등에 난사를 당한 것이다. 철책에 허리를 걸친 채 움직이지 못했다.

장 일병도 자신의 머리에 총을 쏘고 쓰러졌다는 것이다. 그가 마지막으로 남긴 말은 "어머니!"였다.

장 일병의 어머니의 모습이 떠올랐다. 자랑스러운 대한민국의 해병대로 지원해 간 아들, 그 자랑스러운 아들이 죄인으로 죽은 것이다. 죄인처럼 울지도 못하고 하늘에서 벌을 받은 것처럼 고개를 숙이고 섰던 어머니. 아들을 대한민국 해병대로 키운 장한 어머니는 그렇게 사라져 갔다.

장 일병이 죽고 나서 그의 관물 함에서는 편지 한 통이 발견되었다. 죽기 며칠 전 그의 어머니가 보낸 편지이다. 내용은 기억나지 않지만 편지의 마지막 구절은 선명하다.

'다시 만날 때까지 몸 건강히 잘 있어라. 휴가는 언제쯤 나오니?

빠삐용 절벽에 서서 나는 바닷바람을 맞고 있었다. 달빛을 바라보면서 장 일병 생각으로 회한이 밀려왔다. 어떻게든 살아 버틴다는 생각만 하고 있었다. 그때도 보고 싶다는 생각을 잊었던 어머니, 왜 지금 어머니가 보고 싶은지 모르겠다.

면발같이 찰지고 억센 빗줄기가 쏟아진다. 서치라이트가 홀치고 지나갈 때마다 은빛 지렛대 같은 빗줄기가 땅에 홈을 판다. 수지침 같은 날카로운 냉기에 소스라쳐 고개를 들자, 나는 땅바닥에 널브러져 있다. 그런데 온 세상이 온통 먹물을 풀어

놓은 듯 시커멓다.

하늘에서 내리 퍼붓는 검은 빗물, 빗물에 질척거리는 연병장 바닥도, 여기저기 희미한 막사의 외등조차도 검푸른 열기를 품어내고 있다. 그 검은 장막 위로 환등 같은 빛의 그림자가 어른거린다. 아앗, 저건 장 일병의 처절한 실루엣이다. 순간 귀청을 후비며 달려드는 기상 나팔소리에 나는 진저리를 치며 깬다.

꿈에서는 마치 내가 현장에 있기라도 한 듯 생생했다. 그런데 꿈의 장면은 왜 늘 비가 내리는지 모르겠다. 장 일병이 죽은 때는 달빛이 밝아 소나무 가지가 찢어질 것 같았었는데…… 달빛이 검은 빛 줄기로 둔갑을 한 이유를 모르겠다.

그가 늘 입버릇처럼 말했다. 다 죽여 버리고 싶다고…… 나는 그저 해 보는 말이거니 생각했다. 그와 나는 유일하게 마음을 터놓는 상대였다. 그럼에도 목숨을 버리고 싶을 만큼 외로운 그의 고통을 헤아리지 못한 것이다. 꿈에서 나는 늘 울고 있었다.

또 그놈의 꿈이다. 검은 빗줄기가 쏟아지는 음산한 꿈이 연속적으로 잠을 설치게 한다. 살벌한 연병장의 워커 소리와 찌르릉거리는 구호소리, 기합이 들어간 장교의 쇳소리로 시작된 꿈의 끝자락엔, 늘 녀석의 목을 적신 붉은 피가 흥건하다. 아직도 나는 장 일병이 나의 뇌리에 박아주고 간 그 검은 실루엣을 잊을 수가 없다.

꽃게잡이

시간이 흘러 나는 고참이 되었다. 그렇게 원하던 고참이 되었는데도 생각만큼 그렇게 행복하지가 않았다. 허구한 날 얻어터지던 때가 차라리 마음이 편했다는 생각도 들었다. 벌써 그때를 잊은 것인지도 모른다.

그 사이 많은 사건들이 있었다. 하지만 모두들 아무 일없었던 것처럼 조용했다. 개개인의 일들을 바다가 모두 삼켜버렸나 보다.

고참은 쫄병을 잘 보살피고 보존해서 고스란히 고향으로 돌려보낼 책임이 있다. 그리고 잘 훈련시켜 전투가 벌어지면 결정적일 때 승리하게 하고 그리고 살아남도록 해야 한다.

여름부터 시작해서 가을 내내 땀을 흘리면서 산 능선과 해안선을 따라 진지를 새로 만들고 방어선을 구축하는 작업을 했다. 만약에 북한군과 전투가 벌어지면 머리 위로 날아오는 대포와 총탄을 피하면서 이동할 수 있는 통로였다.

태양처럼 떠오르기

교통호는 산 능선과 해안선을 산맥처럼 이어갔다. 정확하게는 오래 전에 만들어져 있었지만 군데군데 허물어져 있는 곳을 보수를 하고 참호도 새로 만들었다.

곡괭이로 땅을 파고 바위를 깨고, 삽으로 흙을 퍼내었다. 야산에 널려 있는 큰 돌이나 땅을 파면서 나오는 돌들을 모으고, 산 능선 아래로 내려가서 잔디 떼를 야전삽으로 떠서 어깨에 메고 올라온다. 그러고는 마치 성을 쌓듯이 차곡차곡 돌들을 쌓아 올린다. 사람이 지나갈 때 가슴정도의 높이가 되면, 그 위에 잔디 뗏장을 심는다.

대원들과 아침 식사를 하고 야전삽을 메고 작업장으로 출발했다. 벙커를 출발해서 30분 정도 걸으면 해안선이 한눈에 보이고 그곳에서부터 진지를 구축하는 작업을 한다. 곳곳에 흩어져 있는 초소에서 대원들이 언덕 위에 집결하면 인원전점을 하고 작업 시작이다.

장마에 허물어진 곳은 보수를 하고, 연결이 잘 안 된 곳은 새로이 구축해 나갔다. 땀 흘리며 열심히 땅을 파고, 흙을 퍼 올리고, 돌을 날라 오고 잔디 떼를 떠다가 성을 쌓듯이 진지를 건설해 갔다. 함께 들어갈 무덤이 될지도 모를 진지를, 제삿날이 같은 날이 될지도 모르는 대원들이 달라붙어 정성껏 진지를 만들어갔다. 새삼스레 야전삽의 위력을 실감했다.

그리고 천천히 바다 위에 산 그림자가 길어지면 하루의 일과는 종료가 된다. 오늘도 무사히 하루가 지나가고 있다는, 그리고 해냈다는 뿌듯한 마음으로 나는 대원들과 함께 노래를 부르면서 아침에 올라올 때 왔던 길을 통해 초소로 돌아갔다. 각 초소로 돌아가서 저녁식사를 하고 그리고 야간 경계를 서고 하늘과 바다와 해안선을 굳게 지킨다.

오늘 같이 달이 밝으면 꽃게잡이 하던 생각이 난다. 꽃게철, 달 밝은 보름, 소눈깔이나 문 상병과 함께 꽃게를 잡곤 했었다. 그들은 제대를 하고 연평도를 떠났다. 그들은 꽃게보다 뱀을 더 좋아했다. 내게 잘해주던 주계장 강감찬 일병이 상병을 달고 보안대로 내려갔다. 그리고 내 밑에 쫄병이 들어왔다. 그때 나는 주계장이 된 것이다. 소눈깔이 나보고 씩 웃었다.
"이젠 마리죠도 주계병을 면했네. 그동안 수고 많았어."
나는 부동자세로 서 있는 신병에게 물었다.
"너, 이름이 뭐야?"
"옛! 해병 장순창입니다."
"야! 우리 잘 지내보자."
주계에서 점심을 먹으며 살살이 문 상병이 말했다.
"야! 마리죠 오늘 밤 꽃게 잡으러가자."
"꽃게 말이죠. 좋아요."
나는 침상 위에 있는 이불의 모퉁이를 잘라서 솜뭉치를 끄집어냈다. 긴 막대기에 솜뭉치를 철사로 묶어서 횃불 두개를 만들었다. 저녁을 먹고 어두워 졌을 때 문 상병과 나, 그리고 장 이병과 셋이서 해안으로 내려갔다. 문 상병은 횃불과 집게를 들고 나는 횃불과 물통을, 장 이병은 손전등과 석유가 든 깡통을 들었다. 절벽아래에 바위들이 많은 곳으로 갔다. 그리고 들고 온 횃불에 석유를 묻혀 불을 붙였다.

아무도 오지 않았던 바닷물에서 세상모르고 자고 있던 싱싱한 꽃게들이 불빛을 보고 단체로 몰려나왔다. 내 손바닥보다 더 큰 놈들이다. 미리 준비한 집게로 꽃게를 집어 올렸다. 집게로 집는 것보다 손으로 잡아 올리는 것이 더 쉬울 것 같았다.

꽃게를 손으로 잡으려다 손을 찝혀서 혼이 났다. 장갑을 끼지 않았다면 꽃게한테 봉변을 당할 뻔 했다. 게가 그렇게 동작이 빠른 줄 처음 봤다. 집게로 게를 집어 물통에 넣고 잽싸게 뚜껑을 닫아 게가 기어 나오는 것을 막아야 한다. 삼십분도 되지 않아 물통에는 게가 가득했다.

물속에는 주먹보다 큰 소라들이 많이 눈에 띄였다. 나는 소라를 주워 담았다. 한 시간도 되지 않아서 꽃게와 소라가 물통에 가득 찼다. 모두들 미소를 가득 띄운 채 휘파람을 불며 벙커로 올라왔다.

"야! 많이 잡았구나!"

소눈깔이 당장 끓이라고 했다.

장 이병이 솥에 물을 붓고 소나무 가지로 불을 땠다. 물이
끓기 시작하자 물통에 담긴 꽃게와 소라를 끓는 물에 들어부
었다. 구수한 냄새가 주계 안을 점령했다.

"야, 오늘 잠 못 자겠네. 소주가 있어야 되는데……"

오늘은 달이 뜰 것이다. 김 일병이 꽃게잡이 작전을 승인해
달라고 보고해 왔다. 어느새 김 일병이 잡은 꽃게 끓이는 구수
한 냄새가 코끝을 진동하고 있었다. 고참이 그리 좋은 것만은
아니다. 그때가 그리워진다.

일이 없을 때는 매일 등대에 놀러갔다. 고참의 여유를 즐기
고 있었다. 여자들이 보인다. 서울에서 놀러온 관광객인 것 같
다. 우리 또래다. 여자가 두 명, 남자가 두 명이다.

"저 새끼들 데리고 와."

옆에 있던 김 일병에게 말했다.

"어떻게 오셨어요?"

그 중 남자에게 물었다.

"여자분 들은 이쪽에 계시고, 남자들은 이리 오십시오."

벙커 쪽으로 데리고 갔다.

"야, 여기가 어딘 줄 알고 기어 올라온 거야."

"친척집에 놀러 왔다가 와 봤어요."

"차렷! 열중 셧!"

"죄송합니다."

"여기는 민간인이 들어오면 안 되는 곳입니다."

청년들은 벙커 앞에 차렷 자세로 세워놓았다. 그리고 두 손을 머리에 얹고 쪼그려 뛰기를 시켰다. 아까씨들에게는 보랏빛 들국화를 한 아름 꺾어 주었다.

미경이 생각이 났다. 만나고 싶다. 나를 기다리고 있을지도 모르는데……. 그러고 보니 미경의 친구생각이 났다. 미경의 친구는 미경이 소식을 알 것이다. 왜, 진작 그 생각을 못했는지 바보 같다. 그때는 미경이를 만날 수 없다는 절망감에 빠져, 미쳐 미경이 친구 생각을 못했던 것이다. 이제야 답답한 가슴이 뚫리는 것 같다. 가슴이 뛴다.

연말지휘검열은 일 년에 한 번씩 12월에 실시된다. 연말지휘검열을 위해서 우리는 한 달 전부터 준비를 했다. 먼저 진지를 보수하고, 탄약 점검, 소총을 비롯한 각종병기들을 하나하나 점검했다. 그리고 벙커 안에는 벽과 천장을 하얀 페인트로 깔끔하게 칠했다.

벙커 입구에는 빨간색 바탕에 노란색으로 '무적 해병'이란 팻말을 만들어 세우기로 했다. 해안에서 파도에 떠내려 온 나무 널빤지를 주워 와서 톱으로 잘랐다. 김 일병이 옆에서 조수 역할을 했다.

김 일병은 내가 건네주는 나무 팻말 모서리를 페이퍼로 문질러서 매끈하게 만들었다. 내가 팻말 위에 빨간색 페인트를 칠하는 동안 김 일병이 두꺼운 마분지 위에 '무적해병' 이라는 글자를 연필과 삼각자로 보기 좋게 그려놓고, 글자를 칼로 오려서 구멍을 냈다.

나는 살충제 분무기 안에 노란색 페인트를 채워서 두꺼운 마분지를 빨간색 팻말 위에 놓고 분무기를 입으로 불었다. 노란색 페인트가 마분지 위에 뚫린 구멍 사이로 골고루 잘 뿜어졌다. 마분지를 들어내니 빨간색 바탕에 노란색의 '무적해병' 이란 글씨가 멋지게 나타났다.

군대 다이어트

수인을 만났다. 신촌에 있는 독수리 다방에서였다. 제대가 얼마 남지 않은 마지막 휴가 때였다. 그곳에 나는 고등학교 친구인 박진만을 만나러 갔던 것이다.

"어디가 좋을까."

"난 어디라도 상관없어."

신촌 쪽 연대 앞이 어떠냐고 했다.

"거기서 누굴 만나기로 했어. 잠깐 얼굴이라도 보자."

나는 다방으로 들어서는 수인을 단번에 알아봤다. 그 순간 나는 눈을 돌렸다. 그녀도 의자에 앉으려다 나를 알아차린 것이다. 고등학교 동창과 그녀도 같은 서클의 친구였던 것이다. 처음엔 좀 쑥스럽기도 했으나 곧 마음이 편안해졌다. 우리는 인사를 하고 학교 이야기를 했다.

그녀는 졸업을 하고 어느 여자고등학교에서 교편을 잡고 있다고 했다.

"졸업 축하해요."

"고마워요. 제대가 얼마 남지 않았다죠."

내 얼굴을 바라보면서 웃는 그녀의 모습이 쓸쓸하게 느껴졌다.

"그땐 몰랐는데, 막상 졸업을 하고 나니까 학교 다닐 때가 빛나는 시간이었어요."

그러고 보니 그녀의 가슴에 반짝이던 배지는 보이지 않았다. 내가 그동안 가지고 있던 열망은 그 빛나던 학교에 대한 상징이었던 것이다. 이제 그녀는 특별하지도 빛이 나지도 않았다.

그때는 수인이라는 이름만 들어도 마음이 설레였다. 이제 다시 그녀와 마주 앉아서 그녀의 이야기를 들으면서도 나는 즐겁지가 않았다. 그녀와 나, 우리의 열정의 시절이 지나가고 있다는 것을……. 이렇게 우리의 청춘도 흘러가는구나, 라고 생각하니 참을 수 없이 울적했다. 수인은 알았으리라. 자신에게 일방적으로 돌진했던 내 마음을. 그날 수인의 눈빛은 지나간 시간을 회상하는 듯했다.

사실 생각해 보면 수인이가 날 좋아했는지 싫어했는지 지금도 모른다. 그녀는 자기감정을 내 비친 적이 한 번도 없었다. 다만, 나 혼자 짝사랑했던 것이다. 우리는 손을 잡아 본 적도 함께 앉아서 다정하게 이야기해 본 적도 없었다. 그런데 수인이는 자꾸 그때가 좋았다고 말했다.

나는 수인에게 바다 이야기만 했다. 옛날에 심청이가 뛰어들었다는 서해바다. 나는 바다의 푸른 빛 때문에 달빛이 더 푸르게 보인다고 말했다. 그 바다를 마음껏 볼 수 있으니…… 수인은 부럽다고 했다.

밤바다 이야기를 했다. 횃불을 만들어 들고 해안가로 내려가면 꽃게들이 나와서 갯벌에 기어 다니고, 미리 준비한 집게로 주워 담으면 되지요. 주먹만 한 소라 잡는 이야기도 함께. 수인의 눈길을 받으며 나는 신이 나서 이야기했다.

"밤마다 철봉대에서 거꾸로 매달리기를 십 분 정도씩 하기

태양처럼 드넓게

도 했어요."

수인이 웃었다.

"거꾸로 매달리기를 하면 자세가 교정되고 피부도 탱탱해진 대요. 저도 요즘 거꾸로 매달리기를 오 분 정도 해요."

마음이 답답해서 거꾸로 매달리기를 했다는 말은 하지 않고 수인이 웃는 얼굴을 쳐다보았다.

추운 겨울날 먹을 것이 없어서 아침을 못해 먹은 때도 있다 는 것도 말하지 않았다. 말했다면, 부럽다고 말할 것 같았다.

'요즘 군대에서도 다이어트를 하나요?' 할지도 모른다.

가을 달빛 아래서 몽둥이로 얻어맞으면 더 아픈 것 같고, 마음이 아파서, 캠퍼스가 그리워서, 그리고 수인이 네가 보고파 서 더 슬펐다는 말도 하지 않았다.

부럽다는 말을 듣는 순간 수인이가 보냈던 편지의 한 부분 이 생각났다.

'바다가 가까이 있어서 부러워요. 저도 서부전선으로 여행 이나 떠나고 싶어요. 참 꽃게가 많다고 했나요? 꽃게를 잡다가 손가락을 찝히고 소리도 질러보고, 발가락 사이로 갯벌 마사 지도 하고 발목으로는 찰랑이는 파도의 물살도 느끼고 꿈속 같네요. 영화처럼 낭만적일 것 같아요. 다시 만나게 되면 제가 커피 한잔 대접할게요.'

수인이 부럽다고 한 말은 떠날 수 있는 열정이 부럽다는 것인지, 내게 앞으로 주어질 시간이 부럽다는 것인지 나는 알지 못했다. 아마도 바다로 여행을 떠난 내가 부럽다는 건 아니었을 것이다.

그때는 그녀의 편지를 보고 화가 났었다. 왜 그랬는지는 모르지만 사랑하는 여자가 보낸 편지로는 적절하지 않아 섭섭했던 모양이었다. 내가 원하는 말이 없어서? 그 후로 나는 편지를 하지 않았다.

내가 매일 밥하고, 반찬 만들고, 빨래하고 다림질하고, 청소하고 나무한 일들 그리고 쥐를 잡아먹은 것도 개구리를 구워먹은 것도, 뱀을 날 것으로 먹은 것도 이야기하지 않았다. 누구도 믿지 않을 것 같았기 때문이다. 회칼로 포를 뜨는 얘기도, 배가 고팠다고도, 굶었다가 너무 많이 먹어 배탈이 나서 또 며칠간 아무것도 먹지 못했다는 이야기도 물론 하지 않았다.

먹는 이야기 말고, 언덕 위에 있는 레이더가 24시간 쉬지 않고 돌아가고 바다를 향해 나바론의 요새처럼 거대한 대포가 있고, 숲속에는 전차가 있다고는 말하고 싶지 않았다. 우리는 그저 커피만 마셨다. 음악을 들으면서.

수인이 가보겠다고 악수를 청했다. 따뜻하고 부드러웠다.

'아름다운 여자의 손이다.'

"바다 얘기 잘 들었어요. 재밌어요. 그리고 참 부럽네요."

수인을 보내고 진만이와 나는 술을 마시고 있었다. 저쪽 구석에 있는 남학생이 내게 호의적인 눈길을 보냈다. 우리 테이블로 와서 말을 걸었다.

자신은 포항 해병사단에서 근무했었다고 한다. 지금은 복학을 했다며 손을 내밀어 악수를 했다. 같은 해병대 출신이라며 한참을 떠들었다. 통성명을 하고 보니 학교 선배였다.

"좋은 기회다. 잘 보내라."

좀 더 잘해주지 못해 아쉬워했다.

"다음 만나게 되면, 나이트클럽에 같이 가자."

잠시 후, 한 여학생과 나가면서 군 생활 열심히 하라고 손을 흔들었다. 그리고 조금 후, 시키지도 않은 술과 안주가 나왔다. 우리는 의아해하고 있는데 주인이 말했다. 방금 나간 학생이 술과 안주를 시켜주고 우리가 먹은 술값도 계산하고 갔다는 것이다.

"그 친구, 너 학교 선배냐?"

"학교 선배? 아, 해병대. 그래, 해병대 선배야. 해병대 기수는 근무지와 상관없이. 한 기수라도 빠르면 하늘이야. 어느 곳에서나 기수 끝 발로 말하거든."

바다가 그려진 예쁜 그림엽서 속을 걸어 나오듯 그렇게 나는 세상 속으로 귀환한다. 오래도록 내 뒤편에 두고 온 스무 살 열정, 나는 내 인생의 멋진 휴가를 그렇게 보낸 것이다……

에필로그 · · · · · · · · · · · · ·

　*겨*울이 가고 다시 봄이 왔다. 이젠 처음 이곳으로 왔던 길을 되돌아야할 시간이다. 떠나기 전 날 밤을, 편안하게 잘 잤다. 꿈속에서 꽃게가 한 마리 나타나서 손을 흔든다.

　'나를 기억해.'

　떠나길 아쉬워하며 몇 번을 돌아보고 돌아보면서 봄의 향기가 가득한 벙커 앞 비탈길을 걸어내려 온다. 오던 길을 따라 왼편의 야트막한 고개를 하나를 넘으면 사방에서 밀려오는 파도가 반기듯 눈앞에 펼쳐진다. 바다의 배웅을 받으며 하얀 거품을 물고 잘게 부서지는 바다를 바라본다.

　배는 천천히 닻을 올리고 있다. 떠나온 곳을 향해 출발하는 것이다. 돌아간다. 기다려라. 나 이제 휴가를 마감한다. 휴가를 떠난 지 삼 년 만이다. 3년을 바다와 벗한 생활은 자랑이며 기쁨이다. 무엇보다도 자유롭고 행복하다.

　그 세월이 내게 안겨준 얻음과 잃음에 대한 수지타산을, 비록 논리도 없고, 체계도 없는 반추지만 그건 내게 필요 불가결한 과정이다. 다시 생각해도 그 시절의 경험이 내 삶의 풍요로운 거름을 주었다는 데는 별의의가 없다. 결국은 3년은 평생 겪어볼 수 없는 값진 시간이었다.

자! 이제부터는 가볍게 일상으로 돌아가 보련다. 장 일병의 죽음도 개인의 어리석은 선택이라고 생각하기로 한다. 결국 그가 남긴 건 무엇일까. 살아남은 자만이 아름다운 사랑도 자연도, 생명의 경이로움도 느낄 것이다. 생각은 사람을 피폐하게 하기도 하지만 풍요롭게도 한다. 개인의 생명 역시 결국 움직이는 세계의 일부분이다. 누구하나 개인의 삶까지 책임지지도 않을 뿐더러 알려고도 하지 않는다.

사랑과 눈물, 갈등은 살아남은 자의 기쁨이다. 지나간 일이 아름답다고 말할 수 있으려면 우선 살아남아야 한다. 힘들다고 생각했던 시절도 영화처럼 다시 감상할 수 있게 되었다. 아픔과 고통을 넘어서는 것도 청춘이었기 때문에 가능하다. 이젠 제법 아름다운 시절이었다고 웃으면서 어깨를 편다.

죽음을 뛰어 넘을 전우도 만났고, 빡센 기합도 이겨낸, 대한민국최고의 군대를 마쳤다는 자부심도 갖게 되었다. 어떤 어려움도 이겨나갈 준비가 된 셈이다. 세상을 이길 힘도, 사랑을 찾을 준비도 끝났다. 진정한 사나이로 거듭 태어났다. 진정한 사랑은 이제부터 시작될 것이라고…….

자! 이제부터 나 자신에게 갈채를 보낼 차례다.

특수 속의 보편, 항아리 속의 우주

송효정
(고려대학교 대학원, 박사과정)

군대 경험이란 젊은 남자가 겪을 수 있는 보편적 경험이다. 여기서 보편적 경험이란 말은, 군대라는 세계가 특수한 세계이기는 하지만 인간사에서 겪을 수 있는 수많은 경험들을 압축적으로 체험할 수 있는 작은 소우주와 같은 세계라는 점에서 그러하다. 남자들에게 군대란 세상을 배우는 학교와 다르지 않다. 그곳에서 그들은 사랑, 정열, 동지애를 배우고, 더 나아가 본질적인 생존의 방법과 들끓는 증오도 배운다. 언제나 임박한 전투와 실전에 대비하고 있는 긴장된 세계라는 점에서 군대에서의 삶은 늘 죽음의 언저리에 걸쳐져 있다. 젊은 욕망은 들끓고 있지만, 그 주위에서는 늘 죽음이 배회하는 공간. 그곳이 바로 군대인 것이다.

이렇듯 군대란 세계가 압축된 소우주이다. 군대에 있을 때는 그곳이 마치 온 세상의 전부인 것처럼 느껴진다. 하지만 군대 역시 우리가 살아가는 세상의 일부이다. 그런 점에서 군대의 세계란 '항아리 속의 우주'와도 같이, 보편적이면서도 제한된 세상의 일부인 셈이다. 이 소설은 군대 중 특수한 공간인 해병대를 배경으로 하여 쓰였다. 해병대 체험이란 군대 체험 중에서도 특수한 사례에 해당한다. 해병대가 주는 강렬함과 극단성은, 그것이 치열하고 열정적일수록 남성들의 군 생활에 대한 보편적 이해를 제공할 수 있다. 그러한 점에서 이 소설은 특수 속의 보편을 드러내는 미덕을 보여준다. 이 소설에서 읽을 수 있는 군대 경험은, 남자라면 누구나 공감할 법한 경험들의 에피소드로 이루어져 있다. 비단 군대에 다녀온 남자가 아니더라도 이해할 수 있는 견지에서 일상이 전개된다.

연륜 있는 여성 작가가 그러한 젊은이들의 세계를, 더더군다나 남자들 중 특수한 경우만 겪을 수 있는 해병대의 세계를 구체적으로 형상화 했다는 것은 그만큼 발로 뛰어 소설을 썼다는 것을 의미한다. 남성들의 세계에서만 통용되는 군대 은어들, 실제적인 답사로 쓰였을 법한 현지에 대한 구체적 묘사, 여러 자료를 열람하여 집적 해낸 작가의 이해가 하나의 작은 세계를 현실감 있게 구성해 놓았다. 이는 인간에 대한 이해와 젊음에 대한 폭넓은 공감 없이는 불가능한 일인 것이다. 그러한 점에서 〈태양처럼 뜨겁게〉라는 이 소설은 작가의 인생에 대한, 그리고 젊음과 열정에 대한 이해가 묻어나는 장편 소설이다.

이 소설은 주인공인 조석희(그는 말끝마다 '~말이죠'라고 말한다고 해서 별명이 '마리죠'이다.)의 군 생활을 일종의 '휴가'로 설정하고 쓴 소설이다. 자신의 욕망이 아니라 타인들의 욕망을 꿈꾸며, 제 삶이 아닌 삶을 살아가던 조석희는 군 생활을 통해 자신의 욕망과 꿈을 발견하는 계기를 마련한다. 그에게 군대 경험이란 팍팍한 현실에서 잠시 떠나 있을 수 있던 일종의 '휴가'인 셈이다.

휴가란 나날의 고단함을 풀고 다시 일상으로 돌아올 수 있게 하는 활력을 되찾아주기 위한 것이다. 그런 점에서, 조석희가 경험한 그 '특별한 휴가'는 의미심장하다. 사랑하는 여인에게 사랑한다는 말도 하지 못하고, 자신이 진정으로 원하던 것이 무엇인지도 모르던 조석희는 군 생활을 통해 점차 어른이 되어간다. 그는 군 생활을 통해 삶과 죽음, 사랑과 연민을 배워 간다. 그는 해병대 생활을 통해 켜켜이 쌓인 삶의 양상들을 배우고 몸으로 체험하면서, 3년간이라는 긴 휴가(군대 생활을 은유함)를 마친 후 다시 일상으로 돌아온다.

하지만 그 휴가는 말처럼 달콤하고 나른한 것만이 아니었다. 그 휴가는 인내와 끈기, 치기와 열정, 사랑과 증오, 죽음과 삶이 어지러이 녹아 있는 도가니와 같은 것이었다. 젊은 열정은 늘 내부에서 들끓고 있지만 현실이 그를 허용하지 않는 모순 속에서 살아가야 하는 것이 이 시기를 살아가는 젊은이들의 실존적 고민이다. 그런 점에서 주인공 조석희는 이 땅의 젊은이들을 대변하는 캐릭터가 될 수 있을 것이다.

성년과 미성년, 그 애매한 사이

지향점이 분명한 삶을 살아가는 축복받은 사람은 그다지 많지 않다. 누구든 어른이 되어 사회에 첫발을 내디딜 때, 자신이 택한 길이 정말 자신이 진정으로 원했던 길인지, 자신의 진정한 꿈은 무엇인지 회의하고 갈등한다. 마치 종착지 없는 기차를 타고 긴 터널 속을 지나는 것만 같은 시절, 20대 초반이란 성숙과 미성숙의 애매한 사이에 걸쳐 있다. 누구에게나 이러한 시기는 자신의 정체성에 대한 질문으로 온통 모호하고 혼돈스러운 시기이다.

주인공 조석희가 겪는 20대 역시 마찬가지이다. 지방에서 공부해서 서울 최고의 학부에 왔지만, 그는 정작 자신이 바라는 욕망의 실체를 알지 못한다. 그러던 어느 날 그는 해병대 모집 포스터를 보고 결단을 내리게 된다. 자신의 원하는 삶의 방향이 무엇인지는 모르지만 좀 더 강렬하게 살고 싶다는 자신의 욕망을 대면하게 된 것이다. 해병대란 공간은 이러한 강렬함에 대한 추구를 가능하게 하는 공간이다. 그곳은 극도의 인내, 인간의 한계를 넘어서게 하는 강인함이 없이는 버틸 수 없는 곳이기 때문이다.

젊음이 가져다주는 애매한 욕망 속에서 방황하던 주인공은 해병대 훈련을 통해 자신의 한계를 넘어서는 쾌감을 맛보게 된다. 더불어 강인함에 대한 매력도 발견하게 된다. 하지만 해병대라는 세계는 강인함의 세계일뿐만 아니라 부조리한 폭력의 세계이기도 하다. 그가 발령받은 연평도의 OP는 소수의 사람들이 살아가는 공간이었다. 좁고 폐쇄적인 공간인 만큼, 선임병들의 텃세와 횡포가 드센 법이다.

또한 젊은 남성들만이 고립되어 살아간다는 점에서, 이곳은 남성들의 성적 망상이 부푸는 곳이기도 하다. 그는 처음 이곳에서 납득할 수 없는 인간 사이의 부조리와 모순을 발견한다. 예를 들어, 별일 없이 고요할수록 기합을 받을 가능성이 크다는 것, 또한 고되고 빡센 기합을 받을수록 그 다음의 분위기가 화기애애해진다는 것. 이러한 세계의 모순과 부조리를 겪으면서 조 일병은 점점 어른이 되어 간다.

조석희가 점점 성숙해가는 과정은 한편으로는 군 생활을 통해서이지만, 다른 한편으로는 세 명의 여자를 만나면서이기도 하다. 그는 여성을 통해 세계를 이해해 간다. 첫 번째 여성은 그가 고등학교 때 잠시 사귀었던 미경이라는 여자이다. 모범생이라고는 볼 수 없던 그녀는 자신의 욕망에 솔직하고 충실한 타입의 여성이다. 첫 휴가를 나왔던 조석희는 미경과 만나, 그녀의 성적 능숙함을 보고 약간의 환멸을 느끼게 된다.

두 번째 여자는 두 번째 휴가를 나와 용산역 앞에서 만난 여인의 동생인 장미라는 여인이다. 순수한 마음으로 그에게 편지를 쓰고, 휴가 나온 그를 정성껏 맞이하던 그녀는 창녀촌의 여자였다. 수많은 남자를 만났지만 순수함을 잃지 않았던 외로움이 많던 여

자. 조석희는 전에는 미경의 과거를 받아들이지 못했지만, 장미를 만나게 되면서 이번에는 그녀를 연민하고 이해하게 된다. 그는 장미의 상처를 받아들이고 이를 위무해 준다. 여성을 통해 한층 성숙한 남자로 성장하게 되는 것이다.

조석희의 세 번째 여자는 그가 진정으로 원하고 사랑했던 여인인 수인이다. 그녀는 그와 같은 대학 동기로, 지적이고 능력 있는 이상적 여성이다. 조석희는 그녀를 원하고 사랑하지만 좀처럼 그녀 가까이 다가갈 수 없었다. 자신의 손이 닿지 않는 곳에 있는 이상적인 여성처럼만 느껴졌기 때문이다. 하지만 삼 년간의 군생활을 통해 성숙한 조석희가, 나중에 만난 그녀는 그저 평범한 여성에 지나지 않았다. 대학 시절의 반짝임을 잃어버린 그녀는, 이미 지나간 청춘의 한 조각일 뿐이었다. 그리고 자신의 청춘을 흘려보내듯 오랜 만에 만난 그녀를 그냥 스쳐 보내고 만다. 이제 그는 이제 더 이상 치기 어린 미성년이 아니기 때문이다.

열정과 죽음 사이

치열하게 긴장하고 있지 않다면 죽음은 늘 군대의 언저리를 배회한다. 군대란 전쟁과 살상을 위해 특수하게 조직된 곳이기도 하지만, 끊임없는 긴장 상태를 요구하기 때문에 암묵적으로 폭력과 부조리가 용인되는 곳이기도 하기 때문이다. 군대에 있는 자들에게 중요한 점은 언제 발생할지 모르는 외부(가시적인 적)의 공격과 폭력에 맞서야 한다는 점이다. 하지만 더욱 중요한 것은 자기의 내부에 있는 악(비가시적인 적)과도 싸워야 한다는 점이다.

사실 전면전을 치르지 않는 대한민국 군대에서 많은 군인들이 자기를 향한 폭력, 즉 자살 충동으로 죽음을 맞이한다. 정작 중요한 적은 외부에 있는 강력한 타자가 아니라, 내부에 있는 유약한 자아인 것이다. 이런 '자기라는 몬스터'의 폭주는 때때로 비극과 참상을 불러오기도 한다. 소설의 클라이맥스에 등장하는 장 해병의 총기 난사 사건이 바로 그러한 예이다. 그는 군대라는 조직의 부조리함의 피해자기도 하지만, 자신과의 싸움에서 지고 만 경우에 해당한다. 그에게 있어서는 그러한 파국만이 유일한 자유를 향한 몸짓일 수 있었겠지만, 자기와 타인을 파괴하면서까지 얻을 수 있는 자유란 그다지 큰 의미를 지닐 수 없다. 파괴적인 자유이지, 생산적이지 않은 자유이기 때문이다. 장 해병의 예에서 볼 수 있듯이, 혹시라도 있을지 모르는 결정적인 순간을 위해 긴장해야 하는 곳, 상사의 부조리한 명령에 굴욕적으로 따를 수밖에 없는 곳, 자신의 가장 은밀한 부분을 가차 없이 드러낼 수밖에 없는 곳, 그런 곳이 바로 군대이다.

또한 남성들의 온갖 욕망이 가면을 벗고 적나라하게 드러나는 곳이 군대이기도 하다. 한편에서는 죽음과 폭력에의 긴장이 이들을 조여 놓는다면, 다른 한편에는 성적 해방구가 이를 풀어주는 것이다. 북한군 진지를 마주보고 서 있는 해안선에서도 젊은 남성들만의 카니발이 존재한다. 모두가 함께 술을 마시고 개최한 일명 '펜싱대회'가 그 예인데, 자신의 신체를 통해 감정의 여잉을 분출해버리는 이러한 카니발이야말로, 군대라는 질서체계가 용인하는 일탈과 해방의 전형이라고 볼 수 있다.

이렇듯 군 생활을 통해 조석희는 죽음과 열정의 관성을 익혀나간다. 이제 그에게 세계는 예전처럼 물렁물렁한 모호함의 덩어리가 아니다. 삶이 강렬하게 응결되어 있는 열정과, 삶이 차갑게 식어버린 죽음 그 사이에서 그는 사랑과 증오, 관용과 연민을 배워간다. 그는 제대 후 평범한 회사원이 되어 소시민적 삶을 살아가게 된다. 그러한 그가 되돌아보고 웃음 지을 수 있던 휴가 같던 시기가 해병대 시절인 것이다.

실상 그는 타인의 삶을 통해 열정과 죽음을 겪었지, 자기 자신이 적극적으로 열정과 죽음에 투신하지는 않았다. 그는 지나치게 소심한, 적응이 빠른 부류의 보통 사람이다. 남들처럼 학교를 졸업해서 회사를 다니는 평범한 삶 속에서 해병대의 경험이 그에게 반짝이던 청춘의 한 때라는 점도 그러하다. 이러한 그의 삶이 부정적 의미에서 '막힌 항아리 속의 우주'를 살아가는 삶은 아닌가 하는 회의를 가져봄 직도 하다. 항아리 속에서는 마치 그러한 군 생활의 세상의 전부인 것 같겠지만, 삶이란 늘 우리의 이해를 벗어나는 복잡성 속에서 운영되고 있다. 그러한 그가 자신의 항아리를 깨버릴 때, 군대를 넘어선 보편 세계에 대한 이해에 도달 할 수 있을 것이다.

그런 측면에서 장 해병의 죽음은 그에게 이러한 항아리에서 벗어날 수 있게 하는 체험에 해당한다. 고여 있던 일상의 관성을 깨고, 자신의 위치와 타인의 위치, 그리고 사회의 부조리와 모순을 일시에 발견하게 해 준 장 해병의 죽음은, 그 죽음이 무의미하면 할수록 오히려 살아있는 자들이 삶의 가치를 반추할 수 있게 해주는 강렬한 반성적 계기를 마련해주기 때문이다.

삶을 하나의 여행이라고 하고 우리의 일상을 그 여행을 따라가는 열차라고 할 때, 군대란 잠시 정차한 역에 지나지 않을 것이다. 서서히 기차가 떠나면 그 풍경 역시 지나치는 풍경 속으로 녹아들어가 버리고 만다. 삶에 그 특수한 경험을 융화시키고, 군 이후의 삶을 적극적으로 받아들일 때 한 인간은 온전한 인간으로 성장할 수 있다. 마지막으로 자신의 몸으로 체험할 수 없는 세계에 대한 이해를 폭넓게 보여준 작가의 노고를 치하하면서, 이 소설의 주인공이 항아리를 부수고 나간 자리에서 더 강렬한 삶의 체험을 하기를, 그곳에서 자신의 진짜 욕망이 무엇인지 발견하기를 기대해본다.

| 참고 문헌 |

최성배 소설 작품집 중 '물살' 2000년 새미
군대에 관해서는 고재균, 이성호, 미국의 군사 전문가인 배빈 알렉산스, 조갑제
의 월간조선의 군대 종합 가이드북 참조
해병대에 관해서는 주성민, 이선호, 월간 조선의 이경수 등을 참조했다.
특히 신병 훈련에 관해서는 월간조선의 이경수, 유경민의 영상작가를 위한 시나
리오 중 김희재의 '실미도 시나리오' 등을 참조했다.
이경수 〈사나이들은 해병대로 간다〉 월간조선사, 2004
이선호 〈한번 해병대는 영원한 해병대〉 도서출판 정우당, 1997
이성호 〈워카를 신고 인생을 배운다〉 양서원, 1997
유경민 외 〈영상작가를 위한 시나리오〉 북 스토리, 2004
조갑제 〈월간조선의 군대 종합 가이드 북〉 월간조선사, 2002
주성민〈소총수와 디지털 솔져〉 살림 출판사, 2000

1. 고재균
군대생활은 성장과정, 지역, 개인의 성격, 학력 등이 각기 다른 젊은이들이 국가
를 지키기 위해 의무를 다하는 것이다. 다시 말하면 숭고한 희생을 바탕으로 하
는 젊음의 결정체이다.

2. 배빈 알렉시스(미국의 군사전략 전문가)
윈 롬멜: '사막의 여우, 그리고 독일병정'
그의 상관들은 자신의 일에만 눈이 멀어있었고, 그를 충분히 지원해 주지 않았

다. 그의 노력은 처음부터 운명이 지워져 있었던 것이다.

현대사에서 가장 위대한 장군 중 하나인 롬멜, 승리를 달성하기 위해 필요했던 힘을 모을 수 없었기 때문에 생긴 독일의 패배였다. 그는 긁어모으다시피 한 군대를 이끌고서 역사상 가장 극적이고 성공적인 군사작전을 수행했다.

3. 이성호

밤새워 이야기해도 모자라는 사나이들만의 아름다운 추억과 낭만이 가득한 장편의 다큐멘터리이다. 군바리 언어가 소개되어있다.

4. 조갑제

내가 알아야 할 모든 것은 군대에서 배웠다.

학비도 없이 공짜로 먹여주고 입혀 주는 아주 괜찮은 규율이 강한 국립성인 학교. 인간 체력의 한계를 느꼈을 때, 인간이 가진 적나라한 본성을 확인했을 때, 이들은 강해지는 법이다. 극한 상황을 극복해 본 사람들.

5. 주성민

해병대는 불명예 보다는 차라리 죽음을……

해병은 최고를 원한다.

해병에겐 패전이란 있을 수 없다.

'Death Before Dishonor.'

불명예보다는 죽음을 선택한다는 뜻으로 해병들은 명예가 더렵혀지는 것을 용납하지 않는다.

주간조선 2005년 5월 30일

1000기 맞은 신세대 해병 특집. 각종 방송 특집.

| 영상 이미지 |

1.용서받지 못한 자

2. 실미도